Re:ゼロ
Re: Life in a different world from zero
から始める異世界生活

「貴様の懸念を払拭する術はある。
むしろ、俺の為すべきを為すには必須の術が」
「必須条件……」

『――九神将の確保だ』

『――貴様、名はなんと言った』
「え？」

「貴様の名よ。まさか、自分と同時に名前もなくしたか？
しかし、そのわりには名無しではなく、
確かに名で呼ばれておろう。それは確か……」
「――レムです」

「こうしてご尊顔を拝する栄誉に給われて光栄でありんす。
いくらお誘い差し上げても、魔都へきてくださらのうござりんしたのに」
「誘いだと？」
「まさかあの姉ちゃん、
アベルちゃんの気が引きたくて
謀反してんじゃねぇよな？」
「……違っていてほしい、ですわね」

Re: Life in a different world from zero

The only ability I got in a different world "Returns by Death"
I die again and again to save her.

CONTENTS

Re：ゼロから始める異世界生活28

長月達平

MF文庫J

口絵・本文イラスト●大塚真一郎

第一章　『再会は燃える血潮の如《ごと》く』

1

――灼熱《しゃくねつ》の炎のように鮮烈な、色濃く香る血のように『紅』の女だった。

城郭都市《じょうかくとし》グァラルの都市庁舎、突如として戦場と化し荒れ果てた惨状、その最上階の視線を独り占めにするのは、赤々と輝く宝剣を手にした暴力的な美貌《びぼう》だ。

眩《まばゆ》い橙色《だいだいいろ》の髪、血の色をした豪奢《ごうしゃ》なドレス。女性的な魅力に富んだ肢体で宝剣を構えるのは、その後ろ姿からでも強烈な印象をもたらす人物。

絶句しながらその背を見つめ、両手を広げたスバルの思考は混乱に満たされる。

何故《なぜ》と、数多《あまた》の疑問がスバルの脳を支配し――、

「間の抜けた顔じゃな、凡愚。妾《わらわ》の高貴さに目を焼かれたか」

「――っ、頭の後ろに目でもついてんのかよ」

「たわけ。そのような異形《いけい》に妾が見えるか？　凡愚の面構えなど息遣いでわかる」

ただの一声でスバルを正気に引き戻した女――プリシラ・バーリエル。

傲岸不遜《ごうがんふそん》を絵に描いたような、ルグニカ王国の王選に参加する候補者の一人。スバルと

も知己であり、ヴォラキア帝国にいるはずがない立場の存在だった。

「さて」

そんな疑問の余地を置き去りに、プリシラの赤い瞳が周囲を睥睨《へいげい》する。

見る影もなくなった都市庁舎の最上階、『シュドラクの民』や帝国二将であるズィクルは負傷して動けず、意識があるのはスバルと背後のレム、あとはバルコニーのアベルだけ。

そして、その被害をもたらしたのは――、

「――アラキア」

プリシラの薄い唇が、立ち尽くす銀髪の半獣人――アラキアを見据える。

ヴォラキア帝国第二位の実力者であるとされ、その看板に違《たが》わぬ実力の片鱗《へんりん》を見せつけた少女。彼女は眼帯に覆われていない赤い右目で、自分を呼んだプリシラを見据える。

それは強固な自我と、使命感のぶつかり合い――否《いな》、違った。

「ひめ、さま……」

直前まで超然と、確固たる自己の世界を確立していたアラキア。

しかし、プリシラの眼光を浴びた途端、彼女の世界は見るも無残に崩壊していた。

「姫様、姫様、姫様ぁ……っ」

危険な雰囲気を霧散させ、アラキアが何度も確かめるようにそう口にする。

それは道に迷った幼子が親と再会したような、小さな弟妹が愛《いと》しい兄姉の絆《きずな》を手繰ろうとするような、そんな縋《すが》り付くような執着が感じられた。

――プリシラとアラキア、二人の関係はスバルや余人にはわからない。

ただ、二人の間に只《ただ》ならぬ過去があり、それがアラキアの戦意を挫《くじ》いたことはわかる。

「――っ」

握りしめた細い木の枝を下ろし、感極まった様子でアラキアが前に出る。そのまま、彼女はプリシラの胸に飛び込み、再会の感動を分かち合おうとした。

しかし――、

「ひめさ――」

「黙れ」

それは叶《かな》わなかった。

短く苛烈な一声は、横薙《よこな》ぎにされる一閃《いっせん》を伴ったものだった。

一歩、踏み出そうとしたアラキア、その素足の爪先ほんの数センチのところを赤い軌跡が薙ぎ払い、赤炎がそれ以上の前進を阻むように燃え上がる。

「――――」

それはせいぜい、足の脛《すね》ほどまでの焚火《たきび》のような火力の炎だった。

その気になれば、アラキアの長い足ならひょいと跨《また》げるような大きさの炎――だが、アラキアはまるでそこに越えられない灼熱《しゃくねつ》が横たわったように動けなくなる。

そのまま、思考停止するアラキアにプリシラが冷たく続ける。

「アラキア、貴様は今、何故《なにゆえ》に妾《わらわ》の下へこようとした？」

「え……？」

「まさか、妾《わらわ》が再会に胸を弾ませ、貴様をこの腕に抱くとでも思ったのか？　だとしたら、貴様の能天気さにほとほと呆《あき》れる他ないぞ」

重ねられるプリシラの言葉は、アラキアの歩み寄りを完全に拒絶していた。

その隔絶を理解し、愕然《がくぜん》と見開かれたアラキアの瞳が揺れる。彼女は必死に、プリシラの言葉に対する最適解を探そうと視線を彷徨《さまよ》わせていた。

「ぷ、プリスカ様……」

「プリスカは死んだ。──時が流れ、地位を得てなお、貴様は何も変わっておらぬのか」

心底、期待外れと言わんばかりにプリシラが嘆息する。

正直、プリシラの真意、今の彼女の心中を推し量る材料が全く足らない。ただ、その心無い言葉がアラキアの心を引き裂き、流血を強いたことがスバルにもわかった。

大切な絆《きずな》を結んだ相手に、その絆を真っ向から否定される苦しみ。

それはスバルにも馴染《なじ》み深い痛みだ。立っていられず、蹲《うずくま》ってもおかしくないその痛みに、しかしアラキアは膝を折らず、その赤い隻眼に激情を灯《とも》した。

怒りではなく、決意や覚悟ともいうべき灯火《ともしび》を。

「……姫様に、どう思われても、いい。つらいけど。でも、わたしは決めたから」

「──。ほう、決めたとはな。妾の関心を呼び戻せるか？　何を決めたか、申してみよ」

静かなアラキアの訴えに、その気があるのかないのかプリシラが挑発的に言い放つ。それを受け、アラキアが「わたしは！」と顔を上げ、吠《ほ》えた。

吠えながら、アラキアの細い体が膝をたわめ、

「帝国に！　姫様の居場所を取り戻す！　そのために――」

激発したアラキア、その感情の矛先は聞く耳を持たないプリシラ、ではない。

彼女の隻眼はプリシラを外れ、見当違いの方を向く。激情の矛先、それが向いたのはなおもバルコニーで成り行きを見守る黒髪の美丈夫《びじょうふ》、アベルだった。

「嘘《うそ》つき閣下を――ッ!!」

激情に瞳を燃やし、アラキアの細身が宙を舞った。彼女はプリシラとの間の炎の隔絶を無視し、狙いをバルコニーのアベルへ定める。

その凶行を止める術《すべ》は、すでにボロボロのスバルやレムにはなく、

「プリシラ！」

「――――」

目の前の背中にスバルが叫ぶ。だが、宝剣を手にしたプリシラは微動だにしない。

その紅の瞳は、バルコニーに飛び込むアラキアと、それを見据えるアベルを見ていた。

額から血を流し、半壊したバルコニーの手すりを掴《つか》んで立っているアベル。彼に帝国最強格のアラキアと戦う実力などない。――なのに、その黒瞳に絶望はなかった。

「アベル――っ!!」

動かないプリシラの代わりに駆け寄ろうとして、最初の一歩目でスバルは躓《つまず》く。足の踏

ん張りが利かず、ただ手を伸ばすしかない視界でアラキアがアベルに迫り――、

「――――」

瞬間、連鎖して起こった一連の出来事はスバルの理解を超えていた。

肉薄するアラキアを見据えたまま、アベルが強くバルコニーの床を踏みしめる。直後、半壊したバルコニーをひび割れが拡大し、足場が一挙に崩落した。

崩れる足場に呑《の》まれ、アベルも為《な》す術《すべ》なく転落――否《いな》、その体が宙に吊《つ》り下《さ》げられる。

真上へ伸びたアベルの腕が、バルコニーに引き込まれたカーテンを掴《つか》んでいた。

手すりに置いた手の下に命綱を隠し、自らの意思で足場を崩したのだ。

あるいはそれは、相手が雑兵であれば崩落に巻き込んで階下に落とし、一網打尽にできた策だったかもしれない。

しかし、相手は帝国最強の『九神将』、それも『弐《に》』の実力者なのだ。

「お遊び……っ！」

命綱に掴まり、振り子のように揺られるアベルへとアラキアが牙を剝《む》く。

アベルの画策に、着地する足場を失ったアラキア。だが、そもそも超人的な身体能力に加えて、超人的な異能を有するのが彼女の強みだ。

その足が陽炎《かげろう》のように揺らめいたかと思いきや、膝から下が一気に燃え上がる。炎と化した脚部はまるでバーニアを噴く機動兵器のように、空中で姿勢を制御した。

ミゼルダを焼いた炎、集団を蹴散らした竜巻、倒れる柱を支えた床の変形、レムの武装

を解除した大風、そしてついには自らの体の一部を炎に変えてみせる。

アラキアの異能、その多彩さと脅威には全く底が見えない。

「閣下、死んで――！」

そのまま、自分では姿勢を保てず、くるくると回ってしまうアベルを目掛け、どれだけの威力を秘めているのかわからない枝が向けられる。

それで突くのか、あるいは魔法が放たれるのか、もっと異なる超常的な効果が発揮されるのかは不明だ。――不明だが、どれでもアベルは粉々になる。

その確信だけが、スバルの黒瞳の瞳孔を焦りと緊迫に細めさせた。

しかし――、

「――やべぇな、兄弟。今、声聞くまでオレでも兄弟ってわかんなかったぜ」

瞬間、鬼気迫るアラキアと宙吊《ちゅうづ》りのアベルの間に人影が割り込んだ。

人影は飴細工《あめざいく》と化した床に固定された柱の上を駆け抜け、突き出される枝へと一撃を放り込む。身幅の厚い青龍刀《せいりゅうとう》の剣撃、それが突進するアラキアの勢いを強引に削《そ》いだ。

攻撃を妨害され、唇を噛《か》んだアラキアの脚部が火力を増し、高度を上げる。一方、渾身《こんしん》の奇襲を難なく防がれた人物は、「だぁ！」と着地して地団太を踏み、

「クソ、腕が痛《いて》ぇ！　人の渾身を軽々と打ち返すんじゃねぇよ、凹《へこ》むぜ」

払われた腕を振りながら、一連の出来事を泣き言が締めくくる。

何とも締まらない台詞《せりふ》だが、絶句するスバルにはそれに拘《こだわ》る余裕がなかった。ただ、ま

たしても現れた想像の埒外《らちがい》の人物に、声を失い、目を見張るだけだ。

漆黒のフルヘルムで頭部を覆い、首から下を山賊のようなファッションで決めた、野伏せりか野盗といった風貌。あるべき左腕のない隻腕と合わせ、忘れようのない姿。

見知った男だ。プリシラがいるならいて当然と、そう頭を働かせるべき人物。

それは――、

「アル？」

「よお、兄弟！　国境飛び越えた先で出くわすたぁ、まさかの奇縁ってもんだ」

そう、場違いに軽い調子で言い放つ、王選候補者プリシラの従者、アル。

異世界で出会った同郷と、異国の地でのありえない再会であった。

2

「アル、お前、どうして……」

「おっと、タンマだ、兄弟。オレも、兄弟とお互いのファッションについて語り合いてぇ気持ちはおんなじだが、ちょいと今はタイミングが悪《わり》ぃ」

首を傾け、飄々《ひょうひょう》とした調子でスバルに応じるアル。普段通りに受け答えする彼だが、直前にアラキアと一合交え、今も宙を浮遊する彼女を牽制《けんせい》している真っ最中だ。

アルが戦うところを見るのは初めてだったが、アラキアと抗する腕があるとは――、

「ああ、驚いてくれていいぜ。なんせ、一発でうまくいったわけじゃねぇから」

「どいて！　閣下、殺せない！」

「わざわざ邪魔しに入ってんだぜ、どいてやれるかよ。しっかし、あれだな……」

怒りの形相を浮かべるアラキア、その彼女をアルが正面から無遠慮に眺める。

褐色の肌を最低限の布で覆っただけのアラキア、露出過多な彼女を眺めるアルの視線には、しかしいやらしさはない。あるのは奇妙な感慨深さのようなもので。

「はぁ〜、よくもまぁ育ったもんだ。美人になるとは思ってたがよ」

「……誰？」

「その言われよう、地味にオレも傷付くぜ。お互いに命を預け合った仲なのに、よ！」

顔見知り風なアルの呼びかけに、アラキアは眉を寄せて疑問符を浮かべる。そんな彼女の細身へと、アルは床の破片を蹴り飛ばして牽制《けんせい》、距離を取った。

そのアルの働きを見やり、プリシラは「アル」と短く彼を呼ぶと、

「シュルトではなく、貴様を連れてきた妾《わらわ》の望みはわかるな。仕事をせよ」

「してるっつの！　オレがかわいこちゃんと楽しく遊んでるように見えんの？　気ぃ抜いたら十秒でボロカスにされるぜ、オレ!?」

「見てくれなら、今とさして変わらぬではないか」

「さすがにボロカスよりはマシだろ!?　うおわぁ!?」

主人からの心無い声援を受け、集中が乱れるアルがアラキアの一撃で死にかける。

宙を舞うアラキアは鳥よりも自在に空を旋回、次々と繰り出される枝の攻撃をアルが必死の様子で一合、二合と弾《はじ》き返《かえ》した。

「邪魔……っ」

「年頃の娘にそう言われっと、オッサンの心は本気で痛むぜ」

吊《つ》り下《さ》げられるアベルと、それを庇《かば》い続けるアル。

両者を見下ろしながら目を怒らせ、アラキアの全身を闘気が迸《ほとばし》っていく。それでも、彼女が最初に見せたような恐るべき範囲攻撃を放たない理由は――、

「プリシラ……」

姫様と、そうプリシラのことを呼んだアラキア。

プリシラに情はない。だが、アラキアは違う。だから、彼女は範囲攻撃ができない。

故に、この状況を動かせるとすれば、それはプリシラ以外にないはずだ。

「縋《すが》るような目を向けるな、凡愚。その作り物の美貌《びぼう》は褒めてやってもいいが、それで妾を動かすとするなら不敬もよいところであろう」

「ぐ……っ」

膝をついたまま振り向くスバルに、プリシラは尊大で取り付く島もない。

その答えにスバルが言葉に詰まる。だが、彼女はスバルの代わりに動いた。

「――お願いします。どうか、お力をお貸しください」

それは、先ほどまでスバルの背に庇われていたレムだった。

唇を引き結び、危うい足取りで前に出たレムに、プリシラは「ふん」と鼻を鳴らす。

「殊勝な物言いよな。凡愚と比べれば、まだ礼儀は弁《わきま》えていると言えよう」

「それなら……」

「逸《はや》るな。それに見ておれ。すでに状況の動く用意は整った」

レムの懇願に機嫌を損ねず、プリシラは顎《あご》をしゃくって戦場を示した。

その指摘にレムが「え」と驚いて振り向き、つられてスバルも同じ方を見る。

「だ！　が！　あお！　ごぁ！　うぼぁ！」

燃える脚部で宙を舞うアラキア、彼女の一撃離脱戦法が立て続けにアルを襲い、ものの数秒でアルとアベルの二人の命が取られる状況は継続中だ。

奇跡的なアルの防御も永遠には続かず、ついには一撃に青龍刀《せいりゅうとう》が大きく弾《はじ》かれる。

そのまま体勢を崩すアルが、次なる攻撃を無防備に――と、その瞬間だった。

「――ッ!?」

空を蹴ろうとしたアラキア、その体が不自然に揺れ、制御が乱れる。

驚きに見張った目と押し殺した苦鳴、それがアラキアにも予想外の出来事の証明だ。

何が起こったのか、アラキアを含めた全員が息を呑《の》む。驚かなかったのは二人、悠然と状況を見据えるプリシラと、激しい攻防の渦中にいた仕掛け人――、

「――仕掛けよ！」

「種明かしはあとで頼まぁ！」

焦げ臭い空気を切り裂く合図、それは宙吊《ちゅうづ》りのアベルが上げた声だ。

その号令を受け、不格好な態勢で青龍刀を引き戻したアルが宙に跳んだ。そのまま、空中で姿勢を崩したアラキアに容赦なく一撃を――否《いな》、容赦はあった。

とっさに青龍刀の峰を返し、放たれる一撃が峰打ちとなる。

「馬鹿め」

その不殺の小細工を見取り、プリシラが短く言い捨てる。

そして、常人の理解を超えた彼女の眼力は、正しく事態を予見した。

「引っ込んでて……っ！」

衝突の瞬間、鈍い音と衝撃的な光景にスバルは目を背けたくなる。

アルの渾身《こんしん》の一撃、それをアラキアは掲げた左腕で受け、肘がへし折れる。血がしぶき、白い骨が肘の皮を突き破る惨状は、しかし致命傷ではない。

直後、アラキアの燃える足がアルの首を捉え、衝撃で彼の体がバルコニーの外へ。

「ど、あぁぁぁ――っ!?」

不細工な悲鳴が尾を引いて、アルの姿が視界から消える。

その安否はもちろんだが、これで今度こそ、アベルとアラキアとの間の障害が消えた。

不具合の発生した両足を炎から元の状態に戻して、アラキアが床に足裏をつく。

――そのアラキアの背中へと、猛然と黒い影が飛びかかった。

「お、おおおぉぉぉぉ――ッ!!」

瓦礫《がれき》を吹き飛ばし、猛々《たけだけ》しい雄叫《おたけ》びを上げる影がアラキアを急襲する。影は大振りのナイフを逆手に握り、狩猟本能の命ずるままに荒々しい攻撃を繰り出した。

そのあまりの気迫に呑《の》まれ、奇襲した影の正体に気付くのが遅れ——、

「ミゼルダさん!!」

「っあああア!!」

呼ばれた声に応えず、ミゼルダが血を吐くように咆哮《ほうこう》する。

都市庁舎に乱入してきたアラキア、その最初の攻撃の犠牲となったミゼルダは、全身を炎で焼かれた痛々しい姿のまま、自らの命を燃やし尽くすような攻撃を続ける。

アルと違い、土壇場で獲物にかける情けはない。その戦いぶりを見て、スバルは遅まきながら、アベルが「仕掛けろ」と命じた対象は彼女だったのだと理解した。

アラキアの不調を予見し、瀕死《ひんし》のミゼルダの奮戦を鼓舞したアベル。

あの突発的で挽回《ばんかい》不可能に思えた状況下で、この神算に彼がいったいどれだけの脳細胞を費やしたのかスバルには想像もつかない。

しかし、それでもあと一歩が足りない。

「——っ」

瀕死の命を燃やすミゼルダの攻撃を、アラキアはあっさりと払い、反撃した。

突き出される枝の先端が、ミゼルダの鍛えられた腹筋を易々《やすやす》と貫《つらぬ》く。

それは無遠慮にミゼルダの体内を掻《か》き回《まわ》し、重要な内臓を根こそぎに破壊して、強靭《きょうじん》な

アマゾネスの肉体を死へと押しやらんと――、

「これで、やっと……」

「――どこを見ていル？」

邪魔者を排除したと、アラキアの意識が外れた瞬間だ。

血の泡を口の端に浮かべ、爛々《らんらん》と目を光らせたミゼルダの両手がアラキアの腕を掴《つか》む。

枝を持つ右腕、それを強く強く握りしめ、身動きを封じる。

生まれる一瞬の停滞は、あるいは最後の好機だった。

だが、アベルの智謀《ちぼう》とミゼルダの献身が作り出したその一瞬を活《い》かせるものは、スバルを含めた味方の中に一人もいない。

ただし――、

「――せいぜい胸を張れ、鬼の娘。貴様の懇願が妾《わらわ》の一振りを呼び込んだことを」

ただし、それは味方であって、第三勢力は別だった。

「――――」

戦況を俯瞰《ふかん》していたプリシラが一足で距離を詰め、アラキアの無防備な背を狙う。

一瞬、アラキアは背後に迫る気配に気付き、迎撃せんと動きかけた。だが、それはできなかった。――気配の正体を察して、できなくなったのだ。

「ひめ――」

終始、プリシラへの執着を断ち切れずにいたアラキアを、紅の剣閃《けんせん》が一撃する。

バッと、背中から噴出する血が炎に焼かれ、アラキアの体が大きく揺らいだ。

「言ったはずじゃ、アラキア。――次に妾《わらわ》と会うまでに、心を決めておけと」

交わされた過去の約束、そこに余人は立ち入る資格もない。

ただ、その約束がプリシラの容赦のない一撃の答えであり、アラキアの断ち切れない未練の答えでもあったのだと、そう察せられるだけだ。

赤い宝剣の一撃を浴びて、アラキアの体が床に倒れる。

彼女の腕を掴《つか》み、身動きを封じていたミゼルダもその巻き添えだ。二人はもつれ合いながら床に倒れ、だらりと糸の切れた人形のように手足を投げ出す。

あとには、直前の攻防が嘘《うそ》のような沈黙が落ちるのみで――、

「――ミゼルダさん！」

それを打ち破るように、緊迫した声を上げたレムがミゼルダへと向かう。

彼女はたどたどしい足取りで這《は》うように床を進み、アラキアと折り重なって倒れているミゼルダに取りつくと、その満身創痍《まんしんそうい》な姿に息を呑《の》んだ。

全身を焼かれ、大風に吹き飛ばされ、さらには腹を貫《つらぬ》かれたミゼルダ。

その負傷具合に奥歯を噛《か》み、レムは決死の表情でミゼルダの体に手をかざした。淡い光がそこに生まれ、治癒の波動が溢《あふ》れ出《だ》す。

――いつの間にか、治癒魔法の使い方を思い出してくれていたのか。

「呆《ほう》けている場合か。手を貸せ」

「――ぁ」

レムの行動に意識を奪われ、動けずにいたスバルをアベルの声が呼ぶ。

スバルは頭を振り、壊れた元バルコニーに駆け寄った。そこで、いまだ宙吊《ちゅうづ》りのまま、不敵な顔をしているアベルと視線を交わす。

「生き残ったか。悪運が強いものよな」

「……お前も、憎まれ口の切れ味は十分残ってるみたいだな」

口の減らないアベルに頬《ほお》を歪《ゆが》め、スバルはカーテンを掴んで彼を引き上げる。

正直、スバルもボロボロなら、引き上げられるアベルもボロボロだ。今すぐにでも手足を投げ出して意識を手放したいが、そうも言っていられない。

「ミゼルダさん、だけじゃない……」

アラキアの暴虐に巻き込まれ、負傷した大勢が倒れているのだ。

治癒魔法を使えるものが貴重な環境では、魔法に頼らない手当てが重要になる。倒れている暇なんてない。ここで倒れれば、失われることを許容することになる。

そんなことは、絶対にしてはならない。

だから――、

「とっとと、上がってこい……っ」

奥歯を噛みしめながらカーテンを引き寄せ、届く距離まできたアベルの手を掴む。握り返される感触を頼りに、自分より背の高い男をどうにか引き上げた。

「大儀であった。褒めてやろう」

「うるせぇ……」

欠片《かけら》も誠意のない称賛を切り捨て、スバルは小さく舌打ちした。

そのまま、他の負傷者の手当てに回ろうと、重たく感じる腰を持ち上げ――、

「――勝手に動くでないぞ、凡愚。この場の支配者を、いったい誰と心得る」

尻餅をつくスバルと、膝をついたアベルが口を閉じる。

そう静かに二人を威圧したのは、組んだ腕で豊満な胸を誇示するように持ち上げた紅の美貌《びぼう》――プリシラの眼光と一声だ。

彼女とは顔見知りであり、知らない仲ではない。

しかし、良好な関係かと言われれば頷《うなず》くのは躊躇《ためら》われる。それは王選における対立陣営であるというだけではなく、プリシラの気質が原因だ。

誰に対しても尊大で譲ることを知らないプリシラは、同じ問題の解決に挑める場合であれば強力な味方であり、そうでない場合には予測不可能な爆弾となる。

水門都市プリステラでの戦いでは頼れる味方だった。翻って、今回はどうか。

アラキアの撃退に手を貸してくれた彼女を、味方と思ってもいいものなのか。

いずれにせよ――、

「業腹だが、この状況の支配者は貴様であろうよ、プリスカ・ベネディクト」

動けず、喋《しゃべ》れないスバルに代わり、そう口を開いたのはアベルだった。

片膝を床についたまま、違う名前でプリシラのことを呼んだアベル。しかし、その響きは彼だけでなく、倒れる前のアラキアも口にしたものだった。

そう呼ばれ、当のプリシラは小さく鼻を鳴らすと、

「生憎《あいにく》と、プリスカ・ベネディクトは戦いに敗れ、無残に死んだ。もはや墓の下にいるものが、こうして堂々と口を利くものか」

「……そうか。ならば、貴様は何者で、何と名乗る」

「――プリシラ・バーリエル。それが妾《わらわ》の名前じゃ。よく覚えておくがいい、ヴィンセント・アベルクス」

問いかけに堂々と答え、プリシラとアベルの視線が交錯する。

アベルの名を知っていたプリシラと、プリシラを違う名前で呼んだアベル。両者の間の只《ただ》ならぬ関係をひしひしと感じながら、スバルは静かに息を呑《の》む。

そして、尻餅をついていた体をゆっくりと起こし、プリシラを睨《にら》んだ。

「動くなと、そう妾は命じたはずじゃが？」

「ああ、聞こえてた。けど、クソ喰《く》らえだ。俺にはやることがあるんだよ」

「ほう？　妾の前で、よくぞ吠《ほ》える」

空気の灼《や》ける臭いがして、スバルはプリシラの視線が熱を孕《はら》むのを感じる。

だが、引く気はない。プリシラのご機嫌伺いで負傷者の手当てが遅れるなど、言語道断だ。二人の不仲が理由で人死にが出るなんてありえない。

たとえ、何を言われようとスバルは――、

「――プリシラ、貴様は何度『陽剣』を抜いた？」

不意に、片膝をついたアベルがプリシラにそう問いかけていた。

ゆっくりと立ち上がり、プリシラを見据えるアベル。正味、スバルにはその問いかけの真意がわからない。プリシラが手にしていた『陽剣』――赤く、眩《まばゆ》く輝く宝剣。アラキアを倒した今、空を鞘《さや》とする宝剣はすでに納められている。

無論、必要となれば、すぐにでもプリシラはそれを抜き放つのだろうが――、

「――おーい、誰でもいいから助けてくんね？　もうそろそろ、限界なんだけど」

その空気を、崩れたバルコニーの外から届いた声が台無しにする。

それはアラキアの一撃に弾《はじ》かれ、建物の壁に外付けされた結晶灯に引っかかったアルの声だった。彼の情けない呼びかけが、緊迫した状況を空《むな》しく揺する。

そして――、

「――凡愚。貴様、あれを引き上げよ。こう騒がしくては興も削《そ》がれる」

「え……」

そう言うと、プリシラが壊れたバルコニーを顎《あご》でしゃくった。

それまでの剣呑《けんのん》とした空気を霧散させ、プリシラは平然とスバルにそう命じる。その態度の変わりように目を白黒させ、スバルはアベルの方を見る。

すると、スバルと同じようにプリシラの変心を目の当たりにした彼は嘆息し、

「睨《にら》み合《あ》っていても埒《らち》が明かん。ひとまず、貴様はあれの言う通りにしておけ」

「……わかった。別にお前の部下じゃないけど」

スバルは一応の反論をアベルに返し、アルの救援のために動き出した。

プリシラの勝手さに思うところはあるが、それを指摘して意見を翻されても困る。

「――――」

頭の中、ミゼルダやシュドラクの人々の安否、このあとのグァラルの扱いや、アベルとプリシラの関係、様々な要因でぐちゃぐちゃになっている。

それを奥歯を強く噛《か》んでひとまず忘れ、目の前のことに集中する。

レムが、日の前の命を拾うために必死になっているように。

スバルもまた、思い描いた『無血開城』に少しでも現実を近付けるために。

3

都市庁舎の外灯に引っかかったアルの救援作業だが、これが案外大変だった。

なにせ、アルは腕の片方を異世界に奉納してしまった身の上だ。ぶら下がる彼を引き上げようにも、隻腕が相手では取れる選択肢も限られるわけで。

「だから助かったよ、ミディアムさん。俺一人じゃかなりしんどかった」

「いいからいいから！　それより、肝心なとこで倒れててごめんだよ～！」

そう言って、ボロボロの格好で快活に笑ったのはミディアムだ。

スバル一人で困難だったアルの救出作業に、ちょうど目を覚ました彼女の力を借りた。おかげで命拾いしたアルも、大の字に転がって「ふへえ」と生を謳歌《おうか》している。

「だけど、ごめんね！　肝心なとこで倒れてて力になれなかったなんて、反省反省！」

「いや、ミディアムさんはちっとも悪くねぇよ。謝らないでくれ」

アラキアの襲撃時、力になれなかったことを謝罪するミディアム。だが、それもおかしな話だ。そもそも、彼女たち兄妹《きょうだい》は巻き込まれただけなのだから。

「動けなかったのだって、フロップさんとウタカタ……それとルイを庇《かば》った結果だろ」

奥歯に些細《ささい》な抵抗感を挟みながらも、スバルはミディアムの行動を称賛する。

アラキアの竜巻が大広間を吹き荒れたとき、ミディアムはすぐ傍《そば》のフロップと、両肩に担いでいたウタカタとルイの二人を守ったのだ。

その奮闘の陰で、頭を打って動けなくなっていたのを本人は大いに反省している。悔やみすぎないでほしいと、そう思うスバルの前で彼女は「ん～！」と唸《うな》り、

「次！　次はあんな情けないとこ見せないから！　明日のあたしとあんちゃんに期待しててよ、ナツミちゃん！」

「――。そう言ってくれるのは心強いよ。でも、これ以上二人は」

自分たちに付き合わなくても、とスバルは言葉を続けようとした。

しかし、歯切れの悪いその言葉は、お日様のように明るい彼女の「あ！」と目を丸くし

ての一声に簡単にかき消されてしまう。

「あたし、向こうであんちゃん手伝ってくる！　やわなあんちゃんじゃ大変っぽいし！」

「あ、ああ」

「じゃ、ナツミちゃん、またあとで！　仮面の人も、落っこちなくてよかったね～！」

ぶんぶんと大きく手を振って、ミディアムが落ち着きなく走り去る。

そのまま兄を手伝い、怪我人《けがにん》のフォローを始めるミディアムの姿に、スバルのオコーネル兄妹への申し訳なさは募る一方だ。――いつか、この恩を返済し切れるだろうか。

「でかくて可愛《かわい》い嬢ちゃんだったな。さすが、兄弟は国境越えてもお盛んだねえ」

「お盛んって表現に心当たりがなさすぎて震えるわ。ミディアムさんがでっかくて可愛い人ってのは同感だけども。それより……」

「うん？　どうしたい、兄弟」

首の骨を鳴らしながらいつもの軽口を聞かせるアルを、スバルはじろと睨《にら》む。そこにはプリシラに向けられなかった分の鬱憤、それが腹いせのように込められている。

当然だろう。ここまで延々と、スバルの疑問は棚上げ状態なのだから。

「怖い顔すんなって。せっかくのお化粧とヘアセットが台無しだぜ？」

「生憎《あいにく》と、直前のバタバタで化粧も髪のセットもすでに台無しなんだよ。本当のナツミ・シュバルツはもっと可愛いから、勘違いするな」

「ナツミ・シュバルツ、ねえ」

凄《すご》むスバルの偽名を聞いて、アルがどこか意味深に笑った。

そのアルの態度を訝《いぶか》しむスバルに、彼は「いやいや」と首を横に振る。

「うまい偽名だって感心しただけだ。女装も様になってるし、金が取れるんじゃね？」

「茶化《ちゃか》すな。第一、女装の技術は金儲《もう》けのためになんて使わない。それよりも答えろ。なんでお前とプリシラがここに……帝国にいるんだ？」

考えても考えても不可解な邂逅《かいこう》だと、スバルはアルに真剣に詰問する。

プリシラとアル、この二人と帝国で出くわすなんて不自然が過ぎる。もちろん、彼らから見ればスバルたちにも同じことが言えるのだろうが。

「それは棚上げさせてもらう。聞きたいことは早いもの勝ちだ」

「そりゃ斬新な意見だ。けど、兄弟がオレに聞きたい本音はそれじゃねぇだろ」

「なに？」

「オレと姫さんが帝国にいる理由なんてどうでもいい。兄弟の本音は帰り方……このおっかなくて危ねぇ国から、住み慣れた我が家に帰る方法だ。違うかよ」

問い返され、今度はスバルが痛いところを突かれて口ごもった。

ルグニカ王国に帰る方法、それがスバルが一番欲しがっている情報と、そう言われれば否定する言葉はない。アルたちへの疑問も、それの前では些事《さじ》だった。

レムを連れて、エミリアたちの下へ戻る。その大目標と比べれば。

「なら、お前は知ってるのか？　帝国の国境を越えて王国に帰る方法を……」

「いや、悪《わり》ぃ。期待させて盛り上げといてなんだけど、知らねぇわ」

「おまっ……」

「待て待て、怒んなって！　正確には、今の帝国から出てくのは難しいって話だ。入るだけならまだしも、出るのは至難の業って状況になっちまった」

いいように感情を弄ばれ、苛立《いらだ》つスバルにアルが掌《てのひら》を見せて待ったをかける。

相変わらず、本心を見せようとしない語り口だ。――他人の目から見ると、スバルもこんな風に見えるのだろうか。だとしたら、大いに反省したい。

ともあれ――、

「入るのはできても出るのはできない。謎かけみたいな言い回しだが、その心は」

「おいおい、それこそ言うまでもねぇだろ。楽に国から出られる状況にして、とんずらこかれちゃ困る相手がいるってことじゃねぇか」

「――。ってことは、お前もアベルの素性を知ってるってことか」

アルの返答を受け、スバルは自然とその回答に辿《たど》り着《つ》く。

ヴォラキア帝国の出入国が厳しいという話は前にも聞いたが、現状、アルの言った条件で出国制限が強化されているなら、その原因はアベル――否《いな》、ヴォラキア皇帝であるヴィンセント・ヴォラキアの存在に他ならない。

皇帝の座を追われ、逃亡中であるアベルを他国へ逃がさないための国境警備の強化。

結局、スバルたちが王国へ戻るための大きな障害、その壁の高さに変わりはないと。

「アル、お前は何を知ってる？　俺たちより、よっぽど情報を持ってるなら……」

「おっと、これ以上はお口にチャックだ。余計なこと喋《しゃべ》って、姫さんに怒られたくねぇ。話してぇことがあるなら姫さんと話しな。とはいえ」

そこでもったいぶるように言葉を切って、アルは逸《はや》るスバルに肩をすくめると、

「姫さんが、それを素直に話してくれるかは、オレも保証できねぇけどな？」

4

「何とか生きて戻ったぜ、姫さん。そっちの話し合いはどんな感じよ」

「さして進んでおらん。これなら、ぶら下がる貴様の方がよい見世物であったろうな」

気安い調子で進捗を尋ねるアルに、頬杖《ほおづえ》をついたプリシラが退屈そうに応じる。

都市庁舎内にある会議場には、プリシラを含めた主要な顔ぶれが勢揃《せいぞろ》いしていた。

アラキアの襲撃で大打撃を受けた建物だったが、幸い、頑丈に作られた土台は健在で、会議場を始めとした庁舎の大半の機能は生きている状態だ。

会議場には大きめの円卓が置かれ、それぞれアベルとプリシラが手前と奥の対極に座っている。それ以外の参加者は、都市の帝国兵をまとめる二将のズィクルとその参謀、それにクーナを代表とした数名の『シュドラクの民』だ。

「ヨ、無事だったカ、ナツミ」

「クーナこそ、目が覚めてよかった。傷は」

「ホーリィのでけー図体《ずうたい》が役立ったナ。正直、アタイもこんなとこ居心地わりーからさっさと抜け出してーんだガ……」

円卓に座らされ、スバルに応じるクーナが苦々しい顔をする。

その表情の理由を察して、スバルも思わず視線を落とした。彼女がシュドラクの代表としてここにいるのは、他にその役目を果たせるものがいないから。

すなわち、族長のミゼルダと、その妹であるタリッタの二人だ。

「タリッタは取り乱してて族長から離れられねーシ、ホーリィに話させても仕方ねーだロ。だからっテ、アタイにお鉢が回ってくるなんて勘弁してくレ……」

「いや、クーナは周りをよく見てるし、熱くならないから適任だと思う。……今は、ミゼルダさんの無事を祈るしかないのが歯痒《はがゆ》いけど」

「……まーナ」

瀕死《ひんし》の重傷を負ったミゼルダと、その事実に泣きじゃくっていたタリッタ。

姉妹の心身を案じつつ、スバルは部屋のどこに座るか視線を彷徨《さまよ》わせる。一応、グァラル陥落作戦の立案者ではあるが、所属がどこなのか曖昧なままきてしまった。

「ナツミ嬢、もしもお困りなら私のお隣ではいかがですか」

と、そう悩むスバルを呼んで椅子を引いたのは、素早く立ち上がったズィクルだ。

小柄でずんぐりとした体形のズィクルが、スバルを見つめて紳士的に微笑《ほほえ》む。その視線

にスバルは、着替える暇がなく女装したままの自分を指差して、

「あの、もう気付いてると思うんですが、俺は女装ですよ？」

「あなたが女性を装っているのなら、私も男性を装っているようなもの。私の信じる男性像というものは、装っている相手であれ、女性相手には紳士的に振る舞うものです」

「こ、これが『女好き』……」

蔑称ではなく、尊称としての『女好き』は意識の高さが違う。

スバルは軽はずみな覚悟で女装していることを恥じつつ、ズィクルの対応に甘え、彼が引いてくれた椅子に腰を下ろした。それから、「すみません」と一声かけ、

「上では庇《かば》ってくれてありがとうございました。ズィクルさんのおかげで命拾いを」

「いえ、とっさに体が動いただけですよ。なにせ、私は『臆病者』ですので」

スバルのお礼に、ズィクルがどこか誇らしげに『臆病者』を自称する。

それはズィクル・オスマンという帝国の『将』が、忠誠を誓った皇帝に自身を覚えてもらえていた証《あかし》であり、揺るがぬ在り方を定めたからだろう。

そして、そんな立派なズィクルの尊敬を向けられる皇帝ことアベルは――、

「――城郭都市《じようかくとし》グァラルを陥落させ、駐留する兵たちの指揮官であるズィクル・オスマン二将はこちらに下った。加えて、バドハイム密林の『シュドラクの民』」

「とても足らぬな。妾《わらわ》とて、『シュドラクの民』の勇猛さは聞き及んでおる。それでも、帝国と事を構えるには戦力不足甚《はなは》だしい」

「道理だ。プリシラ、貴様の手勢は？」

「妾の私兵は帝国に入れておらぬ。それを除けば、妾の手勢と呼べるのはそこな鉄兜《てつかぶと》の道化と酔いどれの剣士、それと愛らしいだけが取り柄の小姓じゃな」

プリシラと二人、互いの状況と情報を交換し合い、着々と話を進めている。

それぞれの知性を感じさせる会話は、周囲の介入を無言で拒んでいる。だが、スバルはあえてそこに「待った」と割って入った。

散々振り回されているのだ。挙句、ここでも置き去りなんて御免だった。

「なんじゃ、凡愚。貴様、おったのか」

「いるし、自分で言うのもなんだけど、今の俺を見て印象に残らないなんてとんでもねぇ話だぞ。前にこれ見たとき、ベア子はしばらくうなされてたぐらいだ」

「その装いに関する賛辞ならくれてやったはずじゃぞ。よもや、アルを汚い布で引き上げたくらいで褒美がもらえるとでも？」

「そんな期待はしてねぇ！　いや、ちょっとはしてる。せめて、俺の話に少しは耳を傾けてくれるんじゃないかって期待をだ」

円卓に手をつき、前のめりになるスバルにプリシラが目を細める。

こちらを値踏みするような眼差《まなざ》しだが、スバルはそれに怖《お》じない。さっきと違い、ここにはクーナやズィクルもいる。そう言うと、情けない防波堤な感があるが。

「ともかく、当たり前のようにお前がここにいる理由はなんなんだ。アルに聞いても埒《らち》が明かねぇ。お前の口からはっきり聞かせてくれ」

「煩わしい問いよな。――そこな男、ヴィンセント・アベルクスと話すためよ」

顎《あご》をしゃくり、プリシラが正面に座るアベルを示して平然と答える。その答えに、スバルは腕を組むアベルを視界の端に捉えながら、

「アベルと話すため……？　けど、どうやって居場所を知ったんだ？」

「帝都ルプガナの皇帝の玉座には、皇帝を転移させるための仕掛けがある。政変を察知する能があれば、仕掛けを通じて東の地へ逃れよう。――代々、皇帝が葬られる墓所」

「皇帝の、墓場？」

「そこへ転移する仕組みじゃ。そうであろう、ヴィンセント……いいや、今はアベルと呼んだ方が都合がいいらしいな」

話の矛先をスバルからアベルへ逸《そ》らし、プリシラが瞳の炎を赤く燃やす。

その灼熱《しゃくねつ》の眼差《まなざ》しに吐息をついて、アベルは「そうだ」と頷《うなず》いた。

「今はアベルと呼べ。少なくとも、玉座を奪われた俺に皇帝を名乗る資格はない」

「殊勝、律義、馬鹿正直……いずれにせよ、ずいぶんとやわな考えをする。皇帝の玉座に座るうち、立ち上がり方も忘れたらしい」

「俺を見て、立ち上がり方を忘れたとは言ってくれる」

容赦のないプリシラの嘲弄に、さしものアベルの方も剣呑《けんのん》な気配を隠さない。

瞬間、両者の視線が熱を帯びてぶつかり合い、会議室の空気が灼《や》ける臭いさえした。こ

のまま話し合いは決裂し、火を噴くのは避けられないと思われ――、

「まあまあ、落ち着けよ、ご両人。揉《も》めても何の得にもならねぇだろ？」

その爆発寸前の火薬庫に、堂々と煙草《たばこ》をふかして入り込むような大胆不敵な発言。へらへらと笑ったアルは、プリシラの椅子の背もたれに肘を乗せて寄りかかり、

「こう見えて、姫さんも可愛《かわい》いとこあんだぜ？　ヴァラルに超特急で駆け付けるって潰す勢いで飛竜を飛ばさせてよ。そんだけ感動のご対面が待ち切れねぇと……ごぁ!?」

「たわけ」

プリシラの人間性を擁護しようとしたアルだったが、主人はそんな彼の思いを欠片《かけら》も汲《く》み取《と》らず、猛烈な勢いで扇を彼の腹に叩《たた》き込《こ》んだ。

思わず悲鳴を上げ、アルの体がくの字に折れて膝をつく。

「妾《わらわ》の心中を代弁しようなどと、思い上がりも甚《はなは》だしいぞ。貴様、いつからそう偉くなった。道化であれ、分を弁《わきま》えよ」

「が、ガチギレがいい証拠じゃねぇか……けど、助けにきたのはホントだろ？」

紅の瞳を細め、プリシラがアルの言葉に不機嫌を露《あら》わにする。

が、明確に言葉で否定しないということは、アルの言葉が的を射ている証《あかし》だ。

「プリシラが、アベルを助けに……？」

それがあまりに納得し難《がた》く思えて、スバルは違和感を拭い去れない。

もちろん、結果や行動だけ見れば、プリシラがアベルやスバルたちを助けてくれたこと

は間違いない。しかし、スバルの知る彼女の人間性が納得を阻んでくるのだ。

気に入らない敵を倒すことがあっても、誰かを守るために戦うことが、果たしてプリシラ・バーリエルという人物の中で成立するロジックなのかと。

「不愉快な考えをしている目つきじゃな。抉《えぐ》られたいか、凡愚」

「いや、絶対ないわ。人助けする奴《やつ》から出てくる発言じゃないもん」

「――いずれにせよ、玉座の仕組みを用いて俺が東の地へ飛ぶことを理解した。ならば、俺が『シュドラクの民』と合流し、城郭都市《じょうかくとし》へくるのも予想がつくか」

「……つくか？」

プリシラに人並外れた洞察力があることは認めるが、アベルがすんなりと受け入れた事情がスバルには受け入れ難《がた》い。

確かに与えられた事実は、その推測を満たしているように思えるが。

「混ぜっ返すなよ、兄弟。頭のいい連中が納得してんだ。ここでまとめておけば、やる必要のねぇ揉《も》め事《ごと》は避けられるだろ」

「お前はそれでいいのかよ……」

「いいも悪いも、呑《の》み込むしかねぇよ。やり合っても、そっちが損するだけだぜ？――どうせ、オレと姫さんが勝つんだから」

膝をついたまま、そう小声で断言するアルにスバルは少し驚かされる。

正直、自分たちが勝つと、そうアルが断言したことがスバルには意外だった。元々、アルは謙遜というより、周囲に適当な一線を引いている節があった。

実際、他の王選候補者の騎士たちはいずれも名のある実力者揃《ぞろ》い――その中で自信過剰になれるほど、スバルもアルも特別な人間ではない。

そうした、ある種の共感をスバルはアルに抱いていた。

だからこそ、ここでそう断言した彼がスバルには意外だったのだ。

へらへらと不真面目で、何ら変わらないように見える彼にも変化はある。それはプリシラとの主従関係や、それに付随する王選という戦いの日々がもたらしたものだ。

「ま、ただしオレが偉そうなこと言えんのも、億が一でも勝ち目のある相手の話だ。その点、アラキアって嬢ちゃんクラスはヤバかった。勝ち目が見当たらねぇの」

「……そりゃ、『九神将』は帝国の最強メンバーなんだろ。ルグニカ王国で言ったら、ラインハルトとかユリウスみたいなもんだ」

おそらく、ルグニカ王国で最強のメンバーを選んだ場合、ラインハルトやユリウスは当然入ってくるだろう。筆頭宮廷魔導師のロズワールも含まれるかもしれない。

スバル的にはそこにヴィルヘルムやガーフィールを加え、オールスターメンバーを揃えて『九神将』に臨みたいところだ。

「いや、そういう話じゃねぇけども。それに、いくら『九神将』って言っても、ラインハルトみたいなのがいるとはとても……」

「――生憎《あいにく》と、そうでもない」

「うえ？」

最も警戒すべき相手として、『九神将』の戦力を測ろうとしたスバルに、アベルが言ったのは耳を疑うような発言だった。

彼は今、ラインハルトに匹敵する存在がいると、そう言ったのか。

「ラインハルトみたいなバグキャラが他にもいるってのか？」

「その単語に聞き覚えはないが、匹敵するという意味なら頷《うなず》こう。九神将には、アラキアの上に『壱《いち》』がいる。それがそうだ」

「九神将の『壱』って……」

「──セシルス・セグムント」

パクパクと口を開けたスバルの横で、ズィクルが静かにそう口にした。

それが人の名前で、それも件《くだん》の『壱』の名前だとスバルも理解する。その名前の人物こそが帝国最強、ヴォラキアの誇るバグキャラ──。

「『ヴォラキアの青き雷光』と、そう呼ばれる超級の剣士です。ルグニカの『剣聖』やカララギの『礼賛者《らいさんしゃ》』、グステコの『狂皇子《きょうおうじ》』と並び称される存在」

「う……その異名は前にも聞いた覚えが……じゃあ、本気で？」

「敵対すれば、瞬く間に首が飛ぶ。そういう男だ」

頬《ほお》を強張《こわば》らせたスバルの問いかけに、腕を組んだアベルが頷いた。

この場において、アベルやズィクルが嘘《うそ》や冗談を口にする理由がなく、つまりは聞かされた言葉は単純な事実なのだろう。

ラインハルトと同等の実力者である帝国最強の男、セシルス・セグムント。

聞くだに危険な印象を拭えない超級の剣士、いったいどれほどいかつく凶暴な相手なのかと、スバルは自分の背筋が冷たくなるのを感じた。

「……しかし、そう考えるとあれだな。ここで『弐《に》』の立場のアラキア嬢ちゃんを叩《たた》けたのは、こっちもでかい収穫だったな」

「アル……」

気分の重たくなるスバルや他の面々と裏腹に、明るい声でアルが言い放った。

実に前向きな意見だが、すんなりとそれに乗れない気分なのも事実。だが、そのアルの心意気を汲《く》み、スバルは「そうだよな」と息を吐いた。

実際、スバルたちは被害を極限まで抑えて城郭都市《じょうかくとし》を手に入れることができた。

孤立無援のところに、敵か味方かはっきりと言いづらいまでも、プリシラとアルという援軍まで加えることができたのだ。

負傷したシュドラクたちも、レムがきっと頑張って治療してくれる。ミゼルダも戦線に復帰し、また力の抜けるようなイケメン万能論を聞かせてくれるはずだ。

だから――、

「アルの言う通り、九神将の……それも、大物を倒せたのはでかい。帝国で上から数えた方が早い役職ってことは、きっと相手の情報も持ってるんじゃないか」

「ああ、言えてるな！　冴《さ》えてるじゃねぇか、兄弟。情報ってのは、戦争中は金塊よりも価値があるもんだ。せっかく生かして捕まえたんだ。話を聞こうぜ」

「だな。何かいい手掛かりが……」

　無理やりに気分を盛り上げるスバルと、アルが調子を合わせてくれる。その調子で、生け捕りに成功したアラキアから情報を得る方向へ話が進みかける。

「待てヨ、スバルと鉄仮面。アタイはそれには反対させてもらうぜ」

が、そこにシュドラクの代表として参加するクーナから待ったがかかった。

　何事かと振り向くスバルとアルに、クーナは緑に染めた自分の髪を撫《な》でながら、

「あの女はヤバかっタ。隙見せたら何しでかすかわかったもんじゃねーヨ。さっさと殺しておいた方が絶対にいイ」

「それは……わかるけど、短絡的すぎるだろ。殺すなんて、そんな」

「族長があんな目に遭わされてんダ。スバルがなんて言おうト、アタイも他の連中モ、あいつは処刑しねーと気が済まねーんだヨ」

　食い下がるスバルを睨《にら》み、クーナが正面からアラキアの処刑に言及する。

　ミゼルダの容態のことを指摘されれば、スバルも口を噤《つぐ》むしかない。彼女の安否はレムに委ねてあるが、傷が癒えても傷付けられた事実は消えないのだ。

　それをシュドラクが許せないなら、アラキアには償わせることになるのだろう。

「────」

クーナへの返答を探しながら、スバルはちらとプリシラの方を見た。

アラキアと只《ただ》ならぬ関係性を窺《うかが》わせたプリシラが、彼女を処刑すると主張するクーナにどんな反応を見せるか、それを確かめようとしたのだ。

しかし――、

「妾《わらわ》のアラキアへの態度はすでに決めた。そも、あれの背を斬ったのは妾じゃぞ。貴様の顔についた黒い瞳は飾りか？」

「ぐ……」

「アラキアのため、言葉を尽くすつもりは妾にはない。あれの命運がここに尽きるなら、それもまたアラキアの道であろうよ。――興醒《きょうざ》めではあるが」

「……俺には、お前が全然わからねぇよ」

淡々と、アラキアの命を秤《はかり》に載せながら語るプリシラにスバルは頭を振った。

最後を見れば険悪な関係にも見えて、しかしアラキアの態度を見れば親密な関係でもあっただろう二人。なのに、プリシラの態度はひどく断絶的だ。

部外者のスバルには、二人の関係はわからない。

「でも、死んだら全部終わっちまう。命ってのは戻らないんだから」

「妾に命の価値を説くか。妾が他者の命の価値を測り違えるとでも？」

「――。お前だって万能じゃない。間違うことだって、あるだろ」

正面からプリシラを見据え、スバルはほとんど間を置かずにそう答えた。

それを言った途端、部屋の空気が張り詰めた。

クーナやズィクルが息を吞み、アルが兜《かぶと》の額に手を当てたのが見える。スバルも、自分が勢い任せにマズいことを言ったと自覚があった。

これを言えば、プリシラの不興を買って命を失いかねないと、言い終えたあとで推敲《すいこう》して気付いてしまったパターンだ。

次の瞬間には、あの赤く輝く宝剣で首を刎《は》ねられるかもしれない。

だとしても——、

「俺は、間違ってない。お前だって、間違うはずだ」

重ねて、スバルは命を捨てかねない発言を繰り返した。

刹那、プリシラの瞳が細められ、スバルの軽挙を償わせる灼熱《しゃくねつ》の訪れを幻視。赤く輝く宝剣が無礼者の首を刎ね、容赦のない『死』が——、

「——妾《わらわ》とて過《あやま》つ、か。業腹なことよな」

放たれなかった。

「え……」

確信した『死』の素通りに、スバルは掠《かす》れた息を漏らす。

そんなスバルの様子を一瞥《いちべつ》し、プリシラは音を立てて扇を開くと、その視線をスバルを飛び越え、クーナの方へと向けた。

「あれの首を刎ねる前に、使い道を模索するのもよかろうよ」

「――っ、アタイたちに指図しようってのカ？　部外者のアンタガ」

「無視できるならしてみるがいい」

意見を撤回したプリシラの視線が、クーナの細身を焼くように撫《な》でる。

思わず己の体を抱いて、クーナはその視線に感じた圧を自ら証明してしまった。残念だが、プリシラとクーナでは役者が違う。

身をすくめた自分を恥じるようにクーナが唇を噛《か》み、プリシラが鼻を鳴らす。

「正直、ひやひやしたぜ。けど、これで話はまとまった！」

と、緊迫した空気を割るように、アルがその手を力強く円卓について音を鳴らした。

そうして注目を集めた彼は、鉄兜越しにスバルに視線を送り、

「兄弟が死ななかったこともめでてぇが、この世からエロ可愛《かわい》い嬢ちゃんが無情に失われなかったのも朗報だ。そしたら、嬢ちゃんが目覚めたら話を――」

「――大変なノー！」

益体のない軽口を交え、アルがアラキアの処遇をまとめようとしたところだった。

慌ただしい足音と慌てふためいた声で会議場に飛び込んできたのは、その大きな体を部屋の入口にねじ込んだホーリィだった。

彼女は皆の注目を集めながら、その体と息を弾ませ、言った。

「二人組の帝国兵が乗り込んできて、捕まえてた九神将が逃がされちゃったノー！」

幕間『持つモノと持たざるモノ』

1

『生きてれば恥をすすぐ機会もあるさ。けど、死んだらそれまでだよ。ってわけだから、俺はいく。勝算のない戦いは乗れない』

その言葉に嘘《うそ》はない。

勝ち目の薄い戦いに身を投じるなんてのは、信じ難《がた》い馬鹿しかやらない愚行だ。

自分が賢いなんて微塵《みじん》も思わないが、賢くないからこそ慎重に判断すべきだ。賢者ならば一瞬で辿《たど》り着《つ》くかもしれない結論に、愚者なりに長く時間をかけて辿り着く。

それが持たざるものの戦い方だと、トッド・ファングは知っている。

勝ち目のない戦いには乗れない。しかし、それは逆説的に言えば——、

「——勝ち目のある戦いには乗る、って話で間違いないわけなんだが」

右目の前に握り拳を持ってきて、わずかに作った隙間から向こう側を遠見する。

見える範囲を狭めることで、より遠くを見る原始的な手法。目を細めればかなり遠くま

で見えるトッドの目だが、さすがに混乱する都市庁舎の中までは見通せない。

それが、だいぶ風通しのよくなった状況であろうと、だ。

「オイ、都市庁舎の屋根がなくなってんぞ！　何が起こってんだ！」

すぐ横で、高まったやる気を持て余している獰猛《どうもう》な連れがぎゃあぎゃあ騒いでいる。

やかましくて集中が乱れると、そう手を振って黙らせる。黙った。案外、素直だ。

「『九神将』が乗り込んだのは間違いないはずなんだがな」

そうでなくては、敵の手に落ちた城郭都市《じょうかくとし》に踏みとどまった意味がない。

前述の通り、都市庁舎が敵の策で落とされた時点で、トッドは都市を捨てて逃げるつもりだった。お行儀よく武装解除に従い、投降するつもりもない。

そもそも、敵の頭脳が戦争の申し子——ナツミ・シュバルツを名乗った彼である限り、トッドやジャマルのような危険因子は真っ先に排除されるはず。

投降した捕虜の私刑はヴォラキアでも敬遠されるが、彼なら適当な理由をでっち上げて自分たちを処刑するに決まっている。故に、真っ先に逃亡を選択したのだ。

その選択を翻して残ったのは、都市に現れた『増援』の存在を確認したからだった。

「間違いねえ。二年前の従軍で見た女……『弐《に》』の、アラキア一将だった」

閉ざされた正門を軽々と飛び越え、悠々と都市に入り込んだ薄布の女を見て、ジャマルは鼻息を荒くしてそう断言した。

野性の本能が服を着て歩いているような男だ。生物としての強さ的にも、雌を見極める雄の性質的にも、琴線に触れた相手のことは忘れまい。

つまり、帝国最強たる『九神将』の一人が反乱の制圧に現れた。――これは、トッドが消えたと判断した『勝ち目』に相違ない。

「乗るか拒むか、悩む価値が十分にある勝ち目だ」

何も、『九神将』と連携する必要はない。

取り押さえられ、仕事のできない都市庁舎の兵よりも一将の役に立てばいいだけだ。敵の拘束や尋問、なし崩しに指揮権を得れば一将の覚えもよくなるだろう。

そうすれば上に取り立てられ、帝都へ戻る道も早々と拓《ひら》けるかもしれない。

「よし、引き返すぞ、ジャマル。俺たちも都市庁舎の奪還に協力する」

「お？　おお、そうか！　くはは、それでいいぜ。逃げるなんて性に合わない真似《まね》してあちこち痒《かゆ》くてしょうがなかったからな。一将に手柄取られてたまるかよ！」

「馬鹿言え。俺たちが一将のおこぼれに与《あずか》るんだよ」

死地に戻る方針転換に喜ぶジャマル、その様子に嘆息しつつ、トッドは市内に戻り、都市庁舎を遠方から観測、自分を売り込む一番の好奇を見定める。

あくまで自分の信念に従い、慎重に慎重を重ねて、そして――、

「――殺せ、アラキア」

嵐のような風に吹き飛んだ都市庁舎の最上階と、うっすらと見える一将の蹂躙《じゅうりん》。

遠目に見える銀髪に褐色肌の『弐《に》』は、その辺りで拾ってきたようにしか見えない枝木を振るい、世界の法則を支配しているみたいに暴れ回った。

シュドラクも帝国兵も区別なく、誰もが荒れ果てた広間に倒れている。

そんな状況下で、青い髪の少女を背にアラキアに立ち塞がったのは、他の誰でもないナツミ・シュバルツの姿だった。

それを見た瞬間、トッドの中に浮かんだ考えは「一将の前に立つなんて馬鹿な真似を」や「これでも生きてるなんて大したもんだ」といった緩んだものではなかった。

むしろ、最大限の警戒心を張り詰めさせ、トッドは心中で声高に叫んだ。

――ここで、確実にその男を殺してしまえ、アラキア。

最悪、自分の手柄などどうでもよかった。欲しいのは、その男の確実な死だ。

それが――、

「……おいおい、冗談だろ」

アラキアがナツミを殺害する瞬間、その決定的な刹那を見逃すまいと集中する視界の上部、何かが閃《ひらめ》いたかと思った直後、トッドの切望が打ち砕《くだ》かれる。

閃いた赤い煌《きら》めきが、ナツミとアラキアの間に割って入った。

それは堂々とアラキアと向かい合い、絶対の強者としてナツミを庇護《ひご》すべく背に庇《かば》う。

それを見た瞬間、トッドの中の天秤《てんびん》が大きく傾いた。

「今、空から降ってきたのはなんだ!?　飛竜か!?　どこの飛竜だ!?」

「――――」

「トッド、どうする！　アラキア一将を援護すべきじゃねえのか！　おい、聞いて……」

「――黙れ、ジャマル」

状況の変化に声を荒げるジャマルが、そのトッドの一言に息を詰めた。

ジャマルの方に視線を向けず、トッドは都市庁舎の光景から目を逸《そ》らさない。現れた紅のドレスを纏《まと》った女は、正面からアラキアと対峙《たいじ》している。

一目でわかった。――あの女もまた、常人とかけ離れた『持つ』側のものだと。

そして、絶体絶命と思われた状況で自らの命を拾ったナツミもまた、戦闘力や運動力とは別の形の、『持つ』ものであるという事実を痛感する。

「トッド……！」

「動くな、ジャマル。――動いてもどうにもならん」

あったはずの勝算は消え、トッドの見守る間に状況はより悪くなる。

にじり寄るジャマルの怒りは承知しているが、今出ていっても無駄死にだ。

なにせ――、

「ちょうど今、アラキア一将がやられたところだからな」

赤い女の刃《やいば》を背中に浴びて、アラキアは為《な》す術《すべ》なく倒れ伏した。

傾いた天秤《てんびん》は壊れ、もう反対側に傾くことなど二度となかった。

2

「――――」

アラキアが倒れ、都市庁舎の事態は終結した。

今度こそ完膚なきまでに、城郭都市《じょうかくとし》グァラルは敵の手に落ちたと言えるだろう。

ここから挽回《ばんかい》する術はない。天秤は傾き切り、あとは敗戦処理の方法だけだ。

「どうするか、ね」

都市庁舎の成り行きを見守った建物の陰で、トッドは静かに思案する。

正直、怒りと悔しさで感情が煮《に》え滾《たぎ》っているが、それを吐き出しても意味はない。戻った理由が消えた以上、そそくさと退散するのが賢い選択のはずだが――、

「オイ、トッド……てめえ、まさかおめおめと逃げるつもりじゃねえだろうな」

そう、額に青筋を浮かべたジャマルを説得する言葉が見つからない。

都市庁舎の旗が燃やされ、都市が陥落した直後もジャマルの説得は骨が折れた。

それでもまだあのときは、ジャマルの感情の誘導が容易《たやす》い状況だった。抜きかけた剣を収めさせ、渋々とでも従わせることができたのだ。

だが、収めた刃を再び抜かせた今回はそうはいかない。実際、ここでの言葉選びを間違えれば、抜いた刃をトッドに向けかねない危うさがあった。

そんなことになれば、いくらジャマルでも殺さない理由がなくなる。――将来の義兄と

なる相手だ。できれば殺したくはない。

無事に連れ帰ると、婚約者と交わした約束も守れなくなるし。

「その線でいってみるか」

「あぁ?」

「……お前さんの気持ちもわかる。けど、冷静になれ。アラキア一将が倒された以上、俺たちが乗り込んでも勝ち目はない。無駄死になんてして、妹を悲しませるのか?」

「――――」

ジャマルを懐柔する手段として、家族愛を盾にして説得を試みる。

これが効けばと神妙な顔をした直後、静かに伸びてきた腕に胸倉を掴《つか》まれた。そして、ぐいと顔を近付けながら、隻眼のジャマルが牙を剥《む》く。

「てめえ、カチュアの話をすればいつでもオレが引っ込むと思ったら大間違いだぞ」

「そうか。……残念だ」

ゆるゆると首を横に振り、トッドはわりと本心からの失意を告げる。
二、三発殴らせて気が済むなら殴らせてやってもいいのだが、舌打ちしながらトッドを突き飛ばすジャマルにそのつもりはなさそうだ。
直接手を下す必要はなさそうだが、彼を止める手段もない。

幸い、抜け穴の捜索で街の地理は把握済みだ。アラキアが暴れてくれた今なら、脱出は容易《ようい》だろう。ジャマルもひと暴れして人目を引いてくれるらしい。

「ジャマル、悪いが俺はいく。言っても無駄だろうが、犬死にになるぞ。乗り込んでいっても、奴《やつ》らを殺し切ることは……」

「馬鹿か！　そんなできもしねえことやらねえよ！　オレはアラキア一将を連れ出す」

「……なに？」

　無意味とわかって言った感傷が、しかし思いがけない一言を引っ張り出した。

　思わず足を止めて振り返るトッド、その顔を「なんだ」と不機嫌にジャマルが見て、

「まさか、オレが玉砕覚悟で突っ込むとでも思ってたのか」

「ああ、思ってた。てっきり、お前さんは犬死にするのがお望みなのかと」

「つざっけんな！　てめえがあれこれ小賢《こざか》しいこと考えてるのに乗ってやってるが、オレだって考える頭はついてんだ！　できることとできねえことの区別はつく」

　意外でしかない発言をして、ジャマルはトッドを驚かせた。

　戦働きでは見るべき点もあるが、それ以外では直情径行と素行が悪すぎて、何のために頭がついているのかわからない男だと思っていたのに。

「てめえが腰抜けの臆病者ならしょうがねえ。カチュアは男を見る目がなかった。オレは一人でも一将を連れ出す。いい尻してる女だったからな」

「――待て、俺もいく」

「あぁ!?　てめえ、カチュアの尻じゃ満足できねえとでも……」

「自殺に付き合うつもりはなかったが、そうじゃないなら話は別だ」

不名誉な疑惑に取り合わず、トッドはジャマルの口を掌《てのひら》で封じた。強制的に黙らせ、トッドは頭の中で転換した方針に沿った行動予定を組み立てる。

本来、ぶっつけ本番で物事を進めるのはトッドの性に合わない。だが悲しいかな、ジャマルと行動を共にするのを重ねるうち、即興の経験値も不本意に増えた。

都市庁舎奪還のため、ジャマルが一人で玉砕するというなら放っておいた。しかし、行動目標がアラキアの奪還なら話は別だ。

――徐々に状況の後始末に入っている都市庁舎。

要注意すべきはナツミと赤い女、それらがいる場所で行動を起こすのは自殺行為だ。ただし、向こうも無傷で事態を収拾できたわけではない。

張り続けた気を緩めるならば、そこに付け入る隙がある。

「乗り込んでって騒ぎを起こす。その隙に乗じて一将を救い出せば……」

「さっき感心したのが水の泡だ。……警戒しなきゃならないのが二人いる。絶対にそいつらがいる場所じゃ事は起こせない。なに、心配いらないさ」

逸《はや》るジャマルを窘《たしな》めながら、指の隙間で遠見するトッドは唇を緩めた。その奥にある、白い犬歯を舌先でつついてほくそ笑む。

視線の先、瀕死《ひんし》ながらも連れ出されるアラキアの姿がある。

死体になっていないなら、どうとでも連れ出してやる手段はあるのだから。

3

元々拠点としていた建物だ。都市庁舎に忍び込むのは簡単なことだった。

トッドは普段から、一度でも立ち寄った場所の地理や間取りを把握する習慣がある。逃げ道や隠れる場所の心当たりがないと、安心して長居できない性質《たち》なのだ。

故に熟知している。——人間を、どこで殺して隠せば人目につかずに済むのかを。

「ご」

都市庁舎の屋内に潜り込むと、ちらほらとある監視の目を潰していく。

歩哨《ほしょう》に立つのは自警団の衛士《えいし》だ。元々帝国軍に協力していながら、都市が陥落した途端に不穏分子——もはや立派な『反乱軍』と化した連中に与《くみ》する風見鶏《かざみどり》。

「てめえらに情けはかけねえよ」

両手で掴《つか》んだ歩哨の首を上下逆さにへし折り、ジャマルが苛立《いらだ》たしげに吐き捨てる。

帝国貴族である以上に、帝国軍人であることを誇りとしているジャマルだ。その帝国に弓引く反乱軍に協力し、裏切った衛士に対する怒りは計り知れない。

「まぁ、俺にはない発想だが」

殺す必要があるから殺すだけで、殺さなくていいなら殺さなかった。

早すぎる変わり身も、生き残るために強い方についただけなら責められる謂《いわ》れもない。

もちろん、誤った判断の報いは命で払ってもらうことになったが。

そうしてジャマルと二人、邪魔な衛士《えいし》を排除しながら進み、目的の場所へ。

都市庁舎の地下には牢屋《ろうや》があり、裁判で都市長の沙汰を待つ罪人が入れられる慣習がある。捕虜とされたアラキアも、その牢に入れられた可能性が高いと踏んでいた。

「——いたぞ、一将だ」

下りた地下の空間には、複数の牢が広間の左右にそれぞれ配置されている。手前から順番に刑が軽い罪人が入れられる形だが、最も堅固なものは最奥の牢。

そして当然だが、アラキアの入れられた最奥の牢は厳重に守られていた。

立ち番をしているのは衛士ではなく、髪を黄色く染めたシュドラクの女だ。槍《やり》を手にした大柄な女で、衛士とは比べ物にならない腕利きと一目でわかる。

「よけては通れねぇ。ちまちまと忍び込むのもここまでってわけだ」

「……お前さん、なんで嬉《うれ》しそうなんだよ」

避けられない強敵を前に、嬉しそうにするジャマルの態度は理解に苦しむ。

大方、より危険な方が、より血を流した方が、帝国への忠誠を示せるであるとか、そういったことを考えているのだろう。トッドにはない発想だ。

「決まってんだろうが。帝国軍人らしく戦い、戦果を勝ち取る！　そうしてこそ、オレは自分が帝国軍人と胸を張れるってもんだ」

「……ほぼ想像通りのこと言われて驚くのって、おかしな話だよなぁ」

ここまで言行の一致した人間というのも珍しい。

返答に不愉快そうな顔をしたジャマルに取り合わず、トッドは見張りの女を観察する。立ち番の女は体が分厚く、手足も相応の肉に守られている。シュドラクの運動能力を考えると、トッドの斧《おの》でも手足は一発ではいかないかもしれない。

必然、狙いは頭を叩《たた》くか首を断つか。顔を割るという選択肢もあるが――、

「――こういうときこそ、オレの出番だろうが」

そう言って、不敵に笑うジャマルが馬鹿正直に前に出る。

それを呼び止めるか一瞬迷ったが、トッドは何も言わなかった。実際、ジャマルを突き飛ばして注意を引くのが、即興の第一候補だった。

その手間が省けて当人にやる気があるなら、わざわざそれを削《そ》ぐ必要はない。

「むむっ、何者なノー⁉」

「答えてやる必要があるか？　てめえらはヴォラキア帝国の剣狼《けんろう》を汚した。オレがいなかった戦場で、勝った気になってんじゃねえぞ！」

「おかしな奴《やつ》が出てきた、ノー！」

広間に進み出たジャマルを見やり、シュドラクの女が大槍を構える。一方、対峙《たいじ》するジャマルは双剣を抜くと、目を血走らせながら飛びかかった。

あれこれと問題行動の多いジャマルだが、その実力は折り紙付きだ。少なくとも、相手がシュドラクの一人という次元なら遅れは取らない。

「そらそらそらそらそらそらそらそらぁ！」

「――っ！　強い奴《やつ》なノー！」

やかましい声で吠《ほ》えながら、荒れ狂う双剣がシュドラクに無数に叩《たた》き込《こ》まれる。シュドラクはそれを大槍捌《おおやりさば》きでうまく躱《かわ》し、しかし防戦一方だ。

アラキアを見張るため、それなりの実力者を置いてはいたのだろう。だが、牢《ろう》に入れてすぐに救出に現れるものがいるとは思ってもみなかったらしい。

だからジャマルの猛攻に晒《さら》され、遅れて飛び出したトッドを止める術《すべ》も持たない。

「あ！　仲間が……きゃうっ！」

「余所見《よそみ》してる暇があんのか？　あぁ⁉」

珍しく気の利くジャマルに助けられ、トッドは牢の錠に斧《おの》を力一杯叩き付ける。

鍵を探す暇はない。牢を破壊もできないが、錠前ぐらいは壊せるはずだ。

鈍い音と硬い手応えがあり、斧の先端が盛大にひしゃげる。が、代わりに牢の鍵は派手に壊れ、軋《きし》む音を立てて開いた中にトッドは飛び込んだ。

「アラキア一将！」

牢内、簡易的な寝台に寝かされていたのは、うつ伏せに横たわる一人の少女だ。

意識のないアラキア、彼女がうつ伏せに寝かされているのは、その背中に浴びた斬撃が原因だ。すべらかな肌には痛々しい傷が、まるで烙印《らくいん》のように刻まれている。

斬った傷口が同時に焼かれ、凄惨な傷跡となっているのだ。――熱した刃《やいば》で傷付けられなければ、こういう傷はつかないだろう。

「あの赤い女、何を……」

只者《ただもの》ではなかった女、その手に握られていた宝剣の力も常軌を逸していたわけだ。

それ以上の詳しい情報はなく、呼びかけにもアラキアは応えない。だから仕方なく、トッドはアラキアの体を抱き上げ、そのまま牢の外に飛び出した。

「回収した！　ジャマル、いくぞ！」

「やらせは……あうっ⁉」

「だから！　余所見！　してんじゃ！　ねえええええ――っ‼」

アラキアを奪われ、シュドラクの女の意識が一瞬だけ逸《そ》れた。

そこへ飛び込むジャマルの一閃《いっせん》、女はそれをとっさに大槍で防いだが、衝撃に武器はもぎ取られ、無防備となった女の胴体にジャマルの後ろ蹴りが突き刺さった。

悲鳴を上げ、弾《はじ》かれた女の体が地下牢の壁に激しくぶつかる。頭を強く打ち据え、女はぐったりと倒れて動かなくなった。

それを見やり、トッドはトドメを刺せと命じようとしたが――、

「――っ、上が騒がしくなった。衛士《えいし》の死体が見つかったか」

「ちぃ、ぐずぐずしてられねえ。一将は」

「意識はないが、死んじゃいない。それで十分だろ」

ジャマルの問いに端的に答え、トッドは走って地下牢の外へ。そのトッドを軽々と追い抜いて、先行するジャマルが道を切り開く役目だ。

「いったい、誰が……ぐお！？」

「どけどけ、うすらボケ共がぁ！」

　地下を覗《のぞ》き込《こ》んだ衛士《えいし》が斬撃を浴びて吹き飛び、警戒の高まる都市庁舎をジャマルの背中を追いながらトッドも駆け抜ける。

　悪いが、抱き上げたアラキアの体を気遣ってやる余裕はない。『九神将』の一人なら体も頑丈にできているだろう。耐久力を信じて走るのみだ。

「出たぞ！　どこにいく！」

「正門は閉じられる。――ついてこい」

　騒然となる都市の闇夜を縫い、トッドはジャマルを連れて路地裏へ飛び込んだ。そのまま細道や横道を駆使し、行方を追ってくる敵の目をくらます。

　戦いが終わったばかりの状況、混乱の冷めやらぬ戦地、おまけに同じ格好をした帝国兵は数だけなら三百人は都市にいるのだ。見分けはつくまい。

　あとは――、

「――ッ！」

　風切り音が聞こえた瞬間、トッドのすぐ背後で刃《やいば》が振られた。

　振り向けば、足下に突き刺さった太い一本の矢が目に入る。切り落とされたそれはトッドを狙い、とっさにジャマルが対処したものだ。

　都市の中、逃げ隠れするトッドたちを正確に狙った一撃。

間違いなく、数日前にトッドの胴体を射抜いた射手と同一人物だろう。

――見られている。

そうなれば、迂闊《うかつ》に動くことはできない。

路地を出れば的にされ、アラキアを連れているトッドは俊敏な動きも難しい。射手を殺そうとしても、角度的に敵の位置は都市庁舎――三度《みたび》戻る選択肢はない。

では、アラキアを捨てて逃げるか。それが一番命を拾える可能性が高いが、だとしたら何のために危険を冒したのかがわからなくなる。

現状を鑑み、取れる手立てを探り、最も収穫が多いのは――、

「――ジャマル、狙われてるのはわかるな」

「ああ、厄介な連中だ。遠すぎてとても殺しにいけねえ。このままじゃ、一方的に狙い撃ちにされてしまいだ。どうする」

「……手は、一つしかない」

じろと、トッドの言葉にジャマルの隻眼が細められる。

献策を求めるジャマルの視線、それにトッドは深く息を吐いて、片目を閉じた。

「敵は俺たちを狙い撃ちしてくる。だから、先行するお前さんが矢を切り落とすんだ。一発じゃなく、二発三発と続く。で、俺は一将を振り落とさないよう全力で走る」

「はっ、らしくねえ。それがてめえの手か？　破れかぶれじゃねえか」

「究極、手札が尽きたらそうなるしかないって話だ。でも、俺はまだ運がいいだろ」

そんな無謀

「あん？　どこがだよ」

「お前さんって、かなり強めの手札が残ってるんだからな」

提示した作戦は、ほぼほぼジャマルの剣力に丸投げしたものだ。

ジャマルが飛んでくる矢を切り落とせなければ、その時点で二人とも死ぬ。そんな無謀に命を懸けるなんて、トッドの信念からすれば正気ではない。

しかし、そう提案する。ジャマルの剣力なら、可能性はゼロではないと。

「……やっぱりカチュアは見る目がなかったぜ。もっと頭のいい奴《やつ》だと思ってた」

「俺の婚約者の悪口はやめろよ、お兄様」

頭を掻《か》いたジャマルに、トッドは頬《ほお》を歪《ゆが》めてそう答える。それを聞いたジャマルは「は」と短く息を吐くと、双剣の柄《つか》を握り直した。

そして、そのたくましい背中をトッドに向けて、

「いいぜ、乗ってやるよ。たまには馬鹿みたいな賭けも悪くねえ」

「俺がいなきゃ、お前さんはそんな賭け事ばっかりやってそうだけどな」

「うるせえ。——てめえは黙って、オレの背中についてきやがれ！」

憎まれ口を叩《たた》き合い、堂々とそう宣言した直後、ジャマルは路地を飛び出した。

途端、豪風を纏《まと》った矢の一発がジャマルへ突き刺さる。

「——ッ」

それを、ジャマルは驚異的な反射神経で対応し、双剣を合わせて切り落とした。衝撃が

ジャマルの手首に返り、噛《か》みしめた奥歯を軋《きし》ませ剣狼《けんろう》が笑う。

血が燃え、心臓が跳ね、命が沸く感覚がジャマルを支配する。

「──ははぁっ！」

次から次へと、降り注ぐ矢雨の中をジャマルたちは駆け抜ける。

地面を踏みしめ、舞い踊るようにしながら剣を振るい、矢を切り払い、打ち落とす。繰り広げられるのは剣舞、ジャマル・オーレリーの剣の舞だ。

猛然と攻撃を捌《さば》きながら、ジャマルはトッドの奮戦にも感嘆する。

嵐のような致死性の矢が降り注ぐ中を、トッドは声も上げずについてくる。ジャマルの気が逸《そ》れれば、それが死に直結すると彼もわかっている証《あかし》だ。

故にジャマルは意識からトッドを追い払い、迫る『死』の回避に全霊を注ぐ。

直進、回避、打ち払い、踏み込み、跳んで、払いのけ、切り開く。

そして──、

「──クソ」

通りの終端、こちらに槍《やり》を向けるシュドラクの一団に迎えられ、罵声が漏れる。

射手に狙われ、あの数のシュドラクを捌くことは困難だ。不可能と言っていい。

「あれこれと小賢《こざか》しく立ち回っても、最後は運に突き放される、か。……は、空《むな》しいもんだ。けど、悪くなかったぜ」

双剣の感触を確かめながら、ジャマルは背後のトッドに本心から告げる。

色々と、トッドの考えや行動には振り回され、苛立《いらだ》つことも多かった。しかし、最後には彼も帝国軍人らしく、自分の命尽きるまで抗《あらが》うことを選んだのだから。

「カチュアには悪いことしちまったが、仕方ねえ。あいつも帝国貴族の端くれだ。オレやお前がこうなることも覚悟してただろうさ」

帝都に残してきた妹を思い、ジャマルは微《かす》かな胸の疼《うず》きを覚えた。しかし、それはすぐに目前の敵への戦意に掻《か》き消《け》され、血の臭いが全てを塗り潰す。

そうなってホッとした。――自分は骨の髄まで、ヴォラキア帝国の剣狼《けんろう》だ。

「やるぜ、トッド。せめて最後に、奴《やつ》らに目にもの見せてやろうぜ――！」

ぐっと前傾姿勢になり、ジャマルは眼帯に塞がれた右目から流れる血を舐《な》める。

そして猛然と、帝国軍人としての最期の威信を示すべく、真っ向から敵へ飛び込む。

致命的な攻撃が嵐のように降り注ぐが、もはや何の後悔もない。

最後の最後まで自分らしくあれたことこそが、ジャマルにとって何よりの褒章だった。

4

「……最後の最後まで、お前さんは馬鹿だったな」

遠くにジャマルの猛々《たけだけ》しい咆哮《ほうこう》を聞きながら、壁の穴を潜《くぐ》り抜けてトッドは呟《つぶや》く。

通り抜けた穴は即座に潰し、追ってこられないように入念に痕跡を消しておく。追っ手はしばらくジャマルにかかりきりだろうから、逃げる時間はあるはずだ。

らしくない、とジャマルが言った通りだ。

破れかぶれの策に命を託すなんて真似《まね》、トッドは絶対に死んでもしない。——否《いな》、死なないためにこそ、そんな真似は絶対にしないのだ。

「連中の注意はお前さんが引いてくれる。まぁ、カチュアには悪いことをしたが……」

義兄を連れ帰るという約束は果たせなくなり、婚約者はひどく胸を痛めるだろう。

そんな彼女を慰めるためにも、一刻も早く帝都に戻りたい。幸い、ジャマルを失ってしまった代わりに、帝都に戻るための別の手立ては手に入った。

それも、三将に昇格できるか危ういジャマルよりも、もっともっと大きな足掛かりに繋《つな》がりそうな鬼札を。

「……ひめ、さま」

「やれやれ、ずいぶんとあどけない顔するもんだ。九神将なら、それこそ殺した数は百や二百じゃきかないだろうに」

トッドの腕の中、閉じた瞳から涙を流すアラキア。その頬《ほお》を伝った涙を見ながら、そういえばまた連れが眼帯をしているなと、ぼんやりとトッドは思った。

思ってから、ふとトッドは首を傾《かし》げる。

「ジャマルの奴、顔のどっちに眼帯してたっけか……？」

第二章　『自称英雄ナツキ・スバル』

1

──囚《とら》われのアラキア、その身柄が奪われた報《しら》せは会議場に激震をもたらした。

苦心して押さえた『九神将』の身柄だ。その扱いを巡って話し合いが持たれていた点も含め、すぐさま取り返すべく、捜索の手が放たれたが──、

「面目ネー。ホーリィの弓でも追っつかなくテ、逃げられちまっタ」

「なノー……」

そう項垂《うなだ》れて謝るのは、長距離狙撃の裏を掻《か》かれたクーナとホーリィの二人だ。

凶報を持ち込んだホーリィを連れ、クーナは即座に庁舎の屋上から敵を探した。都市の外からトッドを射抜いたときと同様、二人がかりで逃亡者を仕留めるためだ。

しかし、敵は陽動と本命の二手に分かれ、まんまとクーナたちを出し抜いた。

結果、アラキアの身柄の奪還は失敗し、帝国一将には逃げ切られてしまったのだと。

「少数で敵陣に乗り込み、目的のみを遂げて脱する手合いだ。それぞれの役割分担と、そ

れを実行した胆力を踏まえれば、追っ手を差し向けても捕まるまい」

「……族長にもタリッタにモ、顔向けができねーゾ」

険しい目つきで敵を分析するアベルに、クーナは唇を噛《か》んで悔しがる。

その肩をホーリィがそっと支えているが、族長代理としてアラキアへの応報を主張していたクーナの失意は深刻だ。ただ、アベルの冷たい言い分にも頷《うなず》ける。

アラキアを連れ出した敵は周到で、捕まえるには途方もない困難が伴うだろうと。

「──あれの命運が尽きなかったなら、まだ役目が残っているのであろうよ」

「プリシラ……」

沈黙が落ちたところに、プリシラの静かな言葉が紡がれる。

アラキアの生死に関して、どこか達観した印象のあったプリシラ。彼女がアラキアが連れ出されたことをどう思っているのか、その紅の瞳からは読み取れない。

スバルにわかるのは、その死を望んでいたわけではないことぐらいのものだ。

「で、結局、アラキアの嬢ちゃんはどうすんだ？　放置で決定？」

「……外に逃げられたんじゃ、他に打つ手がねぇよ」

あえて空気を読まないアルの発言に、スバルは苦々しい顔でそう応じる。

クーナとホーリィの狙撃に対処した以上、逃亡者の実力は相当なものだ。加えて、逃亡中にアラキアが目覚めでもしたら手に負えない。犠牲者が増えるだけだ。

──ただでさえ、逃亡者が都市庁舎に侵入する際に衛士《えいし》に死者が出ているのだから。

「……何が無血開城だ、大馬鹿野郎め」

長い黒髪のウィッグをかき上げ、スバルは情けない自分を心底呪った。

力強く請け負い、やってみせると豪語したはずの無血開城――グァラルの陥落を成功させるはずの策は、しかし意気込みとは裏腹に多くの犠牲を払った。

口約は破られ、大嘘《おおうそ》つきと誹《そし》られても言い訳はできない。仮に誰もスバルを詐欺師と責めなかったとしても、スバル自身が己を誹るほどに。

とんだ大嘘つきの恥知らずがいたものだと――、

「――無血開城、だと？」

そのスバルの呟《つぶや》きを聞きつけ、反芻《はんすう》するように繰り返した声があった。

それをしたのは、円卓に頬杖《ほおづえ》をついたプリシラだ。彼女はその形のいい眉を軽く上げ、

珍しく驚きを交えた表情で「貴様」とスバルを射抜くと、

「ずいぶんと無謀な言葉を聞いたな。よもや、血を流さずに都市を落とさんとしたというのか？　この戦争の最中《さなか》、圧する戦力を持たぬままに」

「……そうだよ、悪いか。いや、悪いよな。結局、失敗してるんだし……」

「たわけた発想だと、そう呆《あき》れ返《かえ》っただけじゃ。ましてや、その夢物語を実行に移さんとしたことに驚嘆する。――アベル、貴様、正気か？」

「――。策そのものは正気の沙汰ではなかったがな」

問いの矛先がアベルに向くと、腕を組んだ彼はプリシラの疑念に首肯する。

だが、正気とは思えないと評した作戦、それを受け入れ、アベルは実行した。それが、どうやら彼と古い知己らしいプリシラには理解できないようだ。

「玉座から帝国を眺め、どうすればそこまで緩める。犠牲なくして戦果はない。血を流さずして誇りは保てぬ。それが帝国の流儀であろう」

「俺とて、剣狼《けんろう》の掟《おきて》に背くつもりはない。尋常な策ではないとは言ったが、勝算があった。事実、アラキアの存在がなければ、無血開城は成っていたろうよ」

「――――」

「過《あやま》ったのは策ではない。俺の見立てだ。プリシラ、貴様であれど、俺の軍師の献策を愚弄するのは許さん。俺の裁可だ。責は俺にある」

意外すぎる物言いで、アベルがプリシラと真っ向から対立する。

軍師、とは聞き捨てならない役目を任命されていたが、アベルの言動は明らかにスバルを庇《かば》うものだった。両者の剣呑《けんのん》な睨《にら》み合《あ》いに、口を挟めない。

「なんだ、兄弟。やけに気に入られてるじゃねぇか。大出世だな」

「……俺はエミリアたんの騎士で、ベア子の保護者って立場で十分だよ。これ以上、身に覚えのない役職をもらうのは御免だ」

すり寄ってくるアルと、身に覚えのない勝手な責任も一緒に押しやる。

もっとも、アベルが庇ってくれたおかげで、プリシラの関心はそちらへ向いたようだ。

ただ、それでスバルの内心の傷が癒えるわけではない。

失われた命の責任は、策を立案し、実行したスバルにあるはずなのだ。

「全部は救えねぇよ、兄弟」

そんなスバルの葛藤に、兜《かぶと》の金具をいじりながら呟《つぶや》かれたアルの言葉が突き刺さる。ちらと視線を向ければ、彼はスバルの方を見ないまま天井を仰ぎ、

「誰もが勝手に生きて、勝手に死ぬんだ。そいつの人生のケツ持ちはそいつがするもんなのさ。兄弟が勝手に抱え込んでいいもんじゃねぇ」

それは、アルがたまに見せるシニカルな姿勢からの物言いだった。

実際、アルの言う通りだ。全てを救うことはできないし、救おうと決めればキリがない。だからスバルは、これまでも全てを救い切ることはしてこなかった。

しかし、戦争は規模が違う。――本当に、その選択で正しいと言えるのか。

スバルの行動一つで救える命は、十や百では利かないのではないか。

「茶番もよいところじゃな」

と、スバルとアルの会話を余所《よそ》に、プリシラとアベルの睨み合いも続いている。

自らの責任と言い放ったアベルに、プリシラは胸の谷間から扇を抜くと、その先端でぐるりと会議場――否《いな》、都市全体を指し示した。

「首尾よく、軍師の献策で都市を落とせてもこの有様。アラキアを追い払えた奇跡も二度は続かぬ。あの手法も、もう使えまい？」

「ああ、二度目はない」

プリシラの問いかけに、アベルが躊躇《ちゅうちょ》せずに頷《うなず》いた。

アラキアを追い払った手法と言われ、眉を顰《ひそ》めたスバルも思い至る。——アルとアラキアが剣戟《けんげき》を交わす最中《さなか》、アラキアの様子がおかしくなった瞬間があった。

「あれは、アルが何かしたわけじゃ……」

「うん？　オレじゃねぇよ。第一、オレだったらそのあとがもうちょっとスマートにやれてたはずだろ。弾《はじ》かれて落っことされてんだぜ、オレ」

言われてみれば、アルの仕業にしてはその後がお粗末だった。

その二人の会話を受け、会議場の視線がアベルに集まる。あの場で何かしら仕込めたとすれば彼だけで、集まる視線にアベルは煩わしげに鼻を鳴らした。

「アラキアは『精霊喰《ぐ》らい』だ。大気中の精霊を喰らい、その力を取り込む性質がある」

「精霊、喰らい……？」

あまりに聞き覚えのない、しかし物騒な響きにスバルは思わず目を丸くする。

ヴォラキア帝国がルグニカ王国とは異なるルール、異なる土壌に仕上がっていることはこれまでにも察せられたが、『精霊喰らい』とはまたかなりの際物だ。

スバル自身、精霊の力を借りる精霊術師の端くれなのだが、それとはあまりにも異質な響きであり、端的に言って——、

「絶対にベア子と引き合わせたくねぇな……その『精霊喰らい』って一般的なのか？」

「そんなはずがあるまい。『精霊喰らい』は元々、ヴォラキアの辺境に住まう部族にのみ

伝わる秘術の一つよ。その強力な特性故に滅ぼされ、宿し方も失伝した」

「少なくとも、俺の知る限り、アラキア以外に『精霊喰らい』は確認されていない。いれば丁重に保護したろうよ。あれは観覧者の……いや、今は関係ない」

話の脱線を嫌い、首を横に振ったアベルが「本題に戻すぞ」とレールに戻る。

スバルも、『精霊喰らい』が一般的ではないと聞いて、ベアトリスが齧《かじ》られる心配がなくなったことに安堵《あんど》しつつ、「それで？」と聞き返す。

「『精霊喰らい』のアラキアを、どうやって惑わせたんだ？」

「惑わせたわけではない。──マナ酔いにさせただけだ」

「マナ酔い……はは ぁ、なるほどねえ。そりゃまた器用な真似《まね》したもんだ」

アベルの答えに得心がいったと、アルが自分の顎《あご》を撫《な》でながら感心した風に頷く。

その彼と違い、マナ酔いと聞いても、スバルはそれだけではピンとこない。

「確か、マナの濃度がかっつり濃い場所にいくと、マナに過敏な体質の人は体調を崩しやすい……みたいな話だったと思ったが」

「アラキアは『精霊喰らい』の特性故に、その手の影響を受けやすい。とはいえ、精霊を取り込む以上、耐性は人並み外れている。そのアラキアを酔わせようとすれば……」

「ああ、秘宝を使わされた。それに使われた分も含め、俺の手持ちは打ち止めだ」

それ、と言いながら顎をしゃくり、アベルが示したのはスバルだった。その言葉にスバルは「秘宝？」と眉を顰め、首を傾《かし》げる。

「秘宝って何のことだ？　そんなもん、心当たりねぇんだが……」

「『血命の儀』の際、魔獣の角を折るのに指輪を壊したはずだ。あれがそうだ」

「あ……」

すっぽ抜けていたが、そう言えば魔法を使える指輪を借り受けた記憶が蘇《よみがえ》った。戦いのどさくさで、指輪ごとエルギーナの角を殴り、爆発を起こした指輪だ。魔獣の角はへし折れたが、代わりにスバルの腕と指輪はボロボロになってしまって。

「バルコニーを落とすと見せかけ、あれと同じ指輪を踏み砕《くだ》いた。内包したマナが溢《あふ》れ、周囲を満たすのに時間はかかったが……」

「まんまと、アラキア嬢ちゃんはマナ酔いしてあの様《ざま》ってわけだ。まぁ、その様の嬢ちゃんにあっさりやられちまったオレなわけだが」

「あの瞬間、そんな小細工してやがったのか……」

全員が全員、ボロボロに負傷した状態だったというのに、帝国最強格に追い込まれながらも勝ち筋を探っていたとは、アベルの諦めの悪さには脱帽だ。

スバルも諦めの悪さはなかなかだと思うが、アベルとは地頭の良さが違いすぎて、ただの悪足掻《わるあが》きと決死の反攻ぐらいの違いがやり切れなかった。

ともあれ——、

「元々、アラキア用に用意した策であろう？　いつ寝首を掻かれるかわからぬと、そのような仕込みをするとは小胆なことよな」

「傍《そば》に置くものほど、反目したときの対策は用意しておくものだ。……特に、アラキアはいつ俺に牙を剥《む》くかわかったものではなかった」

「――。しかし、奇策が通用するのも一度きり。マナ酔いさせるほどの魔晶石の用意も簡単ではない。次の機会までに、まともな戦力の確保は必須であろう。じゃが」

と、そこまで話したところで、プリシラは意味深に言葉を切った。

広げた扇で自分の口元を隠し、プリシラは紅の瞳を細めてアベルを睥睨《へいげい》する。どこか、探るような試すような目つきで、彼女は小さく吐息をこぼし、

「『シュドラクの民』を傘下に加えるまでは予想通り……しかし、無血開城を掲げる夢見がちな軍師の策を採用し、城郭都市《じょうかくとし》に攻め入る愚考は如何《いかん》ともし難《がた》い」

「――――」

「これでは到底、妾《わらわ》も協力者に貴様を支持するよう進言はできぬぞ」

「協力者!?」

平然と、当たり前のように言い放ったプリシラにスバルが驚愕《きょうがく》する。驚いたのはスバルだけではなく、アベルとアルを除いた会議場の全員だ。

「待て待て待て、話が飛びすぎだ！　協力者って……そもそも、お前のスタンスがわからねぇ。アベルを助けにきたって話は聞いたが……」

「助けになどきておらぬ。妾の道化の放言を真に受けるでない」

「わかったよ！　お前がアベルを助けにきたかどうかはいい。そこは重要じゃねぇんだ。

俺が聞きたいのは、お前の大目標だ」

目先の小目標として、アベルとの対話が目的だったことは聞いた通りだ。

だが、スバルが知りたいのはプリシラ──彼女とアル、それとおそらく連れてきている
らしい他の身内が、どうしてヴォラキア帝国にいるのかだ。

「答えてくれ。正直、俺も他のみんなも、お前をどう思っていいのか測りかねてる」

「は、思い上がりも甚《はなは》だしい。凡愚共が妾《わらわ》をどう思おうと知ったことではない。たとえ貴
様らがどう思おうと、妾は妾のしたいようにする。なにせ……」

「──世界は妾にとって都合のよいようにできておる、だろ？」

耳に馴染《なじ》んだ彼女の哲学、それをなぞったスバルにプリシラは鼻を鳴らした。

「妾の目的は、玉座を追われた皇帝を元の座に戻すことじゃ。でなくば、妾の下に煩わし
い来客がひっきりなしに訪れる」

「言われるまでもなかろうが、その刺客は俺の指示ではないぞ」

「疑ってもおらぬ。故に、わざわざここまで翼に妾を運ばせた」

片目をつむり、アベルに答えたプリシラが視線を上に向ける。それが示すのは議場の天
井ではなく、その先にある夜空だろう。

もっと言えば、ただの空ではなく、空を我が物とする存在──、

「まさか、お前とアルって空から飛んできたのか？」

「飛竜の速達便ってやつだ。正直、姫さんが一人で飛び降りちまったときはこの世の終わ

りかと思ったぜ。高度下げてもらうまで、オレは降りらんなかったし」

「飛竜……プリステラの水竜にもビビらされたもんだが」

地竜以外のファンタジー生物であった水竜、それに加えて飛竜の存在が浮上する。

聞いた話だと、飛竜は非常に凶暴で手懐《てなず》けるには専門の技術が必要らしい。その技術者が少ないため、そもそも飛竜に乗れることは希少なことなんだとか。

「つまり、飛竜の速達便が出せるような相手がプリシラの協力者？」

「言葉尻をさらうような卑しい真似《まね》をするでない。貴様の場合、賢《さか》しさよりも卑賤《ひせん》さの方が勝る。可愛《かわい》げを磨け。化粧を直してくればまだ見れようが」

「今ここで化粧直してきたら頭おかしい奴《やつ》じゃん……」

それを言い出すと、女装を解除できていないこと自体も問題視されそうだが、この場にいる面々は空気が読めるのでそれには触れなかった。

ともあれ、話がまた大幅にズレかけてしまったが――、

「アベルを玉座に戻すのが目的ってことは、協力し合えるってことでいいのか？」

「と、素直に頷《うなず》いてやれぬのが本音じゃな。――先の言葉は忘れていまい。このものに皇帝の資質がなければ、戻したとて意味はない」

視線を鋭くして、真っ向から皇帝の資質を問われたアベルがプリシラを睨《にら》む。

プリシラが問題視しているのは、スバルが提案し、アベルが認めた『無血開城』――それをやり切れなかったことではなく、そもそもの着想の問題だ。

ヴォラキア流に照らし合わせれば、甘さは命取りになる。実際、スバルの詰めが甘かったせいで失われた命がある。彼女の疑惑は否定できない。

しかし――、

「玉座は取り戻す。誰になんと言われようと、それは絶対だ。――プリシラ、たとえ貴様に言われようと、それは変わらぬ」

押し黙りかけたスバルに代わり、そう力強くアベルが断言する。

それは、スバルの前で自ら素性を明かし、この国を奪還すると言い放ったときと同じ、あるいはそれ以上に熱のこもった宣言だった。

「――」

そのアベルの覚悟を聞いて、会議場にいるものたちの表情も変わる。

クーナとホーリィは『シュドラクの民』として付き従う戦意を宿し、ズィクルは神々しいものと対峙《たいじ》したように頭《こうべ》を垂れる。振り向くアルはプリシラの反応を気にし、真っ向から断言されたプリシラはその紅の瞳を細めた。

「気概は衰えずとも、実情が伴わぬ。現に、玉座を追われているではないか」

「――」

「事情はすでに知れている。問題は、誰が始めた？　誰の企てじゃ？」

「――絵図を描いたのは、宰相のベルステツであろうよ」

プリシラの問いに、アベルが黒瞳に敵意を宿しながらそう答えた。

宰相とは、国政を取り仕切る実質的な頂点の役職であり、国王や皇帝の側近だ。武官の頂点が将軍や騎士団長なら、文官の頂点と言えるかもしれない。

いずれにせよ、まさしく裏切りを敢行しやすいナンバー2ポジションと言える。

「あの老木か。ラミアの遺産など、よく使う気になるものよ」

「当然、奴《やつ》の叛意《はんい》を見通し、相応に備えていた。だが……」

アベルはそこで言葉を区切り、静かに息を吐いた。

それは彼らしくもない、初めて見せる反応だった。皇帝として、その座を追われようと揺るがなかった彼が、初めて見せた微《かす》かな揺らぎ。

その揺らぎの原因は、裏切った宰相ではなく――、

「見張らせていたチシャ・ゴールド……九神将の『肆《し》』の叛意は見抜けなんだ」

「馬鹿な！　チシャ一将が!?」

忸怩《じくじ》たる思いを吐き出すアベルに、思わず声を上げたのはズィクルだった。

帝国の二将たるズィクルには、スバルの知らない『九神将』の名が身近だったのだろう。

円卓の視線を集め、彼は自身の豊かな髪を撫《な》でながら、

「チシャ一将は、九神将の中では異色の実力者です。一将ご自身、武名よりもその知略で名を馳《は》せた方で、『選帝の儀』ではヴィンセント閣下を最もよく支えたと……」

「それって、一番の右腕ってことか？　政治的な右腕の宰相と、付き合いの長い右腕の将軍にそれぞれ裏切られたってこと？」

「重ねて言うな。俺の右腕は俺の右肩についている」

「それ、今言われても強がりにしか聞こえねぇから……」

ズィクルの説明を聞いて、スバルは予想外に足りないアベルの人望に驚かされた。

もっとも、ヴォラキア帝国の過激な思想を聞いていると、力不足とみなされた皇帝は即座に叛逆《はんぎゃく》されそうなものなので、珍しいことではないのかもしれない。

「この国って、皇帝が逃げ回ることってよくあるの？」

「俺が玉座についてから、形だけでも追われたのは二度だけだ」

「だけって、前科あるんじゃん！」

「たわけ。俺を連れ回したのは王国の近衛《このえ》騎士だ。文句ならそれらに言うがいい」

本気で心外そうな顔をされ、スバルは突っ込むのも疲れて口を噤《つぐ》んだ。

そう言えば以前、ユリウスが帝国に使者として出向いたとか話していた気がするが、まさかそれとは関係ないと思いたい。もしそうなら世間が狭すぎる。

「あー、皇帝閣下におかれましては腹心と側近に玉座を追われたわけで、アラキア嬢ちゃんも敵に回ってると。……ヤバくね？　味方とかいねぇの？」

「チシャめと同じ九神将のゴズ・ラルフォン……奴《やつ》は俺を逃がすために尽力した。あれの足止めがなければ、転移の仕掛けを起動させられなかったろう」

「おお、さすがはゴズ一将……！」

「ただし、チシャとアラキア以外の九神将も寝返ったなら、ゴズ一人でどこまで抗せたかはわからん。討ち死にした可能性が高かろう」

命懸けでアベルを守った『九神将』の存在は希望だが、それもかなり儚《はかな》い希望らしい。

とはいえ、ズィクルは「いえ」と首を横に振り、

「僭越《せんえつ》ながら、私の下にゴズ一将が亡くなられた報《しら》せは届いておりません。戦没か病没かはともかく、ゴズ一将ほどの方の死を長くは隠せないはず」

「ならば、囚《とら》われの身の目もあるか」

「おそらくは。いえ、必ずや！　ゴズ一将ほどの武人であれば！」

アベルの言葉に、ズィクルが恭しく一礼した。

このズィクルからこうも尊敬を勝ち取っているなら、そのゴズという人物はよほどの大人物なのだろう。もしくは厳《いか》つい名前に反して女性かの二択だ。

「――宰相と九神将が敵となれば、帝国は死地も同然よ」

益体のない質問を挟む前に、話を聞き終えたプリシラがそう呟《つぶや》く。そんな彼女の言葉に同意見ながら、スバルは「なぁ」と挙手して、

「今さらなんだが、アベルが皇帝って名乗り出るのはどうなんだ？　そうすれば、帝都でしれっと政をやってる奴らは謀反《むほん》した裏切り者って話に……」

「残念だが、それで怒れる民衆やら軍人やらがクーデター政権を血祭りに上げてくれるのを期待するのは無理だぜ、兄弟」

「そこまで物騒なこと考えてねぇけど、どうして？」

「──ここが、力あるものを尊ぶヴォラキア帝国であるからだ」

スバルの提案は却下され、アルの言葉をアベルが補足する。

玉座を追われた皇帝は腕を組み、その形のいい眉をほんのりと顰《ひそ》めながら、

「俺が名乗り出て、自ら帝都を取り戻す意思を表明すれば歓迎はされよう。だが、それが俺を支持することとはならん。奪われたものは奪い返す。それが流儀だ」

「物とか土地だけじゃなく、皇帝の座も……」

「例外はない。──故に、俺のすべきことは決まっている」

八方塞がりと、そう頭を抱えようとしたスバルはアベルの言葉に驚かされる。

手詰まりになったとばかり思ったのに、アベルの答えはむしろ反対だった。彼はその場に立ち上がると、ゆっくりと円卓に手をつく。

そして──、

「ズィクル二将、地図を」

「は！　ただちに！」

言われ、ズィクルが部屋の隅に待機する帝国兵へと指示を飛ばす。すると、帝国兵はすぐに会議場の壁にかかった地図を剥《は》がし、それを円卓の上に広げた。

ざっと広げられたそれは、ヴォラキアを含めた世界全体を示す世界図だ。

「俺たちがいるのが東の地、城郭都市《じょうかくとし》グァラルがここだ。そして、奪還すべき帝都ルプガナはおよそ帝国の中央にある」

「……ヴォラキア、かなりでけぇな」

地図で示され、これまで意識の薄かった国土の大きさを改めて意識する。

この世界は四つの大国が大陸を四分割する形で統治しているが、世界図の南を占めるヴォラキア帝国の国土は他の国々と比べて最も大きい。

スバルたちがあれほど苦労して抜けたバドハイム密林も、ヴォラキア全土から見ればほんのささやかな地理を占める程度のものだった。

「帝国の各都市は各々の都市長や領主が管理している。グァラルの例に漏れず、いずれの都市も自治戦力を有し、有事の際には戦いも辞さない。——これらを傘下に加え、帝都を奪還するための戦力を確保する」

「……国盗《くにと》りシミュレーションで王道のパターンなのは、わかる」

「不服のようだな」

「当然だろ。グァラル一個でこの大仕事だ。こんなうまくいくと思えねぇ」

地図を指し示しながら、そう説明するアベルにスバルは何とかついていく。何とかついていけるが、それは理屈の話であって、感情の話はまた別だ。

これは現実だ。ゲームとは違う。たとえシミュレーションRPGであれば成立する手法であっても、現実に通用するとはスバルにはとても思えなかった。

だが——、

「貴様の懸念を払拭する術《すべ》はある。むしろ、俺の為《な》すべきを為すには必須の術が」

「必須条件……」

「──九神将の確保だ」

その答えを聞いて、スバルは目を丸くする。

当たり前だろう。なにせ、その『九神将』に裏切られたことが原因で、アベルは玉座を追われたと話したばかりではないか。

好意的な『九神将』は安否不明、わかっている二人の『九神将』はすでに敵。

あとは──、

「あとの九神将は……？」

「そこだ」

不意に生じた疑問に指を立て、アベルが動じるスバルに頷《うなず》いてみせる。それから彼はスバル以外の面々の顔を見渡し、

「帝国民は精強たれ。九神将こそが、その習わしの体現だ。すなわち、ヴォラキア帝国の覇者たらんとすれば、九神将を束ねることは外せぬ」

「ってことは、つまり……」

アベルの言葉を受け、その先に続く内容に思い至ったスバルは目を見開く。そのスバルの反応に頬《ほお》を歪《ゆが》め、アベルは好戦的な笑みを浮かべる。

そして──、

「――『青き雷光』セシルス・セグムント。『精霊喰《ぐ》らい』アラキア。『悪辣翁《あくらつおう》』オルバルト・ダンクルケン。『白蜘蛛《しらぐも》』チシャ・ゴールド。『獅子《しし》騎士』ゴズ・ラルフォン。『呪具師』グルービー・ガムレット。『極彩色』ヨルナ・ミシグレ。『鋼人《はがねびと》』モグロ・ハガネ。そして『飛竜将』マデリン・エッシャルト」

「この争い、より多くの九神将を確保した方が勝利する。それが勝つための方策であり、俺が果たさなければならぬ絶対条件だ」

2

――帝位奪還の勝利条件、それが『九神将』の確保。

提示された勝利条件と、そのために必要な『九神将』の名前と二つ名を聞かされ、会議場の空気が一挙に張り詰めたのをスバルは肌で感じていた。

「……これが漫画とかアニメなら、幹部級の奴《やつ》らの名前がいっぺんに明らかになる熱い展開だってワクワクできたんだろうが」

それが我が身に降りかかる事態となると、手放しに喜べる展開ではまるでない。

聞かされた『九神将』の二つ名は、アラキアの『精霊喰らい』共々、いずれも厄介な相手であることを想像させるに十分足るものだった。

「……その厄介な九神将の確保が勝利条件ってんなら、聞いておきたいことがある」

「なんだ。疑問の余地でもあるのか?」

円卓の上の地図に手を置くアベルが、もったいぶるように片眉を上げる。

あれで説明し切れたと思っているなら、賢い人間の言葉足らずここに極まりだ。ただでさえ、この場の誰よりもスバルの帝国知識は圧倒的に少ないというのに。

「だから、疑問の余地ありありだよ。お前、自分はわかってるからって説明省いてばっかだと、周りから何考えてんのかわからねぇ奴《やつ》だと思われるぞ」

「助言のつもりと思って聞き流してやる。疑問を述べよ」

「聞き流さずに胸に留《とど》めとけよ……」

腕を組み、尊大に応じたアベルにスバルは嘆息。それから、周囲の視線が集まる気配に腹を決め、「いいか?」と両手の指を四本と五本、それぞれ立てた。

「九神将だが、ありがたく奇数なおかげで数取り合戦がわかりやすくて助かる。けど、好意的な相手は安否不明、アラキアとチシャって奴が確実に敵だ。もうすでに劣勢だぞ」

五人以上の確保が前提なのに、すでに二人の『九神将』を取られている。

挙句、アベルを手助けしたゴズという人物の生死が不明なので、確実に取り込める手札まで失っている可能性が高い始末だ。

「そもそもの話、九神将のシステムがわからねぇ。皇帝直属の九人の将軍ってイメージだけど、それってみんな帝都に控えてるわけじゃないのか?」

「一将は国家の要じゃ。帝国の無駄に広大な国土を見るがいい。いくら国の中心といっても、全員が帝都にいては有事に迅速に動けまい？」

「ええ。閣下の治世では劇的に減りましたが、それでも帝国では内乱の火種が燻《くすぶ》るのをあとが絶ちません。帝国の守護は、帝都を守れば盤石というわけではないのです」

「……つまり、問題の九神将も帝国のあちこちに散り散りってことか」

プリシラとズィクルから補足され、スバルは顎《あご》に手を当てて納得する。

身近な例に倣えば、ロズワールもルグニカ王国では西方辺境伯という大げさな肩書きを与えられており、王国の窮地にはいち早く働く義務があるそうだ。

もちろん、そのための私兵団を組織する許可もある。――もっとも、ロズワールの場合は軍隊などなくとも、空から火の玉を降らせるだけで大抵の脅威は退けられそうだが。

「そう考えると、あいつもかなりのチートユニットだな……九神将と比較したら、どのあたりに位置するのかちょっと興味出てきたわ」

「よくわからねーけド、話が逸《そ》れてんじゃねーカ、ナツミ」

「悪い。とにかく、九神将が国のあちこちに散らばってるなら、帝都のクーデターに全員が関わってたわけじゃない、でいいんだな？　交渉の余地、ちゃんとあるよな？」

「俺の見た限りでも、現実的に考えてもそうであろうな」

確かめるスバルにアベルが首肯する。

正直、かなりの人望不足が発覚したばかりのアベルの見立てには不安もあるが、周囲の誰も指摘しないということは、ひとまず呑《の》み込んでいい話題なのだと思われる。

ともあれ、すでに『九神将』を全員押さえられた確定敗北だけは避けられそうだ。

「最悪の可能性が潰れて何より……なら、追加の質問なんだが、九神将にも序列があるんなら、優先すべきは序列の高い奴《やつ》からってことでいいか？」

「ああ、その認識で間違いない」

「だったら、ラインハルトと並べられるぐらいだし、セシルスだっけ？　その人を取りにいくのが定石……ってか、それで決まらねぇか？」

四大国に名を轟《とどろ》かせる、人類最強格四人のうちの一人。

話題に上がったセシルスがラインハルトと並び称される人物なら、その人物一人で戦いの趨勢《すうせい》は決まったようなものではないだろうか。

実際、ラインハルトなら王国の全員と戦っても勝てるのではないか、という期待がスバルの中にはある。なので、彼と同格のセシルスにもそんな期待が生じるのだが――、

「……アレを確保すれば、戦力面の問題が一挙に解消されるのは事実だ」

「そのわりに、苦々しい顔なのはなんでなんだ？」

眉を顰《ひそ》め、スバルの疑問に答えるアベルの表情は優れない。

答えと表情が矛盾する様子にスバルが困惑すると、アベルは小さく吐息して、

「九神将の確保が勝利条件なのは、奴らの武勲に多くの将兵が従うからだ。より多くの九神将を旗下に加えれば、それだけ多くの将兵が手勢に加わる。わかるな？」

「――？　ああ、わかる。だから、一番強い奴を味方にすべきって話だろ。それとも、帝国最強って名前に偽りありとか？」

「いいや、彼奴《きやつ》めが帝国最強である点に疑いはない。ただ、問題がある」

「問題？」

「――彼奴には人望がない」

溜《た》めに溜めて発された一言に、スバルはしばらく思考が止まった。

何が問題視されるのかと思いきやと、ゆっくりと聞かされた言葉が脳に浸透してくる。人望がないと、そう正しく情報が咀嚼《そしゃく》された。

「それ、お前が言うの？」

「事実だ。帝国一将の『壱《いち》』の座にあるが、アレには何の権限もない。与えようとも何もできぬ。アレにできるのは、ただ人を斬ることのみだ」

「そんな奴、将軍のポジションに置くなよ！」

「まあまあ、落ち着けよ、兄弟！　そればっかりは帝国の習わしだから仕方ねぇよ！」

聞かされるセシルス評に食って掛かるスバルを、後ろからアルが羽交い絞めにする。片腕でスバルを押さえたまま、アルは首を傾けてアベルを見やり、

「実際、『壱』って称号以外は何も与えてねぇんだ。これが立場に相応《ふさわ》しい権限まで与えててみろよ。調子のいい奴に散々利用されてたかもだぜ？」

「無論、アレが俺以外に利用されるなどとあってはならぬ。そのような危険があれば、

もっと早くに処分していただろうよ」

「でもお前、孤立無援で森にいたじゃん……！」

手綱は握っていた風に言われても、実情が異なれば大口を叩《たた》いているだけだ。

そもそも、帝国最強とまで称される人物が、この強さを奉じるヴォラキア帝国で人望を集められないなんて話、まともに受け取っていいものか。

「そこのところ、どうなんですか、ズィクルさん！」

「私、ですか」

「ええ、はい。どうぞ、帝国の『将』として忌憚《きたん》ない意見を聞かせてください。セシルスって一将のことをどう思ってるんですか？」

水を向けられ、ズィクルが「そうですね」と短い腕を組んで思案する。

「まず、セシルス殿が国防の要であり、ヴォラキア帝国の精強さの象徴であることは間違いありません。帝国民は精強たれと、その在り方の体現でもある」

「おお、いい調子じゃないですか。それで？」

「人間的にも奔放で親しみやすく、誰に対しても態度を変えることのない晴れ晴れしく気持ちのいい人物です。総合して……」

「総合して……？」

「多くの将兵は理解し難《がた》い怪物であり、深い部分での意思疎通は不可能であると、セシルス殿を恐れております。閣下の見立ては正しいかと」

「評価が急展開したな!?」

ここまで好人物の顔しか見せていないズィクルだけに、相当に言葉を選んだ評価だ。眉間に刻まれた深い皺《しわ》と苦心の表情は、それが偽らざる本音であることの証《あかし》だろう。

つまり――、

「九神将の『壱《いち》』を押さえ、趨勢《すうせい》を一挙に傾けんとした横着は認められぬと。道化がない頭をひねっても、碌《ろく》な『あいでぃあ』が浮かばぬというわけじゃな」

「うるせぇな！　そいつの人望がないのまで俺のせいにするなよ！　大体、皇帝も将軍も人望がないなんて、クーデター起こされて当然じゃねぇか！」

「貴様、何度重ねる？　不敬もいつまでも見逃されると思うなよ」

プリシラとアベルからそれぞれ鋭い視線を浴びて、スバルは二人に舌を出した。

とはいえ、目論見《もくろみ》が脆《もろ》くも崩れ去ったのは事実だ。『九神将』の確保が戦力数の確保とイコールなら、人望のない『九神将』を急いで確保するメリットはない。

「むしろ、人望がないなら放置しておいていいまである……？」

「それも問題だ。アレは場合によっては、一人で戦局を変えかねん力量がある。仮に残りの九神将を全て押さえられても、奴《やつ》一人にこの首が取られる可能性は十分ある」

「扱いづれぇ奴だなぁ！　めちゃめちゃ邪魔じゃねぇか！」

急いで確保するメリットは少ないが、放っておけば危険すぎる爆弾となる人材。

その実力と人間性が保証されているラインハルトが、いったいどれだけの優良物件なのか遠い異国の地の今だからこそ思い知らされる。

いっそ、大声で呼んだら隣国でも駆け付けてくれやしないだろうか。

「言っておくぞ、凡愚。『剣聖』であれば、国家同士の約定が理由で国境を越えることができん。くだらぬ期待は抱かぬ方が賢明よ」

「人の心を読むな。本気でやろうとは思ってねぇよ。……困ったときだけ当てにするなんて、ダチにしていい態度じゃねぇし」

呼べば駆け付けてくれるからといって、便利に使うのは友人関係とは言えない。

本当の本当にマズい状況になればそうも言っていられなくなるかもしれないが、その瞬間が訪れるまではスバルも倫理観を守り抜く覚悟があった。

「それで？　アベルの軍師扱いされている凡愚、疑問は尽きたか？」

「尽きてはいねぇし、軍師でもねぇけど、最初の部分は……と」

立場のことをプリシラに当てこすられ、顔をしかめながらスバルはそう答える。そうして、会議の話題を次へ進めようとしたところで――、

「――ナツミ嬢に村長くん！　失礼するよ！」

威勢のいい声と同時に扉が開かれ、勢いよく新たな人物が会議場に現れる。

それは青を基調とした装いに、長い金色の髪を颯爽《さっそう》と揺らす美男子、フロップだ。

議場の視線を集めながら、スバルとアベルの二人に「いたね」と頷《うなず》くフロップ。彼はアラキアの爪痕が残る上階で、負傷者の手当てをしてくれていたはずだが――、

「フロップさん！　みんなの手当ては？」

「ちょうど一段落ついたところさ！　……うん？　その様子だと、今はナツミ嬢ではなく旦那くんの気分なのかな？　ならば、旦那くん呼びに戻しておこうか」

「ええと、どっちでも。でも、そうか、一段落……」

フロップのやや斜め上な配慮の言葉を受けつつ、スバルは治療行為に区切りがついたと聞いて、安堵《あんど》と不安を同時に嚙《か》みしめる。

これ以上、スバルの策の失敗で犠牲者に名を連ねるものが増えることを恐れて。

「死者は出ていないよ、旦那くん」

「え……」

「みんな、なかなか大変な状況ではあったけれどね。でも、奥さんと姪《めい》っ子《こ》ちゃんが頑張ってくれたおかげだろう。タリッタ嬢やウタカタ嬢の機敏さも手伝った。無論、僕と妹も奮闘させてもらったわけだけどね！」

スバルの顔色で内心を看破したのか、胸を張るフロップが力強く答える。

自分を指差し、その貢献を豪語するフロップは潔い。くれた答えも簡潔なもので、スバルは情報を嚙み砕《くだ》くのに一拍、時間が必要だった。

「死人なし……っ」

「ああ、みんなが生きようと最善の努力をした証《あかし》だとも。僕なんか、妹に庇《かば》われていなかったら頭を打って死んでいたかもしれない！　ははは、妹に頭が上がらないな！」

「ああ、ああ、ホントにそうだ。ミディアムさんには頭が上がらねぇ……」

フロップが快活に笑い、その前でスバルは俯《うつむ》いて肩を震わせた。

掛け値なし、冗談抜きの全面的に同意だ。ミディアムが——否《いな》、他の誰がいなかったとしても、この報告は聞かれなかっただろう。

失われた命はある。だが、失われなかった命も、またある。

それが、胸にもたらした情動は大きく——、

「——商人、治癒術師はどうなった」

そのスバルの感動を余所《よそ》に、淡々とした口調でアベルが会話に割り込んだ。

治癒術師、と聞き慣れない響きにスバルが眉を寄せ、フロップも同じく考え込んだが、

「それはもしや……旦那くんの奥さんのことかい？」

「他に誰がいる。あの場に、あの娘以外に治癒魔法の使えるものがいたとでも？」

「いいや、他に思い当たる人物はいないね！　ただ」

「ただ？」

「村長くんは、もっと相手に好感を持たれる言い方をした方がいいんじゃないかな。呼ぶにしても、親しみやすさを意識した方がずっと円滑に物事は進むだろう！」

真正面からド直球の朗らかな抗議、それを受けたアベルが片眉を上げる。

言い切ったフロップは堂々としたものだが、傍《はた》で聞く分にはハラハラものの発言だ。もちろん、使える技能でレムのことを呼ぶ姿勢はスバルもいい気はしないが。

「その感覚、さっきまでの兄弟の不敬ぶりだと説得力がまるでねぇな」

「ここまでの道中を考えたら、俺にはあれぐらい言わせてもらう権利が……それなら、フロップさんにも同じ権利がある、か？」

「知らねぇけども、兄弟たちの珍道中には興味津々だぜ」

語って聞かせるには激動すぎる話だが、その話題を掘り下げるのは別の機会だ。

アベルの言い方はどうあれ、レムの安否はスバルの最優先事項でもある。無論、彼女に目立った外傷がないことはこの目で確かめてはあったものの。

「頑張りすぎて倒れたりとかしてないか？」

「そこは心配ご無用だよ、旦那くん。かなり消耗はしているけれど、それは休めばよくなる範囲のものさ。実に働き者の奥さんを持っていて、とても素晴らしいことだよ」

「そうか……なら、よかった」

ホッと胸を撫《な》で下ろし、スバルはフロップの太鼓判に安堵《あんど》する。

状況が状況だ。レムに頼らなくてはならない局面とはいえ、彼女が頑張りすぎてしまうのは素直に怖いところだった。たとえスバルがなんと言っても、今のレムは自分のできる範囲のことなら耳を貸してはくれないだろうし。

「――奥さん？」

と、そう胸を撫で下ろしたスバルの傍《かたわ》ら、静かにアルが呟《つぶや》く。

彼は鉄兜《てつかぶと》の顎《あご》に手を当てて首をひねりながら、

「上じゃ見なかった気がしたが、兄弟のとこの嬢ちゃんもきてんのか？」

「俺のとこの嬢ちゃんって……エミリアたんのことか？　いや、きてねぇよ。ここにいてくれたらどれだけ心強いか……逆にいてほしくない気もするけど」

エミリアの優しい性質《たち》と、ヴォラキア帝国の在り方は水と油だろう。

やや脳筋気味に物事を考えるエミリアは帝国流と肌感が合う可能性もあるが、帝国の残酷さはそのさらに先をゆく。――エミリアに、帝国は似合わない。

「――嬢ちゃん以外の嫁さん、ねえ」

「……言っとくが、便宜上、それで通してるって話だぞ。本音を言えば、そのぐらい大事に扱うって決めてる子だ。何としても、連れ帰る」

顎《あご》に手をやったまま、低く呟《つぶや》いたアルにそう弁明しておく。

同じく帝国にいる以上、アルの口から妙な噂《うわさ》が広まることはありえないが、邪推されるのは御免だ。決意に水を差されるのも。

「そこな優男、商人と呼ばれておったが……貴様もアベルの部下か？」

「む、部下というわけではないよ。僕や妹は状況的に旦那くんや村長くんと協力する立場となっていてね。まぁ、一番新しい友人というのが適切かな！」

「ほう、友人とはな」

フロップと言葉を交わしたプリシラが、彼の回答に唇を緩めた。その緩めた唇を扇で隠したプリシラは、意味深な眼差《まなざ》しをアベルの方へ送る。

「妾《わらわ》の知らぬうちに友人作りに勤《いそ》しんでおったとは。ヴォラキア皇帝の玉座も、ずいぶんと容易《たやす》く空けられるようになったと見える」

「皮肉はやめよ。そも、そこな男と俺が友人となった覚えなどない」

「何を言うんだい、村長くん！　一緒に女装で死線を潜《くぐ》った仲じゃないか！」

「共に死線を潜ればすぐさま友か？　ならば、帝国兵はことごとく俺の友ということになるな。そして、最も身近で死線を潜った一人が俺の敵だ」

自らの置かれた立場を使った完璧な反証、それを受けたフロップが口を噤《つぐ》む。

とはいえ、言ったアベルも無傷では済まない諸刃《もろは》の剣みたいな反論だった。

「とにかく、フロップさんが朗報を持ってきてくれたんだ。こっちも、もっと景気のいい話がしたいとこで……」

「――待て」

「……なんだよ」

あまり前向きでない会議の中、ようやくもたらされた明るい話題だ。それで弾みを付けようとしたスバルを遮り、アベルがフロップに顎をしゃくった。

その動きに視線を誘導され、スバルもフロップの方を見やり、

「フロップさん？」

そう、アベルが彼を指し示した理由、その表情の変化に気付く。

明るく朗らかな表情を欠かさないフロップ。そんな太陽のような在り方を貫《つらぬ》いてきた彼

の瞳に浮かんだのは、微《かす》かな躊躇《ためら》いと憂いの感情だった。

「商人であれば、話題の運び方には注意深くもなろう。その点、貴様は商人に向いているとは到底思えんな」

「その意見は僕も相当数もらっているから思うところはあるのだけれど、今は置いておくよ。……旦那くん、さっきの僕の話には言葉足らずな部分があった」

指摘するアベルを横目に、フロップが長い睫毛《まつげ》を憂いで揺すってスバルを見る。

彼の整った面貌《めんぼう》、そこに浮かんだ切実な雰囲気には胸が締め付けられた。その先の言葉を聞きたくないと、そう思いながらも聞かずにはおれない。

そういう意味で、フロップは相手に話を聞かせる天性の才能があった。こんな状況でなければ、商人として活《い》かすべき才だと褒め倒せただろう。

だが――、

「村長くんとも無関係じゃない。クーナ嬢とホーリィ嬢も、一緒にきてほしいんだ」

そう告げるフロップを遮れない今は、それが呪われた才のように憎らしかった。

3

「――アベルとナツミもきたカ」

フロップに呼ばれ、一度会議場を離れたスバルたちは都市庁舎の上階へ。

負傷者がまとめられ、野戦病院のような有様となった空間、そう言ってスバルたちを出迎えてくれたのは、焦《こ》がした黒髪を切《き》り揃《そろ》えたミゼルダだった。

アラキアの襲撃に晒《さら》され、最も重傷を負わされていたミゼルダ。

如何《いか》に彼女が強靭《きょうじん》な肉体の持ち主であろうと、本調子とは言えないレムの治癒術でどこまで対抗できるか、ミゼルダの生命力が試される状況だったに違いない。

「呼びつけてすまなかっタ。ただ、できるだけ早く伝える必要があると思ってナ」

「ミゼルダさん……」

そう言いながら、壁際のオブジェに腰掛けたミゼルダが薄く微笑《ほほえ》む。

強力なアマゾネスの一人であるミゼルダの微笑みには、これまでスバルたちに幾度となく見せてきた野性味のある風格、それが抜け落ちていた。

それでも日力のある表情の力は失われていない。それがアンバランスだった。

「まずは礼を言ウ。レムのおかげで命を拾っタ。奇跡ダ」

「――――」

「見事に都市も奪って見せタ。お前の働きにハ、シュドラクの族長として感服すル。その上でこの先の戦いのためニ、宣言しなくてはならなイ」

レムの献身とスバルの貢献を褒《ほ》め称《たた》え、ミゼルダは居住まいを正した。

そして――、

「シュドラクの族長の座ヲ、我が妹のタリッタに譲ル。私でハ、もう務めを果たせヌ」

と、そう膝から下を失った右足を撫《な》でて、役割を引き継ぐ宣言をしたのだった。

「――――」


族長を譲ると、そう宣言したミゼルダの表情は毅然《きぜん》としたものだ。

野性味の濃い、目力の強い美貌《びぼう》の覇気は衰えず、初めて彼女を目にしたときの印象と寸分変わらない。どこまでも、強い女であるという印象そのままだ。

その印象のままに、ミゼルダは右足を失い、族長の座を退くことを決めた。

色濃く無念を宿しているのは、そんなミゼルダの周囲にいるものたちの方だ。

族長であるミゼルダの強さを身近で見てきた『シュドラクの民』、彼女らの悔しさと喪失感は、簡単に拭い去れるものでは決して無い。

クーナは常からの無愛想さに拍車をかけた無表情となり、いつものんびりとマイペースを崩さないホーリィも沈んだ顔つきだ。涙目のウタカタが唇を噛《か》みしめて俯《うつむ》き、他のシュドラクたちも一様に沈鬱な表情を浮かべている。

しかし、中でも最も大きく取り乱していたのは――、

「あ、姉上、無理でス。私に族長なんテ、務まるわけガ……」

「――タリッタ」

「姉上だから務まった役目でス！　私にそんな器はありませン……っ」


嫌々と首を横に振って、タリッタがそう必死に訴えかける。

ミゼルダ直々に次の族長に指名されたタリッタだが、彼女が姉を敬愛し、崇拝に近い心

情を抱いていたことは日々の言動からも明らかだ。それだけに、ミゼルダが足をなくした事実は、あるいは当事者のミゼルダ以上にタリッタを動揺させていた。

「……私の、力不足です」

タリッタの悲痛な訴えに、弱々しく己を責める声があった。

それは負傷者だらけのフロアの隅で、杖《つえ》をついて憔悴《しょうすい》しきったレムだ。

この場で唯一の治癒魔法の使い手として、レムは多くを救うために右へ左へ駆けずり回っていた。服や髪を汚した血と、疲労の色濃い顔色がその過酷さを物語っている。

そのレムの姿と悔悟に、いったい誰が彼女を責められようか。

故に――、

「レム、お前が気に病む必要はなイ。帝国の『将』と戦イ、片足で済んだのは運が良かったタ。……いヤ、お前の助力あってのことダ」

「ミゼルダさん……ですが」

「私はお前に感謝していル。それ以上の言葉はなイ」

他ならぬミゼルダに重ねて感謝を告げられ、レムはそれ以上何も言えない。

押し黙るレムの傍《かたわ》らには、その長い金髪を乱したルイが寄り添っている。そっと裾を摘《つ》まんでいるルイの肩に手を置いて、レムは静かに目を伏せた。

レムの感じている自責の念と無力感、それがスバルには痛いほどわかる。だが、スバルが何かを口にするよりも、黒髪の美丈夫《びじょうふ》が前に進み出る方が早かった。

「ミゼルダ、考えを変える気はないな」

前に出たアベルの問いかけに、オブジェに座るミゼルダが頷《うなず》く。

彼女は包帯の巻かれた足の切断面に指で触れながら、

「あア、変える気はなイ。シュドラクとヴォラキア皇帝との盟約は守られル。この先のことハ、私ではなくタリッタ……いヤ、族長に聞くがいイ」

「——。わかった。ミゼルダ、大儀であった」

退任の意を固めたミゼルダ、彼女の答えに神妙な顔でアベルが理解を示す。それを受け、ミゼルダは「フ」と笑い、相好を崩した。

「どうせなラ、微笑《ほほえ》んでみせロ。それが美形の務めというものダ」

「——。ふん」

「それでいイ」

足をなくした直後にも拘《かかわ》らず、ミゼルダはあまりにも強かった。

その彼女の姿勢に、傲岸不遜《ごうがんふそん》なアベルすらも不敬を責めず、笑ってみせたほどだ。

それは玉座を奪われた皇帝が、森で暮らす女戦士に敬意を示した何よりの証《あかし》だった。

そして——、

「——聞ケ、我が同胞たちヨ！」

笑みを浮かべた表情を引き締め、顔を上げたミゼルダが声を上げる。

その猛々《たけだけ》しい声音を聞いて、シュドラクたちが一斉に姿勢を正し、傾聴の姿勢へ。

「先ほども告げた通リ、私は族長の務めを果たせヌ！　よってテ、我が妹であるタリッタに族長の役目を譲り渡ス！　皆、タリッタに従エ！」

「――――」

「これが私ノ、族長としての最後の命令ダ。――父祖の誓イ、祖霊の誇りに感謝ヲ」

「「――感謝ヲ！」」

ミゼルダの結びに、シュドラクたちがそう復唱する。

彼女たちの風習や長年の習俗といったものの知識はない。しかし、門外漢で部外者のスバルにも、それが継承の儀式だったと感覚でわかった。

短く、格式張るものでもない、実利と観念的なものの合わせ技たる継承。

ここに『シュドラクの民』の族長は、ミゼルダからタリッタへと継承されたのだ。

「姉上……」

「沈んだ顔をするナ、族長。お前の迷いは我らの迷イ。お前の躊躇《ためら》いは我らの躊躇イ。お前の死ハ、我らの死となル」

歩み寄り、表情の晴れない新族長のタリッタをミゼルダが激励する。

それがタリッタの気持ちを一度で楽にするわけではない。だが、もはや縋《すが》っても状況は変わらないと、タリッタもそう理解したのだろう。

しばらくの沈黙ののち、タリッタは無言ながらもおずおずと頷いた。

「――――」

それを見たミゼルダの瞳に過《よぎ》った複雑な感情は、頭を下げたタリッタの見られなかったものだった。——そして、彼女以外の誰が言及してもならない聖域だった。

4

「……正直、意外だった」

族長の交代劇と被害報告が終わったところで、スバルはそうアベルに声をかけた。

呼び止められたアベルは眉を顰《ひそ》め、不愉快そうに「何がだ」とスバルの真意を問う。

「考えねばならぬことが多い。貴様まで俺を煩わせるな」

「いちいちきつい言い方するなよ。……ただ、意外だったんだよ。お前がミゼルダさんの戦線離脱をあっさりと認めたのが」

「——」

「てっきり、片足をなくしたぐらいでなんだ。俺のために死ぬまで働け、って言い出すんじゃないかと思ってたもんだから」

極端すぎる意見だと思いつつも、スバルは正直な気持ちをアベルに伝える。

玉座を奪還するために『シュドラクの民』を手勢に加え、最悪、城郭都市《じょうかくとし》グァラルを毒で汚染することも考慮していた皇帝だ。

アベル——否《いな》、ヴィンセント・ヴォラキアならば、非情な判断も辞さないだろうと。

「たわけ。然様《さよう》に強いて、いったい何の意味がある」

しかし、罵声も覚悟で本音を告げたスバルに、アベルの答えは冷静だった。

鼻白むスバルの前、アベルは遠目に話し合うシュドラクを眺めながら、

「そも、俺は部下にできる以上のことを望まぬ。己《おの》が最善を尽くせと命じても、己の限界以上を吐き出せなどと妄言の類であろう」

「――――」

「許した以上の働きなど、こちらの計算が狂うだけだ。部下には以上も以下も求めん。そして、ミゼルダは己が領分を果たした。ならば、俺が与えるのは褒賞だけだ」

言葉で発破をかけ、褒美で実力以上を引き出し、ねぎらいで次を約束させる。

てっきり、スバルは権力者とはそうして部下を従えるものと思っていた。だから、アベルの答えはスバルの思い描くそれとは真っ向から相反するものだ。

部下に実力以上の働きを求めない。――それはある種、部下にとっては働きやすい環境のようであり、同時に寂しい環境であるとも思えるもので。

「無論、評価に値せぬ働きには罰を以《もっ》て報いる。信賞必罰、意味はわかるな」

「……それ、俺には罰を与えるって意味か？」

「貴様が俺の部下であれば、そうだろう。だが、貴様は俺の部下か？」

真正面から見据えられ、スバルはアベルの言葉に目を見張った。

もちろん、スバルにはアベルの部下になった覚えなどない。プリシラとの話し合いで、

アベルはスバルを軍師扱いしていたが、拝命するつもりもなかった。

「軍師って肩書きに惹《ひ》かれないわけじゃないが、お前の部下なんて願い下げだ」

「であろうよ。貴様は俺の部下ではない。故に、信賞必罰の範疇《はんちゅう》に当たらん」

「そう考えると、お前は俺のなんなんだ……」

結果的に同行を余儀なくされているが、本来、スバルとアベルとの間には主従関係もなければ、もっと湿度のある関係性が結ばれたわけでもない。

流れで運命共同体となっているだけで、問題が取り除かれれば道は分かれる間柄。

味方や仲間、戦友というのとも全く違う。強いて言うなら女装仲間だ。

「勝手に俺を友呼ばわりしたものもいたが、貴様はそうではあるまい」

「ああ。俺は人見知りだから、簡単には友達にならない」

今の状況を考えれば、ここで友達呼ばわりしてくる相手はよほどの善人か詐欺師かのどちらかだろう。フロップは前者というだけだ。

そして――、

「俺はプリシラと話の続きがある。貴様は貴様の領分を果たせ」

「俺の領分……」

「言われずともわかっていよう」

切れ長な瞳に切り裂かれ、スバルはフロアの片隅に視線を向ける。

そこには、床にぺたりと座り込んだレムの姿がある。俯《うつむ》くその顔は見えないが、先ほどの自責の件を思えば、放っておけないのは間違いない。

アベルに先に言われた、というのがいささか癪《しやく》ではあるが。

「プリシラと揉《も》めて、また戦いが始まるのは勘弁だ。口の利き方に気を付けろよ」

「多くのものは、その言葉は俺ではなく貴様が弁《わきま》えるべきだと忠告するだろうよ」

憎まれ口をさらなる憎まれ口で返され、スバルは会議場に戻るアベルと別れる。

族長の交代で『シュドラクの民』の在り方も変わる。それも込みで、アベルにはプリシラと話し合うべきことがあろう。そこに、スバルの出る幕は少ない。

優先すべきは、スバルにしかできない語らいだった。


「――レム、今いいか？」

軽く深呼吸して、気を落ち着けてからそう話しかける。

膝を折り畳み、壁に背を預けて座っているレムは、そのスバルの言葉に身じろぎすると、ぼんやりとした薄青の瞳にこちらの姿を映した。

「……あなたですか。いつになったら着替えるんです」

「着替えよりレムの方が優先だ。この話が終わったらすぐにでも着替えるよ」

「そうですか。では、話は終わりです。着替えてきてください」

「そんな大雑把《おおざつぱ》な！」

取り付く島もなく、すげない対応をするレムにスバルが声を上げる。と、そんなスバルの声にレムは目つきを鋭くして、「静かにしてください」と言った。

それから、彼女は自分の左肩に寄りかかる少女の方を顎《あご》でしゃくり、

「眠っているルイちゃんが起きてしまいます。気遣ってください。……それとも、そのぐらいの気遣いもこの子にはかけたくありませんか？」

「嫌な言い方するなよ。俺が悪かった」

小さな寝息を立てて、レムに寄り添っているルイ。

白い服を血で汚したルイも、治癒魔法を施すレムを手伝っていたと聞いている。ウタカタから聞いた話では、拙いながらもちゃんと言うことを聞いていたとのことだ。

当然、スバルの内心は複雑ではあるが。

「その姿で険しい顔をされると、調子が狂いますね」

「あ、ああ、悪い。化粧もぐちゃぐちゃだし、見苦しいよな」

「見苦しいのはお化粧がちゃんとしていたときからそうです」

「とほほ……」

相変わらず辛辣なレムの物言いに、スバルは肩を落として凹《へこ》んでみせる。それから、スバルはゆっくりとレムの右側、ルイと反対側に腰を下ろし、並んで座った。

ちらと、レムの抗議の眼差《まなざ》しが飛んでくるが、それは意識的に無視して、

「レム、よくやってくれた。お前のおかげでみんな助かったよ」

「……力不足も痛感しました。本音を言えば、不甲斐《ふがい》ないです」

「レム……」

ねぎらいの言葉に応じて、レムが自分の両手を悔しげに見下ろす。その白い指を眺めながら、レムは弱々しく唇を噛《か》んでいた。

「不甲斐《ふがい》なくなんてない。記憶だってあやふやなままなのに、立派に治癒魔法も使えるようになって大勢助けてくれた。なのに……」

「わかるんです。本当なら、この魔法はこんなものじゃなかったって」

「こんなものじゃなかったってのは……」

「治癒魔法、です。今、私が使っている魔法は感覚的なもので、言い換えれば自己流です。ルイちゃんが補助してくれて、何とか形になっていますが……」

レムの、その先の言葉は続かなかった。

弱音とは、口にすれば自他を傷付ける毒となる。代わりにほんの少しだけ、胸のつかえを軽くしてくれる代物だ。そしてレムは、自分が軽くなるのを厭《いと》うている。

自分の力不足が他者を救えなかったと、そう自責している証《あかし》だった。

「――――」

そうして自分を苛《さいな》むレムの心情が、スバルには痛いほどわかってしまう。

もっとできたはずだという後悔は、下手に届かない壁よりよほど我が身を苦しめる。それが誰かの、自分ではない誰かの未来に関わることならなおさらだ。

今までにない心情を吐露し、レムの潤んだ瞳がスバルを見つめ、唇を震わせる。

「以前の……以前の私なら、どうだったでしょうか」

「……記憶があるときのレムなら？」

「はい。そのときの私の治癒魔法なら、ミゼルダさんの足は……」

残せたのか、と続けられるはずの言葉、それにスバルは目をつむった。

レムの心情はわからないではない。ただ、記憶の有無がレムの治癒魔法にどこまでの影響を与えているのか、その判断は門外漢のスバルには困難だ。

「――――」

じっと、薄青の瞳に切実な感情を宿したレムがスバルを見ている。

彼女の求める答え、それがスバルの用意できるものなのかはわからない。スバルの目の前にあるのは二択、以前のレムなら『できた』『できない』の二つだけ。

どちらの答えならレムの救いに――否《いな》、レムをこれ以上、傷付けずに済むのか。

「……記憶があっても、どうにもならなかったと思う」

「――――」

「治癒魔法だって万能じゃない。その中で、レムは最善を尽くしたはずだ」

数秒、しかしスバルの中ではもっと長く感じられる苦慮の末、そう答えた。

たとえレムに記憶があったとしても、万全の状態の治癒魔法だったとしても、ミゼルダに足を残してやることはできなかっただろうと。

事実がどうか、ではない。

たられればの話をし始めればキリがない。確かにレムはミゼルダの足を救えなかった。だが、ミゼルダを含めた多くの負傷者、その命を救ってくれた。

その功績が褒められるべきであって、自分を責める謂《いわ》れなんて何もないのだ。

むしろ、責められる謂れがあるとすれば——、

「——俺の方が力不足だった」

「え……」

「考えが足らなかった。もっと、色々と真剣に吟味すべきだったんだ」

吐き出したスバルの答えを聞いて、レムが丸い瞳を大きく見開いた。

そんなレムの前、スバルは強く奥歯を噛《か》みしめ、両手で自分の顔を覆う。

力不足を呪うのであれば、その咎《とが》はスバルにこそ降り注ぐべきだった。

「全部、俺のせいだ」

偉そうに『無血開城』を謳《うた》っておきながら、現実は程遠い結果を招いた。

アラキアの乱入で大勢の負傷者を出し、さらに彼女の身柄の奪還を受けて都市の衛兵《えいへい》にも複数の死者を出してしまった。身内に犠牲者こそ出なかったが、ミゼルダのなくなった足を見て、どうして『無血』などと言えるだろうか。

失敗した。失敗に失敗を重ね、挽回《ばんかい》する機会を逸して失敗を積み上げた。

求めたのは最善のハッピーエンド。それなのにスバルの目の前にあるのはそこそこのハッピーエンド、あるいはそこそこのバッドエンドと呼ぶべきものだ。

『信賞必罰』、アベルのその言葉に倣うなら、罰されるべきだ。

最悪、『死に戻り』をしてでも、最善の可能性に挑むことを検討するぐらい――、

「……どうして？」

不意に、考え込むスバルの鼓膜をそんな言葉が打った。

とっさに顔を上げれば、じっとこちらを見つめるレムの瞳と正面からかち合う。

直前まで自責の念で潤んでいたレムの瞳、それは何故《なぜ》か、より強い自責を宿してスバルを真っ向から見つめていた。

「どうして、これがあなたのせいになるんですか」

レムの眼差《まなざ》しに動揺し、身動きを封じられたスバルへと言葉が重ねられる。

彼女は潤んだ瞳のまま手を伸ばし、惨状と化した都市庁舎を示しながら、

「ミゼルダさんの足も、ルイちゃんやウタカタちゃんのケガも、ミディアムさんやフロップさんの傷も、何もかもあなたのせい？」

「それは……それは、そうだ。俺がもっと、入念に準備してたらこうはならなかった」

「あなたは策を考えて、無謀に見える計画でちゃんと成果を出しました。二将の方をしっかりと押さえて、誰も戦わせずに都市に入れることができた。計画通りに」

「でも、そのあとが……」

「――そのあとのことなんて！」

食い下がるスバルに、レムが眉を立てて声を大きくする。

そのとっさの動きで、ルイの頭がレムの肩から膝の上に落ちた。小さく唸《うな》り、目を覚まさないルイ。その肩を支えながら、レムは息を整えてスバルを見つめる。

「そのあとのことなんて、誰にも見通せませんでした。あの半裸の女性が現れるのも、大暴れするのも全部、予想のできないことでした。それなのに」

「――――」

「それなのに、どうしてあなたがその全部の責任を負うんですか」

どうして、と重ねて問われ、スバルは息を呑《の》んだ。

どうしてなのかと言われれば、それが力を持ったモノの責任なのだとスバルは思う。

レムが自分の治癒魔法の力不足を嘆いたように、スバルも自分の権能が補えなかったことを悔やみ、嘆くことがある。『死に戻り』は、その範囲がより大きい。

スバルが力を行使すれば、未来はより良くも、悪くもなり得るからだ。

ただし――、

「それは……」

――それは、たとえ相手がレムであっても伝えることのできない真実だ。

レムに限った話ではない。

スバルの有する権能のこと、これだけはどれだけ胸襟を開いた相手であっても伝えることはできない。――否《いな》、心を通わせた相手にこそ話せない。

話せば、その相手を死に至らしめるかもしれない真実など、明かせるものか。

痛みは、怖い。『死に戻り』を打ち明けようとすることで与えられる痛みは恐ろしい。心の臓を掴《つか》まれる激痛など、誰が何度味わったところで慣れるものか。

しかし、真に恐ろしいのは痛みではなく、喪失だ。

失うことよりも怖いことなど、この世に存在するだろうか。

それを極限まで恐れるから、この権能はナツキ・スバルに与えられたのではないのか。

「……どうして、あなたは私を庇《かば》ったんですか」

「え……？」

「あの半裸の女性に襲われたときです。柱を倒して、それも通じなくて……あの女性が向かってきたとき、あなたは私の前に立ちました」

アラキアに襲われるレムを救うべく、スバルは無我夢中で彼女の前に立った。

両手を広げ、あらゆる脅威をレムに近付けまいと必死だった。あの瞬間、スバルはアラキアに命を奪われたとしても、それでも構わなかった。

一秒でも長く、レムに自分より長生きしてほしかった。

それは——、

「無血開城を献策した結果も、あの場で私を庇ったことも、ミゼルダさんが足を失ったことさえ、あなたは全部、自分で抱え込もうとして……」

「——」

「その全部ができるほど、あなたは強い人間じゃない。……最初こそ、そのおぞましい臭いで警戒していましたが」

そこで言葉を区切り、レムが一度、自分の膝の上のルイへと視線を落とした。その金色の髪を優しく撫《な》でてやりながら、レムはその視線をスバルへと向け直して、

「私も、ルイちゃんも、アベルさんやミゼルダさんたち、ミディアムさんやフロップさんもみんな、意思のある人間で、あなたが守り抜こうと息巻く必要なんてありません」

「ぁ……」

「そんなに何もかも、一人でやり切ろうなんてしないでください。私たちの行いの責任を、あなたが取る必要なんて」

畳みかけられる言葉に圧倒され、スバルはパクパクと口を開閉する。

何を言われているのか、脳が速やかな理解を拒否している。ただ、これ以上は聞いてはならないと、正体不明の焦燥感がスバルの心を焼いている。

力不足を呪ったスバルへと、切実な感情を宿して食い下がるレム。

それ以上、言わせてはならないと――、

「――あなたは」

言わせてはならないとわかっていたのに。

「――あなたは、英雄じゃないんですから」

5

ふらふらと、ふらふらと、スバルは彷徨《さまよ》うように都市庁舎の中を歩いていた。

目的地を定めていない。そもそも、いつから歩き出したのかさえ明瞭ではない。気付いたら歩いていて、何なら今も意識は曖昧模糊《あいまいもこ》とした中にある。

「――っ」

不意に、硬い衝撃と正面からぶつかった。

見れば、足下だけ見つめて歩いていたせいで壁にぶつかったらしい。何もない壁に額を打ち付け、スバルは痛む額を押さえ、息を吐いた。

それから何気なく、ぶつけた額をもう一度、その硬い壁にぶつける。

硬い衝撃と鈍い音がして、スバルは脳にじんとした痛みが走るのを感じる。

その痛みを何となく欲して、スバルは何度も、何度も、額を壁に打ち付ける。

何度も打ち付け、打ち付け、打ち付け――、

「――おいおい、やめとけよ、兄弟」

打ち付けようと引いた肩を後ろから掴《つか》まれ、そんな声をかけられる。

見れば、振り向いたスバルの黒瞳と、こちらを覗《のぞ》き込《こ》む鉄兜《てつかぶと》越しの視線が交錯し――、

「死にてぇ気持ちはわかるがよ。何べんやってもキリがねぇぜ、そんなもんはよ」

第三章　『進むべき道筋』

1

たくましい腕に肩を掴まれ、振り向かされたスバルは目を見張る。

そのぐらい、こちらを見つめる鉄兜――アルの言葉は予想外なものだった。

肩を掴む力も強く、無視し難《がた》いものがある。壁に額を打ち付けるスバルの自傷行為、それを絶対に続けさせまいと、そんな意思が伝わってくるようで。

「やめとけよ」

「……ぁ」

視線を合わせ、もう一度重ねられた制止の言葉に息が漏れる。

途端、スバルは直前までの自分の奇行を見咎《みとが》められたと、情けなさと恥辱が腹の底から湧き上がった。まるで、壁に向かって走らされるゲームのキャラクターだ。

思考を放棄していたところも含めて、そのものズバリの有様ではないか。

「そんな真似《まね》続けて馬鹿になっても知らねぇぜ。いや、放っておけねぇヤバさなんだが」

「……それは、お手数おかけしました」

「なんで敬語だよ。あと、声ガサガサ過ぎてビビるわ」

自分でも驚くほど掠《かす》れた声をアルに指摘され、スバルは再び自嘲する。

メンタルの崩れた影響をもろに受ける自分と、メンタルがこれだけメタメタな状況に追いやられている自分の醜態そのものに。

当然だろう。なにせ、スバルは他ならぬレムの口から——、

「——そんなに、あの嬢ちゃんに言われたことがしんどかったのか？」

「——ッ」

そう問われた瞬間、スバルは弾《はじ》かれたように顔を上げた。その勢いに「こわっ」とアルはおどけて肩から手を離すが、スバルの方が距離を詰める。

「お前、聞いてたのか……！」

「別に盗み聞きしようとしたわけじゃねぇよ？　たまたま兄弟呼びにいったら大事な話の真っ最中で、しかも兄弟がふらふら歩き出したんだよ。そしたら案の定……」

言いながら、アルが自分の兜《かぶと》の額の部分を指で叩《たた》く。

案の定、不安が的中したと言いたいのだろう。アルがよく見ていたというより、そう思わせるぐらい、スバルがわかりやすく絶望していたということらしい。

指摘された額、打ち付けた箇所がじんわり痛み、スバルはバツの悪さに俯《うつむ》いた。

「まぁ、嬢ちゃんの前じゃギリギリ安定してた。たぶん、向こうは気付いてねぇよ」

「そう、か……」

兜の金具をいじるアルにフォローされ、スバルは情けなくも安堵《あんど》する。

この醜態の中、せめてレムを思い煩わせずに済んだならそれだけはよかったと。

そして――、

「アル、さっきの……どういう意味だ？」

「さっきの？」

「……俺の、死にたい気持ちがわかるとか、どうとかって」

痛む額に手を当てながら、スバルはアルがかけてきた言葉の真意を問う。

自傷行為を止められ、正気に引き戻されたスバルだったが、何のことはないように思えるアルの言い回しが、しかしあの瞬間にはひどく意味深に思えたのも事実。

死にたい気持ちと、何度やってもキリがないという発言。

あるいはそれは、アルがスバルの特殊性を、権能を把握しているようにも思えて――、

「言いたかないが、オレだっていい歳《とし》したオッサンだぜ？　兄弟みてぇな修羅場、オレにだって経験あんだよ。――かわい子ちゃんの前でだせぇ真似《まね》したこともな」

「……あ？」

「あ、じゃねぇよ。大恥掻《か》いて死にたくなるなんて男なら誰でも通る道さ。何なら、今でもそこそこの頻度でやらかしてるぜ。そのときの姫さんの目、マジで死ねるから」

へらへらと笑い、アルがスバルの方を叩いて人生の先達としての教訓を並べる。

その内容と態度に、スバルはまじまじとアルを見つめ返した。それが誤魔化《ごまか》しなのか、

本気なのかを見極めようと。

「ん？　どうしたよ、兄弟」

しかし、アルの本心を探ろうとしても、黒鉄《くろがね》に遮られて叶《かな》わない。

これまでアルの格好はただの奇抜なファッションだと流してきたが、こうして彼の真意を探ろうと対峙《たいじ》すると、思った以上に強固な防護だったと気付かされる。

ただ同時に、自分がナーバスになりすぎていることも自覚させられた。

「知られてるわけない、か……」

たまたま、アルの物言いがスバルの意識に引っかかっただけだ。

もしもアルが『死に戻り』を知っていたなら、もっとわかりやすい形でスバルにそれを伝えようとするはず。──『死に戻り』の権能は、存在自体が危険な代物だ。

ロズワールがそうであったように、知っていれば触れずにはおけない脅威。

同時に──、

「──異世界召喚された奴《やつ》が全員、何かしらの力をもらうわけじゃない」

アルの境遇を詳しく知っているわけではないが、そう考えてよさそうだ。

何故《なぜ》なら、もしもアルに何らかの特別な力が宿っていたのだとしたら、彼の失われた左腕──それがなくなることも防げたはずではないかと思える。

例えば、仮にスバルが同じように片腕を失う事態に陥ったら、左腕を失う前に──、

「……戻る、のか？」

そう考えたところで、スバルはまじまじと自分の左腕を見つめた。

仮定で考えた四肢の欠損だが、十分ありえる事態だ。そもそも、これまでスバルが五体揃《そろ》ったままで生き延びてこられたのは、それこそ『死に戻り』の恩恵に他ならない。

命を落とした周回では、何度となく腕や足を失う被害に見舞われてきた。

もしもどこかの『死』を死なずに乗り越えていたなら、今も肉体の一部を欠損したまま生きながらえることだってあったはずなのだから。

――決して、『死に戻り』に頼りきりにはならないとスバルは心に決めた。

しかし、ならばどこまでなら頼るのか。

腕や足は、指は目は、どこまで失えば『死に戻り』すると決断できるのか。それが自分の手足ではなく、エミリアやレムのモノならばどうだ。

水門都市プリステラで、スバルはリカードの失った腕のために『死に戻り』しなかった。

今日このときも、足を失ったミゼルダのために『死に戻り』していない。

権能を用いれば、より良い成果が引き寄せられる可能性があるとわかっていながら。

腕や足を失い、これまでの道のりを絶たれるモノを減らせるとわかっていながら。

「俺は……」

「――――」

「俺は偽善者だ」

与えられた権能が強大なものであると知りながら、決定的な一歩を踏み出せない。

ナツキ・スバルはあまりにも、あまりにも非力で身勝手だった。

だから——、

「レムにも……づぁっ⁉」

「悪いループだぜ、兄弟」

レムにも、あの決定的な一言を言わせてしまった。

そう落ち込みかけたスバル、その額が強烈なデコピンに弾《はじ》かれる。強い音で涙目になったスバルは、「な、な……」とアルを見た。

その潤んだスバルの視界、アルは「あのなぁ」と呆《あき》れたように指を突き付けてきて、

「あの嬢ちゃんの一言にどんだけぐらついてんだよ。ちょっと言われたぐらいで情けねぇったらありゃしねぇ。自分でもそう思わねぇか？」

「それ、は……」

「あんな程度でおたつかれちゃ困るんだよ。こんなこと言うだけ恥ずいけどな……オレはな、兄弟に期待してんだぜ？」

「——期待？」

考えもしなかった言葉をかけられ、スバルは驚きにそう聞き返す。

そのスバルの反応を見て、アルは「そうだよ」と深々と頷《うなず》いた。

「プリステラで兄弟がやった演説、覚えてるよな」

「あ、ああ、覚えてる、けど……」

「あのとき、オレは言ったはずだぜ。あそこで放送するってことは、兄弟は『英雄幻想』を背負ってくことになるんだってな」

思い出される絶望的な状況、都市が大罪司教に襲われ、大勢が窮地にあった。

そんな中で役割を求められ、あと一歩を踏み出せずにいたスバルにアルがかけた言葉、それが『英雄幻想』だったと記憶している。

人々の、大勢の期待と希望を一身に背負い、負けることは許されない存在。

誰もがそうあってほしいと願う、『英雄』という名の『幻想』を背負うのだと。

そして、あのときのスバルはあまりにも気楽に答えた。

──それは、いつもと変わらないと。

「ここでだって同じだ。一人に否定されて、それでなんだってんだよ。それで、兄弟がやってきたことが覆るわけでも、覚悟が裏返るわけでもねぇだろ」

「──────」

「折れんなよ、兄弟。かましてやれよ、兄弟。──期待に応えろよ、兄弟」

重ねて、水門都市でのスバルの功績を知るアルが背中を叩《たた》いてくる。

全てを忘れているレムも、幼児退行しているルイも、当然ながらアベルもフロップもミディアムも、『シュドラクの民』も誰も知らないスバルの働きだ。

プリシラは、知っていても覚えてくれているか怪しいところだが──、

「オレは忘れちゃいねぇ。そして悪《わり》ぃが、今さら逃がさねぇよ、兄弟」

「逃がさない、って……掲げた看板は死ぬまで下ろせねぇって話さ」

「始めちまったんだ。

「――――」

クリティカルなアルの言葉に、スバルはまたしても息を呑《の》む。

あの水門都市での放送、それがあの都市で不安と恐怖に呑まれかけていた人々にだけでなく、それ以外の相手にも波及していたのだと初めて知った。

アルは言った。掲げた看板は死ぬまで下ろせないと。

そして、ナツキ・スバルに『死』が訪れることはない。

故に、抗《あらが》い続けるしかないのだと――。

「……ずっと」

アルの言葉に両手で顔を覆い、視界を閉ざしたスバルの口から声が漏れる。

頭の中にずっと響き続けるのは、レムからかけられた致命的な一言。スバルの心を八つ裂きにし、流れる血で溺れさせようとする絶死の言霊――、

『――あなたは、英雄じゃないんですから』

「ずっと、レムの一言を頼りにやってきたんだ」

『――あなたは、英雄じゃないんですから』

「レムが信じてくれてたから、俺は膝を折らずにやってこられた。『聖域』でもプリステラでも、プレアデス監視塔でも、同じで……」

『――あなたは、英雄じゃないんですから』

「レムが起きてくれて、記憶がなくなってて、それでもやっぱり嬉《うれ》しくて……あと一歩で全部取り戻せて、今が一番、踏ん張らなきゃいけないときなのに」

『――あなたは、英雄じゃないんですから』

「俺を奮い立たせる、魔法の言葉だったんだ」

『――だって、スバルくんはレムの英雄なんです』

その一言が、信頼が、支えがあったから、今日までやってこられたのに。

それを取り上げられて、ナツキ・スバルは――、

「だったら、取り戻せばいい」

「――え？」

顔を覆ったまま、瞼《まぶた》の裏というには深すぎる闇で溺れていたスバルが息を呑んだ。

すぐ目の前にアルの顔がある。思わず、スバルは後ずさった。しかし、下がるスバルを

逃がすまいと、下がった分だけアルが前に出る。背中が壁に当たり、それ以上は下がれなくなるスバルを、アルが伸ばした隻腕を壁に押し付けて逃げ道を封じた。

そして──、

「取り戻すんだよ。あの嬢ちゃんの期待も、兄弟本人の自信も」

「期待と、自信……」

「看板は下ろせねぇ。戦うしかねぇんだ。で、負けっ放しでもいられねぇなら、望み通りに勝ち続けるしかねぇ。そうやって勝ち続けて、取り戻すんだ」

「──」

「失った期待と評価は、それ以上の結果でしか取り戻せねぇ。兄弟も知ってるだろうが」

ぐいっと顔を近付けられ、冷たい鉄の兜《かぶと》が額に当たる。

そうして互いの額が当たっていることに気付かないぐらい、アルは強く強く真摯にスバルに訴えかけてきていた。その事実と、もたらされた天啓のような衝撃は大きい。

失った期待と評価──スバルにとって最も苦い記憶は、もちろん王城での失態だ。

あのとき、スバルはエミリアの信頼や期待、そして王選候補者たちからの評価も散々に落とした。その後、彼女らの信頼を回復できたのは、行動したからだ。

断じて、打ちひしがれて壁に額を打ち付けていたからではない。

「……馬鹿か、俺は。いや、馬鹿だ俺は」

進歩がない。成長がない。何よりも、スバルには足踏みしている猶予なんてない。

レムを守り、連れ帰らなくてはならない。そのために頼れる相手も、あのときと違って誰もいない。——レムには、スバルだけだ。

レムが、何もかも忘れた彼女がスバルを英雄ではないと言ったとしても。

強い力でスバルの背を支え続けてくれた、あの言葉が同じ顔と声に撤回されても。

「——俺は、レムの英雄なんだ」

そう、胸を張り続けることだけが、ナツキ・スバルの本領ではないか。

「……ちったぁ、気力が取り戻せたか？」

そのスバルの決意を聞いて、アルの声からも険しさが取れる。その一言に「ああ」と答えながら、スバルは至近でアルを見上げて、

「だいぶ、マシになった。……けど、離れろ、下がれ。この壁ドン、誰得なんだよ」

「だな！　兄弟は女装で、オレは片手のない四十路《よそじ》手前のオッサンだぜ！」

痛快とばかりに笑いながら、アルは壁についた手を引いて後ろに下がる。

そうして視界が開けると、スバルにはそれが目の前のことだけではなく、もっと大きく視野を広げられた結果のように思えた。

——正直、アルの言葉と励ましだけで、完全に立ち直ったなんてとても言えない。

レムを前にすれば足が震え、顔色を窺《うかが》い、同じ言葉をかけられないか怯《おび》えるだろう。

『死に戻り』という権能を、何のためにどこまで使えるのか、答えも出せていない。

ただ、はっきりと言える。

ナツキ・スバルの有するこの傲慢《ごうまん》な権能は、この背中に負わなければならない『英雄幻想』を本物とするために、なくてはならないものなのだ。

だから、この先も権能との付き合い方で、迷い続けることになるだろうと。

「あー、時に兄弟、ちょっと聞いておきてぇんだが」

自分の両手を見下ろし、気持ちを新たにするスバルに不意にアルがそう切り出す。直前のやり取りを踏まえ、今さら気後れしている彼をスバルは訝《いぶか》しんだ。

「今さらなんだよ。聞きたいことがあるなら聞けよ」

「じゃ、遠慮なく……あのレムって嬢ちゃん、どういう立場なんだ？」

首をひねり、アルが口にした質問。それは今さらと言えば今さらすぎる疑問だ。

とはいえ、アルの口から問われ、初めて説明が何もなかったとスバルも気付く。

「帝国くんだりまで連れてきてる兄弟の連れだ。ハーフエルフの嬢ちゃんでも、契約してるロリっ子でもねぇときた。おまけに、嫁扱いしてんだろ？」

「それは便宜上だし、本人にも嫌がられてるよ」

「けど、その嬢ちゃんの一言で兄弟はボロボロになってる。——ありゃ、なんなんだ」

わずかに声を低くして、やけに真剣に聞いてくるアル。

彼の言葉を受け、スバルは眉を顰《ひそ》めて記憶を探り、アルとレムとの間に面識がないことを——少なくとも、この時間軸ではないことを確かめる。

そもそも、アルの前ではレムの話題を出したこともないのだ。彼がレムのことを知らないのは当然のこと。なのに、微妙に引っかかった。

それはたぶん、質問するアルの態度が原因だ。

「────」

表情は見えない。だが、視線に宿った熱を感じる。

それが真剣さや緊迫感の表れだと、そうスバルは感じ取った。先のやり取りも含め、唯一の同胞であるアルの印象が短時間で変動するのを感じながら、

「レムは俺の……俺たちの身内だ。ただ、『暴食』の大罪司教の被害に遭った。そのせいで誰の記憶からも消えて、自分自身のことも覚えてない」

「──。そういうことか。なるほどなるほど、合点がいったぜ」

「合点？」

端的に事実を述べたスバルに、アルが顎《あご》に手をやり、何度も頷《うなず》く。

その口から漏れた言葉にスバルが首をひねると、彼は「ああ」と相槌《あいづち》を打って、

「色々引っかかってたんだよ。……知らねぇ子のはずが、知ってる子に似てた。それが引っかかった魚の小骨みてぇに自己主張してたんだ」

「知らないのに知ってるって……それ、ラムのことか？」

「おお、そうそう」

思いがけない接点が飛び出して、瞠目《どうもく》するスバルにアルが声を弾ませる。

ただ、それでスバルの方でもアルの態度に納得がいった。

ラムとレム、二人のうちの片方の記憶が抜け落ちた場合の反応は、他ならぬエミリア陣営のみんなのおかげで十分痛感させられていたからだ。

その性格や性質を除けば、ラムとレムの双子は本当によく似ている。——否《いな》、意外と、その性質も姉妹らしく似通っているかもしれないと、最近は思わされることが多い。

そのラムを知っていて、彼女と瓜二《うりふた》つのレムを見かければ混乱もするだろう。

「でも、お前とラムが知り合いなんて話は初耳だった」

「知り合いって程じゃねぇよ。ちょいと縁があったぐらいのもんさ。けど、それで大概は納得できた。——双子の姉妹か？　で、その二人を再会させてぇと」

「……ああ、そうだ」

レムを、ラムと再会させてやるのが最優先。

その上でエミリア陣営のみんなでレムを迎え、彼女を彼女の居場所へ連れ戻すのがスバルの大目標だ。そのためにも、レムの信頼を失ったままではいられない。

何としても彼女の信頼を取り戻し、この手を握り返してもらわなくては。

「——おし、わかった。協力するぜ、兄弟」

大目標を改めて見据え、拳を固めるスバル。と、そんなスバルの前で、語られた事情を噛《か》み砕《くだ》いていたアルが頷きながらそう言った。

思わず、スバルは「あえ？」と間抜けな声を漏らして、

「兄弟、今すげぇ間抜けな鳴き声出してたな？」

「ほっとけ！　じゃなくて、なんて言った？　協力する？　誰に誰が？」

「オレが、兄弟にだ。まぁ、姫さんにあれこれ言われんだろうが、そこはどうとでもやりようがあらぁな。ともかく、肩入れしてやるって決めたぜ」

「――――」

「ただし、突っ込んでやれる肩は片腕分しかねぇけどな」

「笑えねぇよ」

ウザったいくらいの熱意を込めて言われ、とっさに言い返しながらもスバルは困惑。

それはそうだろう。いったい、何がアルの琴線に触れたのかがよくわからない。

「……ラムと知り合いだから、力を貸してくれるのか？」

「ってわけでもねぇよ。オレが肩入れするのは兄弟さ。――どのみち、兄弟が英雄やるってんなら、あの嬢ちゃんのことも外せねぇ。それを手伝うって話だ」

「別に英雄になろうってんじゃ……」

「――なるんだよ。ナツキ・スバルは、英雄に」

それは、否《いな》やと言わせない遮り方だった。

強く、静かに告げられた一言、それが秘めたる熱はスバルの心を灼《や》かんとした。

「なんて、な」

しかし、その強烈な熱は、冗談めかしたアルの一声に霧散する。

その急変具合に振り回されるスバルに、アルは「悪《わり》ぃ悪ぃ」と手を振って、

「けど、そのぐらいの心意気でいこうぜ、兄弟。多少なりハッタリ利かせて退路を断った方が、オレや兄弟みてぇな怠け者は気が引き締まるってもんだ」

そう言いながら、アルはくるりと背を向けて、鷹揚《おうよう》な足取りで歩き出す。

「アル、今のは……」

「おっと、余計な話はここまでにしようぜ。なんせ、思い出したけど、オレは会議場に兄弟を呼びにきたんだった。もう姫さんからの大目玉は確定だ」

「――」

「そら、急ごうぜ。なに、話すチャンスならいくらでもあらぁ」

そう言って、首だけ振り返ったアルは肩をすくめ、小走りを始めるジェスチャー。その仕草に急《せ》かされ、スバルも仕方なく気がかりを引っ込めた。

今の、アルの言葉をどこまで真に受けていいものかはわからない。

それでも、正面から「協力する」と宣言されたことは、少なからずスバルを前向きにする力にはなった。

無理やりにでも、スバルは前を向かなくてはならない。

そうして胸を張り、背筋を正し、大きく足を広げて歩かなくては――、

「――レムの」

――英雄であると、そう自分を肯定する寄る辺が失われてしまうから。

「――『英雄幻想』、か」

おどけて小走りに走りながら、鉄兜《てつかぶと》の中だけに呟《つぶや》きが響く。

外には届かない、ただ自分に聞かせるためだけの声を発しながら、目をつむる。

そうして、目をつむりながら、瞼《まぶた》の裏という闇の中に響かせるように――、

「英雄に、なってもらうぜ、兄弟。――いいや、ナツキ・スバル」

2

「凡愚一人連れ帰るのに、いったいどれだけ時間をかける？　妾《わらわ》と貴様とで、流れる時間の価値が同じとでも思っておるのか？」

「いや、だから悪かったって謝ってるじゃねぇか……」

主《あるじ》の冷たい視線に出迎えられ、アルがしおらしい態度で頭を下げる。

スバルを伴い、会議場に戻ったアルを待ち受けていたのが前述の叱責だ。単なる呼び出しの予定が想定以上に話し込んでしまい、プリシラの怒りも無理はない。

無理はないが、アルの言葉に背中を押されたスバルとしては見過ごせない。

「プリシラ、あまりアルを責めないでくれ。悪いのはアルじゃなく、俺だ」

「ふん。大方、つまらぬ懊悩《おうのう》を抱えて道化同士で慰め合っていたのであろうよ。額が赤くなっているのは、壁にでも打ち付けたか？」

「お前、『千里眼』でも持ってんの？　的確過ぎて怖《こえ》ぇよ」

アルを擁護したスバルを、プリシラが見てきたような一言で打ち据える。

女装した男への鉄仮面の壁ドンだ。そうそうありふれた現場ではなかったはずだが、プリシラの洞察力には身震いを禁じ得ない。

ともあれ――、

「貴様が不在で結論は出せぬ。なにせ、貴様はアベルの軍師ということじゃからな」

揶揄《やゆ》するようなプリシラの眼差《まなざ》しに、スバルはアベルの方を見る。円卓の席につくアベルは腕を組んだまま、スバルの視線での追及を黙殺した。

アベルの軍師発言は言葉の綾《あや》だったのだろうが、直接プリシラへの反論材料にしてしまった手前、迂闊《うかつ》に撤回することもできなかったと推測される。

「お前、案外考えなしに行動して自分の首絞めるところがないか？」

「貴様の方こそ、発言の質に気を付けろ。どのような優れた方策も、言葉の選び方次第で賢策とも愚策とも取り扱われる」

「軍師扱いを後悔してるわりには擦《こす》ってきやがる……」

ふてぶてしいアベルの回答に顔をしかめ、スバルは深々と嘆息。

それから、改めて会議場の面々――アベルとプリシラ、それからズィクルや、族長を引き継がされて不安げなタリッタといった顔ぶれを見回すと、

「それで、出せてない結論ってのは、プリシラとの協力体制の話か？　さっきの話じゃ、

プリシラに協力者がいるってことだったけど」

「話についてこられるだけの頭はあるようじゃな。無論、その話よ。――九神将をより多く切り取った方が勝つと、それは覚えておるな？」

「ああ。『壱《いち》』が役立たずなわりにはお邪魔虫だってところまでは」

未回収で刺客になられれば手が付けられず、回収しても形勢という意味では大きく寄与《きよ》しない相手との話だ。これがシミュレーションゲームなら厄介なユニットである。

味方にしても旨味《うまみ》が少なく、敵に残せば猛毒となる相手。

「とはいえ、それは最終的な勝ち筋の話だ。プリシラと、その協力者の支援がどうたらって話じゃない。だろ？」

「――ふむ」

手際よく話をまとめるスバルに、プリシラが小さく喉を鳴らした。

一瞬、プリシラの紅の瞳を好奇の色が過《よぎ》る。どうやらスバルに何らかの興味を抱いたらしいプリシラは、アルの方を見やると薄く笑う。

「道化同士の語らいの成果か。らしくもなく親身になったものよな、アル」

「おいおい、オレみたいな気のいいナイスガイを捕まえて、誰かに優しくするのがらしくないなんてとんでもねぇ話だぜ、姫さん」

プリシラに揶揄《やゆ》され、アルが肩をすくめながらそう答える。

道化同士の語らいとは、相変わらず物の本質を言い当てるのがプリシラはうまい。その語らいがスバルにもたらした影響、それを的確に把握していそうなところも。

と、そんなスバルたちの会話に、円卓を指で叩《たた》くアベルが注意を集め、

「話が逸《そ》れるのも大概にせよ。今、必要なのは議論の決着……今後、プリシラがこちらとどう向き合う気があるのか、だ」

「ああ、悪かった。話が横道に逸れやすい軍師なもんで」

皮肉を返され、アベルが不機嫌に目を細めるのをスバルは舌を出してスルー。それから改めてプリシラに向き直り、先の話の続きを促した。

「で、どうするんだ。プリシラと協力者の支援があろうがなかろうが、アベルが帝都に殴り込みをかけるのは変わらないだろうけど……」

「姫さんの支援があるのとないのとじゃ、殴り込みの度合いだって変わらぁな」

「道化同士、息の合ったことで大いに結構よな。ともあれ、貴様らの見立ては正しい。故に、妾《わらわ》が貴様らに……アベルに手を貸すか見定めるため、条件を付けた」

「条件？」

「単純な話じゃ。――九神将を一人、味方に付けてみせよとな」

眉を顰《ひそ》めたスバルへと、プリシラがなんてことのないように条件を提示する。

そうして言い渡された条件を聞いて、スバルは「九神将……」と口の中で呟《つぶや》いた。

提示された条件、それは無茶《むちゃ》な内容ではないとスバルは考える。

そもそも、帝位奪還のための戦いを挑もうとすれば、『九神将』を多く獲得することが

前提条件なのだ。そして、プリシラはその最初の一歩を求めている。

むしろ、勝利に必要な前提条件を満たすだけの、おいしい話ではないか――、

「なんて、小躍りしていい条件じゃない、よな？」

「当然だ。ゴズの安否がわからぬ以上、無条件で俺に従う九神将はいない。そして、わざわざ負け戦に乗りたがる傾奇者《かぶきもの》などそうはおらぬ」

「……少しでも勝ち目なりが見えなきゃ、誰も乗ってこないか」

悲惨な現状を述べたアベルに、スバルも難しい顔で眉間に皺《しわ》を寄せる。

アベルの悲惨な自己認識――皇帝の威光が『九神将』に通用しないなら、プリシラとその協力者の支援は喉から手が出るほど欲しい。

むしろ、『九神将』との交渉材料にこそ、彼女らの名前を借りたいところなのだが。

「言っておくが、妾《わらわ》に慈悲など期待するでないぞ。妾も寛容さは持ち合わせているが、それは物乞いにくれてやるためのものではない」

頬杖《ほおづえ》をついたプリシラは、こちらのか細い期待をあっさりと踏《ふ》み躙《にじ》る。

わかっていたことだが、彼女は甘くも優しくもない。提示した最低限の条件さえ果たせないなら用はないと、紅の瞳はスバルたちを酷薄に値踏みしている。

「恐れながら、閣下、やはりここはセシルス一将を頼っては？」

「ズィクルさん、何か勝算が？」

重々しい沈黙が横たわりかけたところで、そう発言したズィクルに期待がかかる。

だが、スバルの期待の眼差《まなざ》しにズィクルは「いえ」と首を横に振り、

「先ほど閣下が仰《おっしゃ》られたように、現状の戦力比を鑑みれば、こちらに協力しようと考える方は真っ当な考えの持ち主ではありません。ですから……」

「ですから？」

「セシルス一将のような、真っ当でない考えの持ち主しか頼れないのではないかと……」

「あ、ズィクルさんもその人のこと頭おかしいって思ってんだ」

散々な人物評価しか出てこないセシルスだが、ズィクルも頭のおかしさを攻略理由にするあたり筋金入りだ。しかし、いずれ攻略しなければならない相手なら、プリシラとの条件を満たすためと割り切り、最初に取りにいく手はありかもしれない。

「問題は、口説く以前に接触方法だけど、その人は普段、どこに住んでるんだ？」

「あれは普段、帝都にあるアラキアの家に住んでいる」

「なるほど、アラキアの……なんで？」

平然と言われ、アベルの言葉にスバルの理解が数秒遅れた。

その内容の突拍子のなさに、さしものプリシラも不愉快そうに眉を顰《ひそ》めている。

聞いた話では、『壱《いち》』がセシルスで『弐《に》』がアラキアとのことだったが――、

「つまり、そのセシルスとアラキアが恋人同士とか、そういうこと？」

だとしたら、アラキアを撃退したスバルたちの印象は最悪どころではないだろう。

スバルたちは見事に『壱』と『弐』をまとめて敵に回すことになる。

しかし、そんなスバルの疑問にアベルは「いいや」と否定を入れ、

「そうではない。アラキアはセシルスを殺す機会を窺《うかが》っている。だが、命を狙うたびに周囲に被害を出されては敵《かな》わぬ。故に、セシルスに命じた」

「何を？」

「どうせなら、アラキアの狙いやすい場所にいろと」

「……なるほど？」

具体的な説明を受けても、スバルには理解し難《がた》い関係性だった。

自分のところの将軍同士の殺し合いを放置しておく精神性もよくわからないし、それに従って自分を殺そうとする相手の家に住む考えも理解できない。

「そもそも、自分を殺そうとかする奴《やつ》とよく一緒に住めるな……」

そう言ってから、なんだか変なことを言ってしまったような感覚に襲われるスバル。その違和感の理由は残念ながらわからず、その疑問をスバルは棚上げした。

「ともかく、セシルスは帝都にいる……あれ、お前ってのこのこ帝都いって平気？」

「そんなわけがなかろう。現状、俺が帝都に近付くのは自ら火刑になりにいくも同然だ。そうまでして、セシルスの奴が帝都にいる確証もない」

「そしたらお手上げじゃねぇか……」

ヴォラキア帝国の政治的な内情となると、スバルの知識は何の役にも立たない。

とはいえ、『将』の一人でもあるズィクルの提案だ。現状取り得る中では可能性の高い

案だったと考えると、それが却下されたアベルの道行きは暗い。

「……こんなとこで、足踏みしてる場合じゃねぇってのに」

ずんと、暗く重たいものがスバルの胸の内で主張し始める。

ほろ苦い澱《おり》のようなそれは、壁に頭を打ち付けようと消えてくれなかった無力感の塊であり、レムにスバルを見限らせた後遺症のようなものだ。

これがあるせいで、スバルはレムからの信頼を喪失した。

一刻も早くこの澱を取り除いて、彼女からの信頼を取り戻さなくてはならない。そのためには、足踏みしている時間の一秒一秒が惜しい。

「――手はある」

だが、そうして歯噛《はが》みするスバルを、アベルの一言が押しとどめる。

弾《はじ》かれたように顔を上げるスバル、その反応にアベルは片目をつむり、

「その見飽きた貧相な面構えをやめよ。手はある」

「悪いが、課金しないで作れるキャラメイクだと俺の顔が限界だったんだよ。って、顔面偏差値の貧富の差はどうでもいい。手があるってのは？」

「ズィクルの案だ。それを一部、採用する」

「私の案を一部？　光栄なことですが、それは……？」

太い眉を顰《ひそ》めながら、ズィクルが自分の意見の採用と聞いて困惑する。

スバルも、ズィクルと同じ困惑を覚えた。そもそも、ズィクルの案とは『壱《いち》』のセシル

スの勧誘であり、帝都に向かえない以上、手の打ちようがないとなったはずだ。

「それとも、セシルスを呼び出す方法があるとか……」

「そのような都合のいい方法はない。だが、ズィクルはこうも言ったな。――真っ当な考えの持ち主でなければ可能性はあると」

「――っ！　まさか……閣下、それは危険です！　ご再考を‼」

「え？　え？　え？」

堂々と言い放ったアベルの言葉に、血相を変えてズィクルが食い下がる。

そのズィクルの剣幕《けんまく》に目を白黒させ、スバルは何事かと驚かされた。

ズィクルは心当たりがあったようだが、スバルにはまるでピンとこない話だ。話の流れからして、頭のおかしい相手に話を持ちかけようとしているようだが――、

「人望のないセシルスって一将より、頭のおかしい奴《やつ》がいるのか？」

「頭がおかしいとは申しません！　ですが、あの方はあまりにも危険です……！」

「けどよ、アフロの大将。話の流れからして、それも九神将の一人ってんだろ？　それも省いたらいよいよ誰も頼れねぇし、選《え》り好《この》みしてる場合じゃなくね？」

「それは、そう、なのですが……」

スバルとアルに両側から話しかけられ、ズィクルが渋い顔で押し黙る。

なんだか悪いことをした気分になるが、そもそも、ズィクルが懊悩《おうのう》せざるを得ないような人材を要職に就けているアベルの人事に問題があるだろう。

人柄を見ない能力主義の人材登用、それが生み出す悲劇の実例がこれだ。

「聞くのが怖いんだが、ズィクルさんを苦しめる原因はどこの誰さんなんだ」

「たわけた言い回しだが、それに倣って答えるなら、魔都カオスフレームを拠点としている九神将――ヨルナ・ミシグレだ」

「ヨルナ・ミシグレ……」

聞き覚えのない都市の名前と裏腹に、人名の方には覚えがあった。

先だって聞かされた『九神将』の内の一人であり、その二つ名は確か――、

「『極彩色』とか、そんな風に呼ばれてたっけ」

「やるな、兄弟。よく一発で覚えてたもんじゃねぇか」

「漫画とかで幹部級のキャラの二つ名とか覚えるの好きだからな。って言っても、このヨルナって人がズィクルさんの……」

言いながら、ちらっと視線をズィクルに向け、スバルは言葉を失った。

ズィクルが青ざめた顔をしながら、その顔を自分の手で覆っていたからだ。

「九神将の『漆《しち》』、ヨルナ・ミシグレ一将……」

「そんなヤバい奴なのか？　名前からして、女っぽいとは思ったけど……」

その印象が正しければ、『女好き』の異名で知られ、女装しているだけのスバルにさえも紳士的に振る舞ったズィクルが恐れる女ということになる。

いったい、どんな際物が飛び出してくるのか想像もつかないが――、

「美しい方です。その点は私だけでなく、誰もが認めるところでしょう。ですが、ヨルナ一将には少々……いえ、少々では済まない問題が」

「その、問題ってぇのはなんなのよ」

「──謀反《むほん》です」

「「え?」」

ぽつりと、ズィクルの口からこぼれた単語にスバルとアルの声が重なった。

呆気《あっけ》に取られ、聞き間違えたかと耳の方を疑うスバルに、ズィクルは顔を手で覆ったまま、震える声で続けた。

「ヨルナ・ミシグレ一将は、これまで幾度も謀反を起こし、ヴィンセント・ヴォラキア皇帝の治世を脅かした生粋の謀反人なのです」

「そんな奴《やつ》、将軍のポジションに置くなよ!!」

と、二度目のスバルの怒声が会議場に響き渡った。

3

「──話はまとまったようじゃな」

とんでもない『九神将』の情報と、スバルの怒声が響き渡ってしばらく、話し合いの決着を見たと判断し、プリシラが音を立てて扇を開いた。

スバルとしては正直、物申したい決着だったが——、

「他の手はない。現状、こちらにつく可能性がある九神将はヨルナ・ミシグレ一人だ」

「そもそも、お前が嫌われてたから謀反されてたんじゃないの……？」

「いいえ、実は一概にそうとは言い切れず……あの方の考えを推し量ることは、少なくとも私などでは不可能なのですが」

「ズィクルさんがそうまで言うなら、そうなんでしょうけど……」

信頼できるズィクルの言葉には、スバルも疑念を引っ込める他にない。

と、それを聞いたアベルが不愉快そうに鼻を鳴らし、

「貴様、ズィクルの意見であれば容易《ようい》に聞くのはどういうつもりだ」

「同じ意見でも、誰が言ったかって重要だろ。お前、俺の中で自分の信用がズィクルさんよりあるとでも思ってるのか？」

「なるほど。だが、ズィクルが死ねばどうなる？」

「思考実験でもぶっ殺すぞ！」

物騒なことを言い出したアベルに、スバルは容赦のない罵声を浴びせた。

ともあれ——、

「馬鹿な話はともかく、そのカオスフレーム……だったか。どこにあるんだ？　グァラルから遠いのか？」

「位置的にはそうでもない。その点も、次に目指すべき地として適当な理由の一つだ。こ

こから南東……バドハイム密林の南に位置している」

「なるほど、確かに……」

机上の地図で位置を示され、スバルもアベルの説明に納得する。

カオスフレームの位置は、『シュドラクの民』が暮らしていた森の南――距離は密林からグァラルよりも遠いが、帝都や、さらに西の地よりもはるかに現実味がある。

「あとは、なんで魔都なんて呼ばれてるのかだけど」

「そう怯《おび》えるな、凡愚。貴様の小胆が潰れるような理由ではない。かの地は、古くより多くの種族が混沌《こんとん》と住まう都市じゃ。もとより、ヴォラキアはルグニカと比べても多様な種族が暮らしておるが、カオスフレームはとりわけ雑多に混じっておる」

「混沌とした人種のサラダボウル……それで魔都か」

言い始めると、『混沌』と称される街に『カオス』とついているのも意味深だ。

異世界である以上、たまたまの偶然なのだろうが。

「――魔都にて、九神将の『漆《しち》』であるヨルナ・ミシグレを傘下へ加える。それが叶《かな》えば貴様も胸襟を開く……間違いないな、プリシラ」

「それで構わぬ。なに、妾《わらわ》は寛大じゃ。後出しで条件を加えたりはせぬ」

「さっきは寛容は品切れ的なこと言ってた気が……いや、何でもない」

じろりとプリシラに睨《にら》みつけられ、スバルはすぐに余計な発言を撤回した。

そうして、こちらの方針が正しく決まったところで――、

「──アベル、どうか私も連れていってくれませんカ」

「タリッタさん？」

不意に、立ち上がったタリッタがアベルにそう懇願した。

会議中、シュドラクの代表として席につきながら、一度も口を開くことのなかったタリッタ。そんな彼女の突然の懇願に、アベルは黒い眼《め》を細めると、

「どういうつもりだ？　貴様は姉より、シュドラクの族長の座を譲り受けたはず。貴様の自信と関係なく、それは揺らぐまい」

「わかっテ、いまス。姉上から譲られた立場、それは拒めませン。……ですガ、今の私では一族ヲ、シュドラクを率いるには力不足デ……」

俯《うつむ》いて、ぎゅっと唇を噛《か》みしめるタリッタ。

空っぽの手を握りしめる彼女の不安、その正体がスバルには痛いほどよくわかる。

突然の族長交代劇、それにより大役を押し付けられる羽目になったタリッタは、自分がその役目に見合った力があると、そう己を肯定できずにいる。

彼女には必要なのだ。自分を認めるための切っ掛け、言うなれば成功体験が。

──そしてそれは、スバルが今まさに欲しているものと根底で同じものだった。

「アベル、俺は賛成だ。そんな心持ちでミゼルダさんの跡目を継いでも、タリッタさんだって力を発揮できない……と、思う」

「────」

「それに、どのみち、道中の護衛なり味方は必要だろ？　タリッタさんの実力は俺たちも把握してる。一緒に女装……街に乗り込んだ仲間だ」

「ナツミ……」

途中で言い換えたが、言いたいことはそういうことだ。

そうして自分に味方したスバルに、タリッタがいたく感銘を受けた顔をしている。彼女の苦心、それがわかる立場として、味方してやりたい。

「貴様が抜ければ、シュドラクはどうする」

「しばらくハ、姉上に代理を任せまス。クーナとホーリィがよく補佐をするでしょウ。グァラルを守るたメ、大勢は動かせませン」

「沈黙の間に、そのぐらいは考えたか」

タリッタの澱《よど》みない受け答えを聞いて、アベルが彼女の考えを評価する。

それから、アベルは指で自分のこめかみを軽く叩《たた》くと、

「カオスフレームへ向かうのは少数だ。当然、ヨルナ・ミシグレと会う以上、俺の存在は欠かせん。だが、攻め込むわけではない」

「連れていけるのは護衛がせいぜい……」

「そこにタリッタ、貴様を加える。あとは——」

「——話は聞かせてもらったよ!!」

アベルの話の最中、扉が勢いよく開け放たれ、威勢よく人影が踏み込んでくる。

皇帝の言葉を遮る不敬をまるで恐れないのは、その皇帝を新たな友人と臆面もなしに言い放った善良な商人、またしても登場したフロップ・オコーネルだった。

フロップは鼻息荒く、室内の面々の視線を独り占めにしながら、

「タリッタ嬢、大変な役回りに自ら志願する心意気、僕はとても感銘を受けた！　いきなりの大役に自分なりの取り組み方を見つける……とてもいいと思うな！」

「ア、ありがとうございまス、フロップ……」

「そんな君や村長くんの道行きの安全を守るため、僕から提案したい。──僕の妹の、ミディアムを連れていくのがいいだろうとね！」

ビシッと指を立てて、フロップがそう力強く断言する。

その勢いに思わず頷《うなず》きそうになるが、冷静に考えるとかなりいきなりな提案だ。

「そ、その心は？」

「うんうん、疑問だろうね。では、僕がミディアムをおススメする理由を挙げよう！　まず腕が立つ、そして愛嬌《あいきょう》がある。その上、滑舌がいいんだ！」

「滑舌……！」

「気持ちよくはきはきと話すから、きっと道中のお喋《しゃべ》りも寂しくならない。人見知りもしないから誰とでも仲良くできる。どうだい、逸材だろう？」

白い歯を見せながら妹を絶賛するフロップ。しかし、彼の自信満々なセールストークのうち、三分の二はミディアムの人好きする性質《たち》に触れたもので、実質的なセールスポイン

トは『腕が立つ』の一点だけだった。

実際、その一点がちゃんと機能することはスバルも確認しているが――、

「けど、そんなこと、ミディアムさんに相談したのか？」

「いいや、していないよ！　でも、これから話すから大丈夫さ！」

「……だ、大丈夫なのか？」

旅行の相談や遊びの約束ではないのだ。

命懸けの役目に放り込まれるのに、あとで相談するは機能するのだろうか。これで兄妹《きょうだい》仲に亀裂が入りでもしたら、さすがにスバルも心苦しい。

もっとも、笑って受け入れそうな絵面も容易《ようい》に浮かぶのがオコーネル兄妹なのだが。

「仮に、ミディアムさんがＯＫだったとして、アベル、お前は？」

「――。あれの腕前は相応と見ている。役目を果たすならば、俺に否《いな》やはない」

「それなら安心していい！　基本的に言われたことは何でも全力で挑むのが僕の妹だ！でも、言われないとあまり気が回らないから注意だぞぅ」

腰に手を当てて、フロップが「はっはっは！」と豪快に笑う。

その言いぶりや、アベルの態度からも察しているのだろう。――今回、フロップはカオスフレームへの同行メンバーには加えられていないと。

「……ミディアムさんもだけど、付き合う必要はないんだぜ」

「馬鹿を言っちゃいけないよ、旦那くん。僕には目標がある。やらなくてはならない、果

たさなくてはならない復讐《ふくしゅう》がね」

「……ああ」

　フロップの口からこぼれる物騒な単語、しかし、それが決して物騒な思想ではなく、この朗らかなフロップでさえも許せない、理不尽に向けた怒りだと知っている。

　この世界では、スバルが聞くことのできなかったフロップの善性――それこそが、スバルが彼を信頼し、今日まで一緒に過ごしてこられた理由なのだから。

「妹も、それは同じさ。僕と妹の目的も、歩く道も同じだ。ここで君や奥さん、村長くんを見捨てたら、もう胸を張ることができないんだよ」

「――。泣きそうになる。惚《ほ》れそうだ」

「はっはっは、その格好の旦那くんに言われるとぐらっとくるね！　ただ、奥さんに悪いからそれはダメだよ。でも、気持ちはもらっておこう！」

　その振り方すらも格好良くて、スバルはただ感じ入るばかりだった。

　おそらく、ミディアムはフロップの言葉に快く従うことだろう。つまり、カオスフレーム同行メンバーの一人はミディアムに決まりだ。

「タリッタ嬢、妹と仲良くしてやってくれ。なあに、僕とも仲良くなってくれた君なら、きっと妹ともうまくやれるはずだよ」

「ハ、はイ……あノ、どうかあなたも気を付けテ……」

「うん？　そうだね。ズィクルさんやシュドラクのみんなと頑張らせてもらうとも！」

もじもじと、俯《うつむ》きがちに告げるタリッタにフロップがどんと自分の胸を叩《たた》いた。

そんな微笑《ほほえ》ましい様子を横目に、スバルは小さく咳払《せきばら》いすると、

「ちなみになんだが、俺は……」

「残念だが、貴様はすでに交渉材料の一つだ。ヨルナ・ミシグレをこちらへ加えるのが必須である以上、それを抜きにして話をすることはできん」

「いちいち気になる言い方だけど、俺が交渉材料？」

「ヴァラルの陥落は貴様の献策だ。遠からず、その事情は知れ渡ろう。もとより、俺がそうなるように仕向ける」

「なに？」

アベルの言葉の意味がわからず、スバルは目を白黒させた。

城郭都市《じょうかくとし》の陥落をスバルの手柄とし、それをわざわざ広めるというのは何故《なぜ》なのか。

基本、侮られているのがナツキ・スバルのスタートラインなのだが。

「――アベル以外に使えるものがいる。そう思わせる必要があろう」

そのスバルの疑問に、端的に答えたのはプリシラだった。

彼女の言葉を聞いて、ゆっくりとスバルの中にも理解が染み渡っていく。

「無論、凡愚だけではない。バドハイム密林の『シュドラクの民』に、城郭都市グァラルの守備兵、ズィクル・オスマン二将も交渉の材料となる。じゃが、一番は……」

「都市の陥落に貢献した軍師……言ったはずだ。帝国では強者が尊ばれる。それは武力だ

けでなく、知略においても同じことだ」

故に、ナツキ・スバルには価値があるのだと、そうアベルとプリシラに保証される。

正直、ヴァラルの戦果を思えば、スバル的には複雑極まりない評価だった。

どれだけ高く評価されたとしても、スバルがレムの信頼を失った事実は変わらない。帝国でのスバルの名声など、レムの信頼と比べれば秤《はかり》にかけるまでもなかった。

ただし――、

「俺が役立つってんなら上等だ。うまく使え。その代わり……」

「代わりに？」

「てめぇ、絶対に皇帝の座を取り戻せよ。それで、俺たちを無事に帰してもらう」

そこだけは譲れないと、スバルは強固に言い放った。

それを聞いて、アベルは軽く目を見張り、それから長く息を吐いて、

「言われるまでもない。――それが、俺のすべきことだ」

と、そう答えたのだった。

4

――使えるモノを使い、アベルにヴォラキア皇帝の座を奪還させる。

城郭都市グァラルはもちろん、『シュドラクの民』にズィクル・オスマン二将、そして

他ならぬナツキ・スバルの功績も合わせ、武器とする。

それらの武装を携え、次なる目的地である魔都カオスフレームへ向かうわけだが。

「少数精鋭で乗り込むってんなら、あとはどうする。現状、俺とアベル、それからタリッタさんとミディアムさんの四人だが……」

「――それについちゃ、オレから一個いいか？」

「アル？」

遠征の最終メンバーを話し合う中で、そう口を挟んだのはアルだ。

隻腕で挙手した彼は、その上げた手で自分の首の裏を掻《か》きながら、

「姫さん、ちょいと手綱を離れていいか？　兄弟についてってやりたくてよ」

「うえ⁉」

「おいおい、声裏返ってたぜ、兄弟。そんなに意外かよ？」

思いがけない提案を受け、声をひっくり返らせるスバルにアルが苦笑する。が、なんてことのないように言われても、「そうだな」とはスバルも簡単に頷《うなず》けない。

「な、なんでまたそんな……」

「なんでも何も言ったじゃねぇか。兄弟に協力するってな。オレみたいなうらぶれたオッサンでも、どっかしらで役立つと思うぜ」

「……お前、そんなに本気で言ってくれてたのか」

たくましい肩をすくめるアルの答えに、スバルは会議前の彼とのやり取りを思い返し、

そこで交えられた会話内容を順守する姿勢に驚かされる。

励まされたのは事実、勇気づけられたのも事実、背中を押されたのも事実。

しかし、「協力する」と本気で言ってくれているとまでは思っていなかった。

「へっ、固まっちまってどうしたよ。オレの申し出がそんなに感動したか？」

「……いや、最初の驚きを乗り越えたら、別にアルが強いって話は聞いたことないし、俺とアベルと合わせて男女の戦力比がやべぇなって」

「期待されてたら悪《わり》ぃが、そこのアマゾネってる姉ちゃんよりだいぶ弱いぜ！」

ビシッとタリッタを指差して、アルが情けないことを堂々と請け負う。

実際、タリッタの実力は『シュドラクの民』の中でも指折りだろうが、『九神将』との戦いも目撃した今、かなり頼りない戦力増強だった。

ともあれ――、

「でも、そう言ってくれること自体は嬉《うれ》しいよ。気持ちは受け取っておく」

「はん、気にすんな、兄弟……って、あれ？　気持ちだけ？　もしかして、これ丁重にお断りされてね？　今回は御縁がなかったということでされてね？」

スバルの返答に疑問の尽きないアルだが、その受け取り方で間違いない。

申し出自体は本当に嬉しく思うが、ここはヴォラキア帝国だ。そもそも、フロップやミディアム以上にアルの参戦は成り行き任せで――、

「――アル」

「と、姫さん」

そう結論するスバルの傍《かたわ》ら、不意に美声がアルの名前を呼んだ。

声の主はもちろん、円卓に堂々と鎮座するプリシラ・バーリエルだ。彼女は紅の瞳を細めて、すっと感情の窺《うかが》えない目をアルに向けている。

自分の従者でありながら、次なる行動を表明したアルに。

「城郭都市《じょうかくとし》まで妾《わらわ》に同行すると、そう申し出たのは貴様であろうが。その貴様が、妾を置いて道化仲間と遊楽へ出ると？」

「遊楽ってほど浮かれた旅になる気はしねぇけども、そのつもりだ。それとも、姫さんはオレがいないと寂しい？　ハグして引き止めてくれるってんなら……」

「たわけ」

「ですよねー」

軽口を食い気味に遮られ、アルが大して期待もなかった様子で項垂《うなだ》れる。

そんなアルの兜越《かぶとご》しの頭頂部を睨《にら》みながら、プリシラは小さく吐息し、

「――せいぜい、うまく踊るがいい」

「おお、わかってるぜ。姫さんの方こそ、オレやらシュルトちゃんがいねぇからって不摂生はダメだぜ。姫さんの別嬪《べっぴん》さは、世界の別嬪さだ」

「言われるまでもない。妾を誰と心得る」

「もちろん、世界の中心ことオレの姫様、プリシラ・バーリエルさ」

おどけた調子で気障《きざ》な台詞《せりふ》を言い、アルがプリシラの前で軽薄に一礼する。それから振り向いたアルは改めて、スバルの方に「よろしくな」と手を上げた。

「え、今のやり取りが最終決議？　こっちの意見は!?」

「なんだよ、ずいぶんと嫌がるじゃねぇか、凹《へこ》むぜ。それとも、オレが気付いてねぇだけで加齢臭とかすごい？　一緒にいるのしんどい感じ？」

「そんな話してねぇよ。じゃなくて、なんでそっちに決定権が……」

「いや、もちろん拒否るのは自由だぜ？　けど、拒否れるかよ。――姫さんだぜ？」

くいっと顎《あご》をしゃくり、アルが扇で顔をあおいでいるプリシラを示す。

その堂々たる振る舞いこそが、アルの言葉の圧倒的な根拠だった。プリシラが決めたことをひっくり返す、それがどれだけ恐ろしいことなのかと。

とはいえ、それが先々の不安に繋《つな》がるなら拒まないわけにもいかないだろう。

「――構わぬ。必要ならばついてくるがいい」

「アベル、てめぇ、俺を軍師として扱うんじゃねぇのか！」

しかし、プリシラに意見しようとしたところで、またしてもスバルは背中から撃たれた。あまりにも、事前に聞いていた雇用条件と違いすぎる。

「意見を聞かれもしないんなら、何のための軍師なんだよ」

「思い上がるな。耳を傾ける価値ある意見なら耳も傾けよう。だが、物事の決定権を握るのは俺だ。貴様にそれを預けることはせぬ」

「ぐぬぬ、仕事の成果を持ち去る嫌な上司か……？」

「何度も言わせるな。──成果は貴様のものだ。そうでなくてはならん」

──玉座を追われた皇帝に、侮れない知恵者がついた。

アベルが欲しいのは、そうした評判のついたスバルだ。そのために手柄を譲ることも、多少誇張することも厭《いと》わないと、そう言っているのだろう。

だが、それでは虚構を積み上げるのと何も違わない。

「偽物じゃダメなんだよ。本物じゃなくちゃ、失ったもんを取り戻せない」

「──。ならば、俺も周囲も、他ならぬ貴様の手で納得させてみろ。それが叶《かな》わぬうちは、ただ大望を抱くだけの愚昧の妄言だ」

「この……！　クソったれが、やってやるよ。どんな不良債権も、うまく使ってやる」

ぐっと奥歯を噛《か》みしめ、スバルはアベルの冷たい黒瞳を見据えて答える。

山を一つ乗り越えても、油断ならない関係性は変わらない。それは王国や帝国といった土の違いではなく、もっと大きなものが隔たりの理由であるのかもしれない。

いずれ、決定的なところでアベルと意見を違《たが》える日がきたとき、スバルは──、

「……もしかして、不良債権ってオレのことかね、姫さん」

「たわけ」

そんなスバルの感慨を余所《よそ》に、肩を落としたアルへとプリシラは短く応じたのだった。

5

――魔都カオスフレームへの遠征メンバーが決定し、状況が動く。

「俺が戻るまでに城郭都市《じようかくとし》の兵をまとめ上げておけ。遠からず、触れを出す」

「我が命に代えましても、やり遂げてみせましょう」

アベルの命令を受け、片膝をついたズィクルが恭しくそれを拝命する。

思いがけず、強大な帝国を敵に回す立場となったズィクル。彼自身、アベルに従うことに迷いはないが、都市の将兵全てがそうであるわけでは当然ない。

その意思を統一し、一個の軍としてまとめるには『将』の尽力が必要不可欠だ。

そういう意味でも、ズィクルの存在は拾い物だった。

「あなたに感謝を。あなたが『無血開城』を献策し、閣下が決行を裁可された。おかげで私や参謀官たちは、血を流さずにあなた方の軍門に加わることができた」

「――――」

「どうぞ、ご自分の務めを果たされてください。――ナツミ嬢」

別れ際、ズィクルはそう言ってスバルの功績を称《たた》えてくれた。

そんな彼に適切な返事をできたか自信はないが、手放しに褒められない成果にもああ言ってくれるズィクルを死なせずに済んだこと、それだけは確かな成果と思えた。

そして──、

「──本当に、いくんですか」

「────」

「いえ、おかしなことを言いました。忘れてください」

と、疲労感の隠せない表情で俯《うつむ》くレムに、スバルは微《かす》かに息を詰まらせた。

杖《つえ》をついて、都市庁舎の入口に立っているレム。彼女の姿は旅装ではなく、治癒術師として負傷者のために奔走して回る軽装。──レムは、ヴァラルに残る。

カオスフレームに向かうスバルとは、一時的に別行動を取る形だった。

その別れを前に、見送りにきてくれたレムの一言にスバルは苦笑する。気遣ってくれた一言とわかっていても、それはできない。

「そりゃいいことばっかりじゃないけど、俺にお前のことで何かを忘れろって言われるのはしんどいよ」

「あ、そんなつもりじゃ……」

「首を絞められたのも指を折られたのも、お前にもらったものは全部、俺にとってはかけがえのない大事な思い出だから」

「は？」

たまたま、ヴォラキアに飛ばされてからのイベントに衝撃的なものが多かっただけで、揶揄《やゆ》するつもりは微塵《みじん》もなかったのだが、レムには冷たく射抜かれてしまった。

もちろん、レムと歩み寄れたことや、彼女から思いやられたことなど、希望や喜びの記憶だって、この胸の奥にはたくさんたくさん仕舞《しま》われている。

――最も辛《つら》い記憶も、同じ場所に仕舞い込まれていたけれど。

「緊張感のない……本当に、大丈夫なんですか？」

「ずっとピリピリってしてるのも疲れるだろ。……大丈夫かって言われたら、色々と思うところはあるよ。できれば、ずっとお前の傍《そば》にいたいし」

「はぁ」

「気のない返事！　いや、無視されないだけいいけどね……」

すげなくされて傷付くが、レムに告げた言葉は偽りのないスバルの本音だ。

レムをグァラルに残すことには、直前の直前まで――否《いな》、今だって煩悶《はんもん》している。

この先ずっと、スバルの手の届くところで、レムに降りかかる苦難や火の粉、ありとあらゆる悪いことから彼女を守ってやれたら、どれだけいいだろうか。

「本当は、俺とお前をずっと切れない紐《ひも》で結んでおきたいぐらいだ」

「本気で言ってるんですか……？」

「わりと」

「――――」

いよいよ、「は？」とも言ってもらえなくなった。

無論、言えば拒絶されるとわかっていたので、ダメ元で言ってみただけの提案だ。ずっとレムと自分を紐《ひも》で結んで、常に安否がわかるようにしておければベスト。場合によっては、プレアデス監視塔で目覚めた力を使うことも辞さないが——、

「『コル・レオニス』も、使い勝手がイマイチわからないからな……」

プレアデス監視塔で発現したスバルの新たなる権能、『コル・レオニス』——それはスバルを中心に、味方の位置と状況をぼんやりと把握できる力だ。加えて、仲間の負担をスバルが引き受け、万全を保つこともできる側面もあった。

あるいはその力を使えば、レムの不自由な足の負担を引き受け、彼女に元気に野山を駆け回ってもらうこともできるのではと思えた。

それをして、レムに手の届かないところへいかれると困るのだが——。

「……どうして急に、そんなに落ち込んだ顔になるんです」

「いや、自己嫌悪」

レムに指摘され、自分の萎《しお》れた顔を手で押さえてスバルは嘆息する。

思ってしまった。レムの足が不自由で、スバルから簡単には逃げられない状態だったことが、スバルとレムの関係を終わらせないでくれたのだと。

レムが万全でないことで、自分は幸運だったと思ってしまった。

「こんなんだから、レムだって俺を信じられねぇよ」

いつだって、スバルは自分のことばっかり考えている。

もっと、優しくなりたかった。優しくて賢くて、強い存在になりたかった。みんなのためを思って頑張ってきた自分。それを塔で見つめ直して、まだ足りない。

――レムが信じた、ナツキ・スバルを取り戻せない。

「あの……？」

「ごめん。でも、すぐ戻ってくるよ。お前がいないと、俺が耐えられなくなるから」

「……また、そういうことを」

「う、本心なんだけど……気持ち悪かったら、できるだけ控える」

「やめようとはしないんですね」

じと目で見られ、スバルは肩を落として反省の姿勢を見せる。

もちろん、レムの機嫌を損ねたくないし、不快な思いもさせたくはない。が、それはそれとして溢《あふ》れ出《で》るのが、スバルの中のレムへの強い感情だった。

ただ、レムを失望させたスバルが何を言っても、ではある。

「待っててくれ。頑張って、いい報告を持ち帰ってくるから」

「……はい。アベルさんやミディアムさん、タリッタさんに期待ですね」

「アルはともかく、俺には？」

念のために聞いてみたものの、レムの視線の温度は変わらないままだった。

しかし、その答えによほどスバルが情けない顔をしたのだろう。レムはしばらく沈黙してから、諦めたように小さく吐息し、

「あなたを信じる信じないという話をすれば、臭さはだいぶマシにはなりました」

「信じる信じないの話してないじゃん……」

「相変わらず臭いの邪悪さには慣れませんが、問題はそこじゃありません」

そう続けるレムの薄青の瞳、その中で消えてくれない不信の光。

これから一時的でも離れ離れになるのだ。彼女の不信——それがグァラルでのスバルの失態に起因したものとわかっていても、少しでも取り除いておきたい。

スバル自身のためというより、都市で待つレムの心情のために。

「教えてくれ、レム。俺にできることなら、できるだけ頑張る。どうすれば、お前の不安っていうか、それを晴らせるんだ?」

「……それなら、どうしてまだその格好のままなんですか?」

「え!?」

じと目のレムにそう言われ、スバルは自分の姿を見下ろした。

長い黒髪のウィッグ、傷を隠すために白粉《おしろい》を塗り、体のラインが出ないよう配慮された装いと、華美に過ぎない装飾品——、

「どこか変だったか……?」

「どこも変ではないのがおかしなところの一点。城郭都市《じょうかくとし》を離れるのに、まだその格好をしていることが一点。どう申し開きするんです」

「いや、だからこれは必要なことなんだって説明したじゃん!」

レムの瞳の温度が下がるのを見ながら、スバルはナツミ・シュバルツ状態を継続したまま悲鳴のような声を上げた。

まさか、この格好が彼女の不信に一役買っているとは完全に想定外だったが、これはレムにも告げた通り、ちゃんとした理由があるのだ。

「レム、昨日も話したけど、俺たちはこの国の隣の国の人間なんだ。で、俺の本当の名前が知れ渡ると、国を跨《また》いで迷惑をかけることになる。だから、必要なんだ。本当の俺じゃない、ナツミ・シュバルツの存在が……！」

「はぁ、そうですか」

「全く不信感を払拭できてない返事!!」

レムのじと目の温度は変わらず、むしろ一層の不信感を増した気さえする。

しかし、これはスバルの置かれた状況と課せられた役割を天秤《てんびん》にかけ、大真面目に考案した対策なのだ。

――このヴォラキア帝国で、『ナツキ・スバル』の名を売ることはできない。

すでにナツキ・スバルは、ルグニカ王国の重要人物であるエミリアの騎士なのだ。つまり、今行っていることは隣国への立派な内政干渉なのである。

「いや、内政干渉に立派も何もないかもしんないけど……」

どうあれ、重要なのはスバルの行動の結果、その責任はスバルだけに留《とど》まらないという点にある。――端的に言って、エミリアに迷惑をかけるかもしれない。

彼女の騎士として、彼女が国王を目指す道を手助けすると誓ったスバルに、そんな足を引っ張るような真似《まね》は絶対許されなかった。

「そこで、ナツミ・シュバルツなんだ。ナツミの名前なら、どれだけ売れても問題ない。ナツミなら、ただヴォラキア帝国で突然現れた黒髪の美少女で済む」

「言い訳は終わりましたか？」

「まだだ！　あと、目算としては……ナツミ・シュバルツの名前なら、ルグニカにいる俺たちの身内が気付いてくれる可能性が残せる」

むしろ、偽名を『ナツミ・シュバルツ』に限定する最大の理由はそこにある。

こうしてスバルが女装し、ナツミ・シュバルツを名乗るのはヴォラキア帝国が初めてのことではない。ロズワール邸での余興——というわけではないが、必要に迫られて女装する機会があり、その正体はエミリア以外のみんなが知っている。

その際、名乗った偽名も同じものだ。つまり今後、アベルの思惑通りにスバルの存在が帝国内で知名度を得たとして、広がる名前が『ナツミ・シュバルツ』であれば、スバルたちが帝国に飛ばされているとエミリアたちが知る機会が得られるかもしれない。

故に——、

「俺は必要に迫られて、この格好をしてるんだ」

「——。————。わかりました」

かなり時間がかかったが、レムの理解が得られてホッとする。

ともかく、そんなわけでスバルの女装状態は今しばらく維持される。あまり長引いてレムの信頼を損ないたくないが、それも状況次第だ。

「レム、困ったことがあったら、フロップさんとかズィクルさんに相談しろ。男だと難しいことなら、ミゼルダさんたちもいる。一人で抱え込まないように」

「それをあなたに言われるのは腑《ふ》に落ちませんが、聞いておきます。……そちらこそ、アベルさんやミディアムさんたちに迷惑をかけないようにしてください」

「後ろの方だけ気を付けるよ」

ミディアムやタリッタはともかく、アベルへの負担は遠慮するつもりはない。

たまには涼しい顔を崩して、額に汗しながらアベルも悪戦苦闘すべきなのだ。

そうして、一通りの注意事項と別れを惜しんでしまえば、出発の時も近付く。

離れ難《がた》さを押さえ込み、旅立つ前に――、

「レム、あいつはどうした」

「ルイちゃんですか？　今頃、ウタカタちゃんと一緒だと思いますが……」

「そう、か」

「……呼んできてほしい、わけじゃありませんよね」

声の調子を落として、レムがこちらを探るような目を向けてくる。

スバルの意図を察した内容だが、決して快い調子ではない。むしろ、色濃い苛立《いらだ》ちと苦みを抱えた物言いだった。

都市庁舎の攻防以来、慌ただしい中でほとんど接触もしていないが、スバルのルイへの警戒は依然継続したままだ。むしろ、疑いが晴れることはあるまい。

たとえレムやウタカタに懐き、シュドラクらとうまくやっているようでも、いつどこで本性を剥《む》き出《だ》しにしてくるかわかったものではないのだ。

そういう意味では、ルイを置いていくことにも不安はあった。

「一応、クーナたちには警戒を怠るなとは話しておいたから」

「強情……」

小さく囁《ささや》くような言葉、それを聞いてスバルは少し考える。

当初、レムにルイの本性や危険な権能のことを伝えなかったのは、スバルの話を信じてもらえる土壌がなく、ただ信頼を損ねるだけだと思っていたからだ。

しかし、今ならばどうだろうか。

関係性は改善され、冷たいながらも話は聞いてもらえる。今なら、ルイの本性について話しても、無下にはされないのではないか。

「……いや、馬鹿な真似《まね》はよせ」

首を横に振り、うっすらと頭に浮かんだ発想を否決する。

信じてもらえるかもしれないが、信じてもらえたところでどうにもならない。

ここまで、ルイは一度も尻尾を出さなかった。それがレムに話した途端、隠していた本性を露《あら》わにするとも考えにくい。状況は変わらない。

ただスバルがすっきりする代わりに、レムの不安を増大させるだけだ。

そんな真似、する必要はない。

「……なんです、その顔」

「ああ、レムの人生に幸せなことだけ降り積もればいいなって」

「は？」

じんわりと込み上げるものを堪《こら》えながらのスバルに、レムの視線が厳しくなった。

とはいえ、言葉をかけようとすれば延々と、尽きず話は溢《あふ》れ出《で》るのだが――、

「――兄弟！　そろそろ出発しようぜ」

そう言って、馬車に寄りかかるアルが手を振っている。

彼の背後には馬車と、その馬車に匹敵する巨体を誇る一頭の馬らしき生物――疾風馬《はやうま》と呼ばれる生き物がおり、旅の道程を引っ張ってくれるそうだ。

「ヴォラキアでも希少な動物で、軍では『将』にしか与えられないそうですが……」

「ズィクルさんが貸してくれたんだよな。ちゃんと雌だし、一貫してる」

「一貫……？」

スバルの言葉にピンとこない様子でレムが首を傾《かし》げる。

こんな調子で、スバルの言葉にレムが良《あ》かれ悪しかれ反応してくれる。そうした幸せな環境も、しばらくはお預けとなる。

「おーい、兄弟？」

「あの、アルさんが呼んでいますよ」

「うん、だよな。それはわかってるんだが……」

「――？」

「靴裏が、お前の傍《そば》を離れ難《がた》いって地面から離れな……痛い痛い痛い！」

杖《つえ》の先端で背中を抉《えぐ》られ、くっついたはずの靴裏が地面を離れた。そのまま二歩、三歩と前に進まされ、レムとの距離が開く。

彼我の距離が、本格的に。

「レム、何度も言ってるけど……」

「注意します。警戒もします。困ったら誰かを頼ります。さようなら」

「うう……」

おざなりに別れの言葉をかけられ、スバルはがっくりと肩を落として萎《しお》れる。そんなスバルを見ながら、レムは「まったく」と深々嘆息し、

「気を付けて、いってきてください。帰りを待っています」

「あ……」

「急にいなくなるようなことはしません。……あなた以外の方々は、信用しています」

付け加えるように言われ、スバルはじっくりとそれを噛《か》みしめた。

それから何度も首を縦に振り、レムが嫌そうに顔をしかめるのを見ながらも、

「――いってくる！」

と、大きく手を振って、レムに送り出されたのだった。

6

遠ざかっていく馬車、それが城郭都市《じょうかくとし》の正門を抜け、彼方《かなた》へ消えていく。

馬車が目指すのは都市から南東、魔都カオスフレーム——帝国でも指折りの実力者が拠点とする地で、その人物を口説き落とせるかどうかが焦点なのだと。

正直、誰かを勧誘するという意味なら、スバルを連れていく選択には疑問が残る。

「……懸命なことは、きっと誰もが認めるでしょうが」

杖をつきながら、見えなくなった馬車の軌跡にレムは目を細める。

別れ際まで悪ふざけの域を出ないような状態だったスバル。色々と言い訳を並べ立てていたが、レムには女装をやめたくないだけとしか思えなかった。

無論、並べた言い訳の全部が嘘《うそ》だと思っているわけではないが。

「奴《やつ》らはいったか。賑々《にぎにぎ》しいもの共がいなくなれば、少しはこの都市も風通しがよくなろうよ。持ち帰るのが朗報か、アベルの首かはわからぬがな」

「——プリシラさん」

不意に、立ち尽くすレムの背後から声がかかった。

振り向くまでもなく、悠然と隣に進み出てきたのは赤を鮮烈に印象付ける美女——豪奢《ごうしゃ》なドレスを纏《まと》い、暴力的な美貌《びぼう》を惜しげもなく晒《さら》すプリシラだ。

都市庁舎を襲ったアラキア、その暴虐から自分の命含めて救われて以来、レムは彼女と会話らしい会話を交わしてこなかった。

だから、急に話しかけられ、戸惑いと困惑を大いに感じる。

「……その、ありがとうございました」

「ふむ、何に対する感謝じゃ？」

「昨日の、都市庁舎での出来事です。あのアラキアという女性から救っていただきました。私だけでなく、他の皆さんも。おかげで……」

「命を拾ったものが大勢、とでも？　妾《わらわ》に言わせれば、奴《やつ》らが命を拾った功は貴様にあろう。貴様が自らの才に行動を伴わせ、死に瀕《ひん》したものたちを救った。妾にはその慈悲を示す意図はなかった。勝手に妾の行いを捻《ね》じ曲《ま》げるでない」

「そんなつもりは……」

なかった、と言おうとして、レムは自省する。

相手の考えや行動、その意図を早合点して、自分の型に嵌《は》めた判断をしようとするのは悪い癖だ。プリシラ相手に限らず、何度となく覚えがある。

失われた記憶のことを思えば、まだほんの二週間ほどしか生きていないというのに。

「……ごめんなさい。あなたの言う通りだと思います。でも、私があなたに感謝している事実も、あなたには捻じ曲げられないのでは？」

「ほう？」

興味深げにそう言って、プリシラが自分の胸の谷間から扇を抜いた。そして、抜いたそれを音を立てて開くと、そっと形のいい自分の唇を隠す。

しかし、隠されない双眸《そうぼう》には隠し切れない愉悦、好奇の光が宿っていた。

「自分をなくした娘と聞いていたが……なかなかどうして、妾に口答えするとはな」

「自分をなくした、という表現は少し違います。思い出せないだけで、消えてなくなったわけじゃ、ありません」

ぎゅっと自分の胸に手を当てて、レムはプリシラにそう抗弁する。

消えてなくなったなら、それは誰の手にも届かない夢幻とそう変わらない。

だが、レムの失われた記憶は消えたのではない。レムの中にはなくても、必死でそれを取り戻そうとしているスバルの中にはあった。

彼の言葉が事実なら、自分には双子の姉がいるらしい。

その姉の中にも、記憶をなくす前の自分の存在は残っているだろうか。スバルの話した仲間や身内、そうしたまだ見ぬ人々の中にも、自分が。

もしも、レムの全てが消えてなくなり、何もかもが存在しないところから積み上げていくのだと、いっそそう割り切れたなら――、

「――そう割り切れたなら、この胸、痛まないで済みました」

「――――」

「ずっと、いつも、一秒一秒、思わされます。あの人の目に映るたびに、私はこの人の期待を裏切り続けているんだと」

無論、スバルにそんなつもりはなかっただろう。

一時は姿さえ確認しづらくなるほど、濃厚で色濃く立ち込める悪臭——それを堪《こら》えて覗《のぞ》き見《み》た彼の顔は、いつだってただ必死なだけだ。

そしてその必死さは、レムの中に残っていない、消えた自分へと向けられている。

「なんて身勝手なんでしょうか。自分で自分に呆《あき》れ返《かえ》る……」

だから、離れ離れになれてホッとしたと、離れ難《がた》く思う彼には言えなかった。

そして、ただホッとしただけではない自分の、この醜い感情も。

「——貴様、名はなんと言った」

「え？」

「貴様の名よ。まさか、自分と同時に名前もなくしたか？　しかし、そのわりには名無しではなく、確かに名で呼ばれておろう。それは確か……」

プリシラが軽く視線を上げ、虚空に問いかけの答えを探す。

おそらく、彼女はレムの名前を覚えている。短い間だけでも、彼女が非常に優れた知性の持ち主であることは感じ取れた。それと同時に、意地の悪い人物であることも。

故に——、

「——レムです」

と、わざと間違った名前を言われる前に、レムは自らそう名乗った。

記憶は失われ、戻る兆しもなく、過去の自分を知る相手と離れ離れになって。それでもこの二週間、呼ばれ、自認してきた『名前』だけは本物だと。

「面白い」

その答えを聞いて、プリシラが短く呟《つぶや》いた。

それから彼女は音を立てて扇を閉じると、その閉じた扇の先端でレムの顎《あご》をそっと持ち上げた。正面から紅の瞳に射抜かれ、その熱にレムは喉を焼かれる。

だが、言葉にできずとも、意志は瞳に込めて見つめ返した。

「レム、貴様をしばらく妾《わらわ》の傍《そば》に置いてやろう」

「……傍に、ですか？」

「素養と志はあろうと、能力が伴っておらぬ。その不細工な治癒の魔法も、妾が適度に打ち直してやる。そうすれば、多少は見れるものとなろう」

「――！　治癒術を、教えていただけるんですか？」

「たわけ。妾に治癒の術の素養はない。ただ、審美眼《しんびがん》があるだけじゃ。貴様に何が不足しているか、見ればわかる」

戻ってきた答えは期待したものではなかったが、ある意味では期待以上のものだった。

現在のレムの唯一の技能――他者を癒《いや》せる治癒魔法が活《い》かせるなら、プリシラの言を頼ってみる価値はある。もっと力が欲しいと、そう悔いたばかりなのだから。

「でも、プリシラさんは自分の拠点に戻るんじゃ？」

「やめじゃ。アルの奴《やつ》をアベルに付けたのもある。妾《わらわ》の課した条件を満たせるか、結果が出るのもそう遠くはあるまい。ここにて待つ。不自由はあろうが……その点は、シュルトを呼びつけて解決するとする」

「は、はぁ……」

何が琴線に触れたのか、グァラルに残ることを決断するプリシラ。いずれにせよ、彼女に師事するなら、そうしてもらえるのは助かる。

まだ、この都市には拙いレムの治癒術でも必要としている人が大勢いるのだ。彼らを置いて、都市を離れるわけにはいかない。

「そうと決まれば、妾の部屋を用意せよ。細かなところはシュルトにやらせるが、今日明日の妾に不自由をさせるでないぞ」

「わ、わかりました。すぐに、用意させてもらいます」

我が物顔で命じられ、しかし、レムは逆らう気が起きずに従ってしまう。

否応《いやおう》なく他者を従わせる風格がプリシラにあるのもそうだが、レム自身、そうしてすべきことを命じられることへの抵抗感がなかった。

パタパタと、杖《つえ》をつきながらの急ぎ足で都市庁舎に戻り、プリシラの滞在と彼女の部屋の用意をズィクルに相談しなくてはと考える。

『シュドラクの民』も都市での活動には馴染《なじ》みがないため、多くの部分でズィクルに頼ってしまうのは申し訳ない気持ちだ。

もっとも、彼は女性が頼れば嫌とも無理とも言わない男なのだが。

「あ、レー、いタ」

「ウタカタちゃん」

都市庁舎の中、ズィクルがいるだろう執務室への道すがら、廊下の窓から外を眺めていた少女──ウタカタと出くわした。

「なんだか、バタバタしていてごめんなさい」

「ウーは大丈夫、へっちゃラ。ウーよりタ一の方が心配。ふらふらしてタ」

「タリッタさんは、そうですね……」

新しく族長に任じられ、スバルたちの旅に同行したタリッタ。

幼いウタカタの目にも、急に課せられた大役に潰されかけるタリッタの姿は頼りなく見えたのだろう。それでも、自らの問題と真摯に向き合う覚悟を決めた彼女は立派だ。

自分の無力を嘆いて蹲《うずくま》る合間に、周りはレムのことを置き去りにして進み続ける。だからこそ、泣き言で世界を呪い、皆の足を引っ張ることだけはしたくなかった。

「タリッタさんは、きっと大丈夫です。だから、私やウタカタちゃんたちで、タリッタさんが戻ってくる場所を守ってあげましょう」

「ン、わかっタ！　レー、頼りになル」

「そう、でしょうか。そう言われると、少しだけ自信になります」

ウタカタの飾らない言葉に、レムはほんのりと頬《ほお》を緩めた。

それからふと、違和感に気付いてレムは視線を巡らせる。通路に佇《たたず》み、窓の外を眺めていたウタカタは一人きりで、いつも一緒にいた少女の姿が見当たらない。

「ウタカタちゃん、一人ですか？　その、ルイちゃんは？」

同年代の友人ということで、気の置けない関係を築いていたらしいウタカタとルイ。それに安心し、ずっとルイを任せきりにしてしまっていたが——、

「ルイちゃんは一緒じゃないんですか？」

「そウ！　ルーならラ、ついていっタ」

「……え？」

首を傾《かし》げた姿勢のまま、ウタカタの言葉を聞いたレムが硬直する。

一瞬、白くなりかける思考を引き止め、レムは懸命に脳を働かせ、ウタカタの言葉の真意を確かめようとした。

ルイは一緒におらず、ウタカタの言葉の意味は——、

「る、ルイちゃんは」

「ン、ついていっタ！　馬車の中、ウーも乗り込むの手伝っタ」

と、勇猛果敢なシュドラクの少女は胸を張り、これまで同様に、全く悪びれない態度で堂々とレムにそう言ってのけたのだった。

第四章　『混沌《こんとん》たる魔都』

1

　ゆっくり、というほど牧歌的でもなく、馬車は街道を進んでゆく。

　栗毛《くりげ》の巨体を揺する疾風馬《はやうま》は、そのたくましい図体《ずうたい》と裏腹な繊細さで、スバルたちを乗せた馬車を丁寧にエスコートしてくれていた。

「さすが、レディならぬレイディ……ズィクルさんの愛馬ってだけある」

　颯爽《さっそう》とした疾風馬の姿を見ながら、スバルはその主《あるじ》を浮かべてそう述懐する。

　借り受けたズィクルの愛馬の名前は『レイディ』――淑女を意味する言葉とニアピンで、『女好き』のさすがの運命力だと驚かされるばかりだ。

　ともあれ、そのレイディの尽力もあり、魔都カオスフレームへの旅路は順調だ。このまま何事もなければ、四日ほどで目的地に到着する見込みである。

「とはいえ、本番は魔都についてから……いったい、どんな混沌が待ってるのやら」

「混沌ねえ。それを言やぁ、兄弟の格好含めてこの馬車も相当混沌としてると思うぜ」

　広い馬車の前席、軽快に走るレイディの後ろ姿を眺めていたスバルは、風になびく長い黒髪を押さえながら声に振り返る。

その仕草に、馬車の最後尾でだらしなく座るアルが「は」と息を吐いた。

「いい女の仕草、堂に入ってて脳がバグりそうになんな」

「神は細部に宿るっていうだろ。まだちくちくと仰《おつしや》いますの？」

問いに嫌々と手を振るアルは、意外にもレムの次ぐらいにスバルの女装に否定的だ。

アベルやシュドラクのみんな、オコーネル兄妹《きようだい》やズィクルも一度受け入れたあとは自然体で接してくれていたのに、延々とぶつくさ言い続ける始末である。

「俺を応援するって言ってたのに、あの神妙なやり取りは全部嘘《うそ》だったのかよ」

「それとこれとは話が違わね？　兄弟の応援と女装の全肯定は別個の話だろ。てっきりオレは、女装は街に潜入するためだけのもんだと思ってたんだよ」

「味方なら、ひとまずありのままの俺を認めてほしい」

「その装った状態がありのままの兄弟ってことでいいの？　マジで？」

改まって言われると、さすがのスバルもそれはおこがましい気がしてくる。

現在、ウィッグと化粧によって再現されたナツミ・シュバルツだが、踊り子を装っていたときと違い、今後求められる役割はもっと知的なものだ。

故に、衣装やメイクもその印象に寄せる方向でまとめさせてもらった。

赤を基調とした襟付きの装いは、ヴォラキア帝国の将校服――ズィクルの着用していたものを参考にした一点ものだ。下はズボン、足元にはごついブーツ。そして頭を飾る鳥の羽根のついた軍帽と、なかなかハッタリの利いた姿と自負している。

　これこそが、『女軍師』ナツミ・シュバルツの完全体だ。

「まぁ、印象は女軍人寄りかな。ほら、軍装の女の人って男装してるのがお約束だろ？」

「女装してる兄弟が男装って、もう字面で見てもオレの混沌《こんとん》が深まる一方だよ」

「あまり悪目立ちするのも避けたいから、帝国風のまとめだ。男装だから、ちょっとクルシュさんのテイストにも力を借りた」

「その、これまでの出会いからヒントもらった的な表現、言われた公爵さんが嬉《うれ》しいのかオレにはわかんねぇな。そこんとこ、アベルちゃんはどう思うよ」

　コンセプトを説明したスバルは、諦め気味に矛先を変えたアルの発言にギョッとする。

彼が水を向けた先は、馬車の中ほどに座る逃亡中の皇帝陛下なのだから。

　位置的にスバルとアルの間に挟まれ、険しい顔で窓の外を眺めていたアベル。彼はアルの馴《な》れ馴《な》れしい呼び名に眉を顰《ひそ》め、「道化」と振り返らないまま言い放ち、

「確かに馬鹿げた格好だが、成果を出せば俺はとやかくは言わぬ。能力と、そのものの趣味嗜好《しこう》とは切り離して考えるべきものだ」

「そういうもんかね。……ま、オレもぐちぐち言うのは気を付けるけど」

　そのえげつない距離の詰め方には触れず、アベルの素直な論評にアルも頷《うなず》く。空気が悪くならなかったことに安堵《あんど》しつつ、スバルは「おい」とアベルを睨《にら》み、

「俺のフォローと見せかけて背中から撃つんじゃねぇよ。趣味嗜好じゃなく、必要に迫ら

れてって何度言わせんだ。俺が好きで女装してると思ってんのか？」

「――――」

「黙るなよ！」

意味深に黙られたせいで、スバルにかけられた疑惑が不当に色濃くなってしまった。

当然だが、心外極まりない認識だ。しなくていいなら、女装なんて金輪際したくない。

ただ、状況を打開する手段として有効な以上、やるしかないだけなのだ。

「どいつもこいつも……ちゃんと理論武装してるだろうが、聞けよ」

「理論武装って言っちゃったじゃねぇか。とはいえ、王座を追われた皇帝と、それに協力する謎の女って組み合わせ、物語のお約束って感はあるかもだわな」

「そうそう。まさにこの手のお話じゃ欠かせないヒロイン……ヒロインではねぇよ！」

「自分で言ってて自分で怒んなよ。オレはともかく、みんなが驚くだろ」

憤慨するスバルだが、その意図は同郷のアル以外には通じまい。そもそも、同郷でも通じないものの方が多い構文ではあった。

「……いつの時代から飛ばされてきたとか、掘り下げて聞いたことなかったけど」

以前から思っていたが、アルの有する知識や常識の年代はスバルとかなり近い。初めて会ったとき、彼は今から二十年近く前に異世界に召喚されたのだと話していた。

右も左もわからぬまま災難に遭い、片腕を失うような憂き目にも遭ったと。

告白自体は軽々しいものだったが、実態はそんな浮ついたもののはずがない。アルが抱え続けた苦悩や絶望は、きっとスバルよりもずっと過酷なものだったに違いない。

二十年前なら、アルが異世界に召喚されたのはスバルと同年代の頃。だからこそ、年齢差があってもスバルと彼との会話の波長はぴたりと合うのだろう。

――彼と接していると感じる、ぼんやりとした疼《うず》きはそれが原因と思われた。

「――お約束って言やぁよ」

「え？」

「皇帝の傍《そば》に怪しい魔法使い……ってのもお約束じゃね？　そこんとこどうよ」

思考が横道に逸《そ》れていたスバルを、アルの軽口が現実に引き戻す。

目をぱちくりとさせ、スバルは彼が言うところの『お約束』に「ああ」と頷《うなず》いた。

「確かにお約束だ。妖しげな女魔法使いが皇帝を篭絡《ろうらく》して、ゆっくりと自分の意のままの人形にしていく……そして、繁栄を誇った国は崩壊へ」

「勝手に崩壊させてくれるな。どうあろうと、この手に取り戻す。ただ――」

「ただ？」

「魔法使いでも女でもなかったが、『星詠み』と呼ばれるものがいたのは事実だ」

「「――『星詠み』？」」

アベルの口から告げられた単語に、スバルとアルの疑問の声が重なった。

聞いたことのない単語だが、不思議と頭の中で文字の見当はついた。そうして字面が当てはまると、その役割もぼんやりと思い浮かぶ。

「もしかして、風水師とかそういう類の……占い師みたいな立場？」

「ってより、予言者の類なんじゃね？　王国でも、石板がその役割だったしよ」

「ああ、『竜歴石』とかいう……」

アルの言葉に、スバルは王国に伝わる予言板の知識を引っ張り出す。

実物は見ていないが、その石板にはルグニカ王国に訪れる未来の出来事が記されているらしく、問題の解決方法も示される便利なアーティファクトだと聞いた。

ただし、ルグニカ王族の病没という未曽有の危機に、石板が対処法として提示したのは次代の国王の選定──すなわち、エミリアやプリシラが参戦する王選の開催だった。

正直、ありがたい予言板という評価に首を傾《かし》げたくなる成果である。

「本気で国のためを思うなら、そもそも病気の治し方を教えろよって話だからな……」

王選候補者の騎士として見識を深める中でわかったが、ルグニカ王族は専横的な振る舞いや暗愚な部分もなく、少なくとも人々に愛される王族であったらしい。

臣下や王国民の多くが彼らの死を悲しみ、喜んだものはいなかった。──『竜歴石』がどうして彼らを見捨てたのか、それは依然、謎に包まれている。

「相手が石の板じゃ、答え合わせなんてのも夢のまた夢だろうし」

「と、相手が石板ならそうだが、『星詠み』ってのは違うんだろ？　そいつ、宮中でどんな役割だったのよ、アベルちゃん」

「──。貴様らの認識からそう遠くはない。『星詠み』の力は帝国を維持するため、明日を覗《のぞ》き見《み》るものであったからな」

問いかけへのアベルの答えは、おおよそ『星詠み』の名前から感じ取れる印象と相違ないものだった。にも拘《かかわ》らず、問題があるとすれば一つだ。

「……でも、予知できてないじゃん。お前、追い出されてるわけで」

「言ったであろうが。『星詠み』の力は帝国の維持のためにある。——それは必ずしも、俺の無事と両立するものではない」

「それって……お前が追われた方が帝国のためってことになるぞ」

「少なくとも、『星詠み』はそう判断したということであろうよ」

淡々としたアベルの答え、その内容にスバルは奇妙な違和感を覚える。

石板と『星詠み』——王国と帝国の違いはあれど、似通った役割を持つモノが、それぞれ国の最も尊いはずの立場にあるものの窮地を見逃したとも取れる状況だ。

そこに、得体の知れない何らかの作意を見るのは考えすぎだろうか。

「たとえ『星詠み』が明日に何を見ようと、俺の答えは決まっている」

「——」

「『星詠み』が、玉座に俺を置いておけぬと判断したとしても従えん。俺がいることで帝国が滅ぶと『星詠み』が詠《うた》うなら、俺がこの手でそれを覆すのみだ」

淡々と、というにはいささか熱のこもったアベルの宣言。

玉座の奪還を謳《うた》ったときと同等の熱を孕《はら》んだそれは、アベルの譲れぬ一線、揺るがぬ一心なのだろう。単なる怒りや復讐心《ふくしゅうしん》とは異なるそれは、もっと大きく純粋な信念によるものだ。だからスバルも、最後の一線でアベルを疑わずに済む。

できれば、それ以外の部分にも配慮をまぶしてくれるとありがたいのだが。

「——あ！　みんなー！　ちょっとちょっと前見て、前〜！」

「うん？」

ちょうど話が一段落したタイミングで、不意に馬車の前——御者台でレイディの手綱を握るミディアムが、溌剌《はつらつ》とした声でスバルたちを呼んだ。

フロップとの二人旅では手綱を持たせてもらえなかったらしく、自分から「やりたい！」と率先して御者を買って出てくれたミディアム。

すらりとした長身を御者台に収めた彼女は、その白い指で進路を指し示しながら、

「なんか前の方でわちゃわちゃしてるのが見えるよ！　ナツミちゃんも見える？」

「ええと……豆粒よりも豆粒みたいなのが見える、かも」

窓の外に目を凝らしてみるが、ミディアムの言う「わちゃわちゃ」とやらの確信が持てない。表現的な問題ではなく、単純に彼女たちとの視力の格差だ。

スバルも両目2・0をキープしているはずだが、この世界の住民の視力は元の世界の遊牧民族レベルが基本だ。たぶん、エミリアも視力5・0くらいあると思う。

「そんなわけで、タリッタさんはどう？　見える？」

「待ってくださイ。あれハ……」

視力不足を棚上げするついでに、スバルは馬車の屋根を見上げて声をかけた。応じたタリッタの姿は屋根の上にあり、全方位を警戒する物見役を務めていたのだ。

何かしら仕事がないと落ち着かないと、タリッタも自ら買って出た役目だが、似たようなことをしたがるガーフィールで慣れていたスバルは快く了承した。

実際、タリッタは異世界アマゾネスの視力を遺憾なく発揮し――、

「……どうやラ、帝国兵が集まっテ、前をゆく牛車などを止めているようでス」

「それって……」

「――検問か」

タリッタの報告を受け、事情を察したアベルがそう呟《つぶや》く。

検問と聞かされ、スバルはグァラルの正門での出来事を思い出す。ただ、ここは街の入口ではなく、街道のど真ん中だ。都市の出入りの監視と違い、不自然さが目立つ。

早い話、彼らは特定の何かを探すための検問を敷いている疑いがあった。

「まさか俺たち？　アラキアにも逃げられたし、それで色々広まった？」

「当然、いずれはアラキアから子細が漏れることは避けられまい。だが、あれがこれほど早く的確に動けるとは思えん。加えて、魔都は帝都とは反対の方角だ」

「位置関係的に、報告がいくのが早すぎるってことか」

「そうだ。――とはいえ、連れの問題があるな」

腕を組んだ姿勢のまま、アベルがアラキアではなく、その同行者を懸念する。

アラキアの同行者とはすなわち、彼女をグァラルから連れ出した切れ者だ。

「――――」

そのアベルの懸念を受け、スバルは嫌な想像に顔をしかめる。

あの城郭都市《じょうかくとし》にいた帝国兵に限定すれば、スバルには切れ者の心当たりがある。そしてその心当たりは、投降した帝国兵の中に見当たらなかったのだ。

おそらく、都市を放棄して逃げた兵に紛《まぎ》れているのだと思われるが。

「まさか、な」

いくら何でも、アラキアを連れ出していったのがあの男だとは考えたくない。できれば二度と会わずに済むのがベスト。――因縁なんて言葉、御免被りたい相手だ。

「――。今は目の前の問題に集中しよう。どうする？ 迂回《うかい》できそうか？」

「今なラ、まだ向こうもこちらに気付いていないと思いますガ……」

ミディアムとタリッタ、視力に優れた二人が先んじて見つけてくれたのだ。

相手に気付かれる前なら迂回する手も取れる。探られて痛い腹がないなら堂々と通過するが、探られる前から痛む腹を抱えている身としては他の選択肢がなかった。

「――待て、迂回はするな」

だが、街道を外れる指示をする直前、他ならぬアベルが待ったをかけた。そのとても賢いとは思えない指示に、「あぁ？」と振り向くスバルを彼は見据え、

「奴《やつ》らの目的が知りたい。グァラルの陥落が理由なら、動きが速すぎる。俺の所在を探っ

ているなら、兵たちがなんと指示されているか聞き出したいところだ」

「だからって、それでお前が見つかったらどうするんだよ。蜂の巣をつくような真似《まね》して、怒涛《どとう》のカーチェイスに突入する羽目になるぞ」

もちろん、カーチェイス抜きにその場でお縄になるパターンもありえる。

馬車の人員五名の内、戦えるのはスバルとアベルを除いた三人だが、総戦力はヴァラルへ乗り込んだ踊り子部隊と大差がない。大立ち回りは避けるのが賢いはずだ。

「条件が悪すぎる。それとも、何かいい手があるのか」

「ある。——貴様だ」

リスクとリターンの話の最中、指名を受けたスバルの声が「へ？」と裏返る。

今、危険な賭けに挑むための勝算について話をしていたはずなのだが。

「そこで出てくるのが俺って、どういうこと？」

「すでに城郭都市での前例がある。馬車は軍のものとわからぬよう偽装されたものだ。事前に取り決めた通りであろう」

「けど、それは道中の世間話用の設定だろ!?」

いけしゃあしゃあとアベルが述べたのは、道中、他の旅人や行商人らと話を合わせるための設定であって、注意深く目を光らせる帝国兵を誤魔化《ごまか》す前提ではない。

だというのに、アベルはスバルの悲鳴じみた訴えに耳を貸さず、

「俺は馬車の底部に隠れる。貴様は兵たちの口を割らせよ」

「って、待て待て待て、マジかよ！」

「兵に馬車の底部を覗《のぞ》かせるな。貴様も命は惜しかろう」

「なんで偉そうなのかがわからねぇ……！」

言いながら、席を立つアベルが床に手をつく。座席の下には外せる床板があり、そこから馬車底部の空間に下りられる仕掛けが施されていた。

元々、帝国二将であるズィクルの疾風馬《はやうま》が引くための馬車である。

帝国軍所縁《ゆかり》とわからないよう偽装してあるが、位の高い人物が利用することも想定された馬車の機能は健在だ。まさか、潜むのが皇帝とは職人も想像していなかったろうが。

ともあれ、床板をめくったアベルは手早く狭いスペースに自らの体を滑り込ませる。本気で、以降はスバルに委ねるつもりらしい。豪胆というより、傲慢《ごうまん》だ。

「ナツミ、あちらも私たちの存在に気付きましタ！」

「じゃ、いくしかないっぽいよね！　よーし、がんばろー、ナツミちゃん！」

ご丁寧に、タリッタとミディアムの掛け声が逡巡《しゅんじゅん》する猶予をスバルから奪う。すでに検問の兵に気付かれた以上、ここで方向転換すれば怪しいことこの上ない。

「つまり、忌々しくも皇帝陛下のお望み通りってわけだ。兄弟、心の準備は？」

「──ええ、ええ、わかりましたわ！　よろしくってよ！」

「……切り替えぐいな」

仕方なしにと両手で顔を叩《たた》いて、スバルは自分の中のスイッチを切り替える。

強く頬《ほお》を叩いては化粧が崩れる。頭を掻《か》こうものなら髪が乱れる。内心の苛立《いらだ》ちを棚上げしなくては言葉が荒れる。――それでは、帝国兵を篭絡《ろうらく》できない。

求められる役割を果たし、期待された役目を全うする。

それこそがナツキ・スバルの――失われた信頼を取り戻すための第一歩だ。

「あら、軍の皆様、お疲れ様ですわね。いったい、どのような御用ですの？」

そう己に言い聞かせながら、馬車を呼び止める帝国兵に手を振って、スバルは可憐《かれん》な笑みを浮かべて朗らかに声をかけたのだった。

2

――幸い、馬車を呼び止めた帝国兵は、ミディアムとタリッタ、そしてスバルの三名の『女性』に加えて、『男性』はアルしか乗せていない馬車の存在を重く受け止めなかった。

聞かれたことは主に、一行の素性と旅の目的だ。

これについては事前に打ち合わせた通り、下級伯の令嬢であるスバルの護衛にアルとミディアムが雇われ、タリッタはスバル付きの使用人という説明で乗り切った。

現状、タリッタの装いはシュドラクの出身を隠すため、スバルの好みで執事風の男装となっており、アルからは「兄弟が女装の男装で、タリッタちゃんが男装……もうわかんねぇな」と絶賛されている。

その上で旅の目的を、スバルが父親の名代として他家へ挨拶にゆくところと説明、帝国兵はそれを怪しまなかった。ただし、目的地を聞くと渋い顔になり、

「魔都とはまた、お父上も厄介な仕事を任せるもんだ。考え直しちゃどうだい」

「そう言われましても、わたくしもお父様に怒られてしまいますわ。下級伯とはいえ、貴族は貴族……家長に逆らうより、魔都の方がわたくしには気が楽です」

「うーん、そうか。まぁ、お嬢さんは要領もよさそうだし、心配いらないか」

「あらあら、お上手ですのね」

口元に手の甲を当てて微笑《ほほえ》み、スバルは兵士の疑心を上品に回避する。概《おおむ》ね、検問の突破に問題は起きないと思われ、スバルは多少欲を掻《か》くことにして、

「それにしても、検問だなんて物々しい……何かありましたの？」

「いやぁ、大したことじゃない。最近、北のバドハイム付近で起こった小競り合いで脱走兵が出てるんで、それの捜索だよ。……あとは指名手配犯を探してる」

「指名手配、ですか」

内心の警戒を出さないよう注意しながら、スバルは不安げな令嬢を装ってみせる。そのスバルの演技にコロッと騙《だま》され、兵は神妙な顔つきで「ああ」と頷《うなず》いた。

「実はこの辺りで、帝都で指名手配されてる男が目撃されたって話があるんだ。五十歳くらいの青い髪をした男って話なんだが、知らないかい？」

「――。いいえ、残念ですが。でも、精強で知られた帝国兵の方々から脱走兵が出ているな

んて、なんだか帝国の風が乱れているのかと不安になりますわ」

「大丈夫だよ、ナツミちゃん！　あたしたちがいるんだし、心配せずに胸張ってこう！」

「まあ、ミディアムさんったら心強いですわ。おほほほ」

狙ったわけではあるまいが、ミディアムのあけすけな一言に帝国兵も相好を崩す。

探りすぎては怪しまれるかと思いきや、その心配もうまく回避できたようだ。タリッタも無言で、主《あるじ》に忠実な執事を全う――上がり症で喋《しゃべ》れないだけかもしれないが。

そして、唯一の男性であるアルへの不信感は、先んじてスバルの方で潰しておく。

「護衛というのは建前……そうした名目がなくては格好がつかないでしょう？　あの方の腕は、当家を守るための戦いで失われたもので」

そのスバルの説明に、最初は不審がっていた兵の視線にも同情が宿った。戦いに身を置く以上、取り返しのつかない傷は彼らにも他人事《ひとごと》ではないのだ。

そして――、

「いや〜、ナツミちゃんったらさすがだね！　あたし、感心しちゃった！」

遠ざかる帝国兵に手を振りながら、御者台のミディアムがそう称賛してくれる。そんな彼女の言葉に、スバルは「いえいえ」と首を横に振り、

「わたくしなんて大したことは。幸い、検問の理由はこちらと無関係でしたから、わたくしたち全員の運がよかったと、そう喜ぶべきでしょうね」

「そう？　ならそうかも。あたし、あんちゃんからも運がいいってよく褒められるし！」

「ふふ、ミディアムさんもフロップさんも、幸せ探しの天才ですわね」

頬《ほお》に手を当てながら、ミディアムの気持ちのいい答えにスバルも微笑《ほほえ》む。

それから、スバルは隣席で疲労困憊《ひろうこんぱい》でいるタリッタに振り向いた。緊張を解かれ、それでも顔色の悪い彼女にスバルは首を傾《かし》げる。

「タリッタさん、大丈夫ですか？　具合でも？」

「いエ、問題はないのですガ……ナツミハ、どうしてそんなに堂々としていられるんですか？　踊り子として乗り込む計画のときからラ、思っていましタ」

「……そう、ですわね」

アベルに次いで、女装したスバルとの付き合いが長いはずのタリッタ。しかし、彼女にはいつまでも、このスバルの変わりようが不可解に思えるらしい。

ある意味、切り替える部分がなかったアベルとフロップ――ビアンカとフローラの二人と違い、スバルの扮《ふん》するナツミ・シュバルツには入念な自己暗示が必要だ。

服装や化粧だけでは誤魔化《ごまか》し切れない質というものが、持たざるものにはどうしても生まれる。――その差を埋めるには、努力が必要だ。

「だから、一生懸命に頑張っただけですのよ」

ナツミ・シュバルツの完成度は、人類が積み上げてきた美への探求の成果の一端。

もしも先駆者がいなければ、スバルの女装など学芸会ですら通用しない代物だろう。それを通用させるために あった多くの先人の努力、それを無下にはできない。

「……自信があるのハ、羨ましいでス。私にはそれがなイ」

「自信だなんて……わたくしにあるのは、ナツミ・シュバルツへの信頼であって、自信とはまた別個のものなんですのよ」

「エ？　エ？　エ？」

「おいおい、兄弟、やめとけって。タリッタちゃんが混乱してんじゃねぇか。その熱い女装魂、ちょっとオレもついてけねぇとこあるぜ？」

目を白黒させるタリッタに代わり、アルがスバルの自説に待ったをかけた。

二人が混乱するほど、難しい話をしている自覚はなかった。ただ単に、自分を信じることは難しくても、自分の中で作り上げた理想像――それなら信じられるだろうと。

「思い描くのは、常に最高の自分――ですわ」

「ワ、私には難しい考え方とわかりましタ……」

「でも、マインドセットとして結構おススメしますわよ？　憧れの方と自分を比べると、それはそれは苦しみますが……理想の自分は、思い描けますもの」

「――――」

胸に手を当てて、そう話すスバルにタリッタが軽く目を見張った。

何やら、彼女にも少なからず響くものがあったようだ。

「理想の自分ハ、思い描けル……」

と、静かに胸に留《とど》めてくれたと思われるぐらいには。

そうして思わしげな顔をしたタリッタが黙ると、「しっかし」とアルが話題を変え、

「脱走兵はともかく、追われてる男ってのは何をやらかしたのやら。アベルちゃんの話が広がってないのは大助かりにしても、かなり大掛かりだったよな」

「さあ……五十歳くらいの青い髪の男性、その特徴に合う殿方なら大勢いそうですし、わたくしの記憶にも思い当たる方がいらっしゃるくらいですわよ？」

元の世界では自然発生しない青い髪だが、この世界ではレムを筆頭にちらほらと見られる発色だ。検問で聞かされた特徴も、例えばヴァラルで一度手を借りた大酒飲み——ロウアンという傭兵《ようへい》にだって当てはまるぐらいだ。

とはいえ、彼が帝国兵が大動員されるほどのお尋ね者とも思えないし、似た特徴の誰かが追われているという話だったのだろう。

「いずれにせよ、まだアベルの事情は一般兵には伝わっていない……帝都の混乱がない以上、影武者が皇帝を代行していると考えてよさそうですわね」

「いいのか悪いのかって感じの話だな。正直、皇帝不在であれやこれやと騒ぎになってた方が、オレたちには都合がよかったんじゃねぇかとも思うが」

「一長一短な感じはしますわね。発見された場合の扱いはともかく、アベルが探されていることの大変さは変わりませんし」

皇帝不在が公となり、帝国に混乱が生じた場合、それをスバルたちがうまく乗りこなせ

るかは現状未知数だ。少なくとも、まだ名乗りを上げるには戦力不足というのがアベルの認識であり、おおよそスバルも同じ意見を持っている。

そのわりに、検問を抜けようと言い出されて非常にハラハラさせられたが。

「とりあえず、検問は脱したわけだし、アベルちゃんを出してやるとするか」

「ですわね。それに、文句も言ってやりたいですし」

アルの提案に頷《うなず》いて、スバルは作り物の双丘を抱きながら憤懣《ふんまん》を露《あら》わにする。

スバルの怒りの原因は、もちろん検問の件で無茶《むちゃ》振りされたこともあるが、最大の理由は検問の最中、アベルが落ち着きなく暴れていたことの方だった。

兵と話している間、何度も馬車の底部から物音が響いた。最終的に、スバルが「下級伯も大変ですの……」とひもじい令嬢を装って腹の虫として誤魔化《ごまか》したが、エレガントかつブリリアントなナツミ・シュバルツの評判に傷が付く黒歴史である。

「皇帝陛下にあらせられましては、ご自身の立場に自覚が足りないご様子ですわね」

「おうおう、兄弟、怒ってんねえ。ま、さすがにあれはオレも怒っていいと思うわ」

無謀な皇帝陛下に一言文句を言おうと、意気込むスバルにアルが同意。

そうして、アルが床板をめくり、現れた顔に苦言をぶつけるべく、スバルは揺れる馬車の底部を覗《のぞ》き込《こ》んで――、

「ちょっと、アベル、どういうことですの？　あんな真似《まね》をされて、わたくしたちが誤魔化すのにどれだけ苦心したと――」

「うー！」

「うひゃあああ――っ!?」

思いますの、という苦言は悲鳴に呑《の》まれ、スバルは飛びのいてタリッタの腕の中へ。

とっさにタリッタにお姫様抱っこされるが、彼女の体幹の良さを褒める余裕もない。

現れたのは、乱心したアベル――ではなく、金色の髪をした幼い少女。

その少女には見覚えも、そして悪《あ》しき記憶も十二分にある。

帝国でのイレギュラー代表、ルイ・アルネブが床下から元気よく飛び出してきたのだ。

「な、な、な……」

「あー、うー？」

「なんで！　なんであなたがこの馬車に……」

「――どうやら、床下にずっと潜んでいたらしい。よもや、ここまで誰も気付かぬとは。おそらくはウタカタあたりの仕業だろうよ」

目を白黒させ、あわあわと声を震わせるスバル。そのスバルの疑問を引き取り、ルイに続いて底部から姿を見せるのはアベルだ。

彼は汚れた旅装の埃《ほこり》を叩《はた》き、盛大に乱れた黒髪を手櫛《てぐし》で整える。それから、なおもタリッタに抱き上げられたままのスバルにルイがにじり寄るのを見て、

「ふん。よほど貴様が恋しかったと見える。ウタカタや貴様の女よりも、貴様といることを選んだということだからな」

「な、何を平然と……あなたこそ、一緒に床下で大丈夫だったんですの？」

「大丈夫なはずがあるか。不必要に底部で暴れられ、さしもの俺も肝を冷やしたぞ。その娘が理由で兵に気付かれたなら、何と言い逃れたものかとな」

床板を閉じて、席に戻るアベルの言葉にスバルの中で合点がいく。

検問の最中、馬車で暴れていたのは忍び込んでいたルイだったのだ。おそらく、隠れるために底部に下りたアベルに、先客のルイがじゃれついていたのだろう。

孤軍奮闘していたアベルだが、どうやら彼には子どもをあやす才能はないらしい。

「だったら、あなたっていったい何ができますの……？」

「どこまでも俺に不名誉な話をしているが、それをどうする」

「どうするって……」

「言っておくが、今さら引き返すことはできんぞ。あの検問も、時間もそれを許さん」

アベルの指摘を受け、スバルはタリッタに抱き上げられたまま、「あうー」とすり寄ってくるルイを唖然《あぜん》と見下ろす。

「な、なんでこんなことに……」

思いがけないルイの参戦に、スバルの頭の中を困惑と混乱が渦巻いていた。

ますます、ルイの考えと隠された本性への警戒は高まる。同時に、グァラルに残したレムの傍《そば》に彼女を置かずに済んだと、そう安堵《あんど》する気持ちがないではないのだ。

「スバル、どうすることもできませン。ルイはこのまま連れていくしカ」

舞ってくださイ。小さい子が真似《まね》したらどうするんですカ」

「う、く……で、ですけれど、その娘は」

「でもではないでス、ナツミ。軍師を名乗るなラ、あなたこそ冷静でいなくてハ」

正面から叱責され、そのシンプルな内容がスバルには一番応えた。

子ども相手に大人げないと、その正論に誰が勝てよう。だが、そんな可愛《かわい》い理屈は大罪司教には通用しない。ルイの危険性を知れば、タリッタだってきっと——。

——ならばここで、ルイ・アルネブの本性を洗いざらいぶちまければいい。

「————」

自分の胸の内、そこから響いてきたどす黒い感情に喉が詰まった。

頬《ほお》を強張《こわば》らせるスバルに、タリッタやアルが訝《いぶか》しむような顔をする。その疑念を解く方法が手元にあるのに、スバルは何故《なぜ》かそれをずっと躊躇《ためら》ってきた。

彼らにルイの正体を告げ、事の重大さを共有する。『記憶』と共に魔女教の知識もなくしたレムと違い、彼らにはルイの脅威がわかってもらえるはずなのだ。

そうすれば、この少女の形をした不穏分子を取り除くために——、
取り除くために、どうするのか。

「うー？」

固まったスバルを見上げ、ルイが不思議そうに首を傾《かし》げる。

周りが騒ぐのをやめた途端、ルイはぴたりと落ち着きを取り戻す。彼女が騒ぐのは、決

まって周りがうるさいときだ。その適応力も、擬態の一種なのだろうか。

プレアデス監視塔の中で辿《たど》り着《つ》いた白い世界、あの場所でスバルに接した悪辣で救いようのない邪悪であった少女、それが装った姿なのか。

そうだと考えて対処するべきなのだと、そうわかっているはずなのに――、

「――言っておくが、この旅の目的は遊興でも遊楽でもないぞ」

なおも苦悩するスバルの傍《かたわ》ら、一人だけ座席にいるアベルが冷たく言い放つ。

一瞬、彼の言葉の真意が読み取れなかったスバルは戸惑い、すぐにそれがルイの処遇に関するアベルの意見なのだと解した。

この道行きは遊びではないと、そう言い切るアベルの黒瞳には一切の熱がない。

それは彼が、ルイに対して何らかの配慮や温情を向ける価値を見出《みいだ》していない証《あかし》だ。翻って、ルイの正体を明かした場合、彼がどんな選択をするのかも予見させて。

「――連れて、ゆきましょう」

その結論を聞いて、ルイを見る黒瞳がスバルに向けられる。暗い視線の鋭さに胸を抉《えぐ》られながら、スバルは偽物の胸の幻痛を無視し、睨《にら》み返《かえ》した。

「遊びの旅ではない以上、役立つところを見せろ。……そういうことですわね」

「ああ、それで構わぬ。――貴様は、そう言うだろうよ」

「……解釈の難しい評価ですこと」

失望的な意味とそれ以外の意味と、アベルの言葉の真意は推し量れない。

当然ながら、アベルはこちらの理解のために言葉を尽くしてはくれないし、スバルも蒸し返すことで違った結論になることを恐れ、言葉を区切った。

そうして、ルイの処遇に関する方針が決まり――、

「よーし、ルイちゃん、手綱持ってごらん？　レディちんと遊んでみよっか！」

「うー！」

「それはやめましょウ！」

にわかに騒がしくなる御者台で、ルイは女性陣二人に和やかに歓迎されていた。

あれでルイは意外と聞き分けがよく、ミディアムたちにも懐いているので旅の間の心配はいらなそうだ。強いて言えば、ルイの不在にレムが慌てていないか気掛かりだが。

「馬車に忍び込むのをウタカタが手伝ったなら、その心配もいりませんわね。……レムからすれば、居所がわからない方が不安はないかもしれませんけれど」

「なんだそりゃ？　兄弟といる方が安心に決まって……いや、色々ありそうだったわな」

スバルの呟《つぶや》きと先の出来事を結び付け、アルがこちらの事情を気にしてくる。そんな彼の視線に目を伏せ、スバルは少し躊躇《ためら》ってから、

「何でも……なくはありませんわね。アル、あなたにお願いが。――どうか、できるだけルイを気にしていてくださいませんか」

「……調子の狂う頼まれ方なのもそうだが、なんでだ？　あのちびっ子に何がある？」

「――。あの子が傷付くと、レムが苦しみますの。ですから、お願いします」

「――――」


アルの抱いた当然の疑問に、しかし、スバルは他と同じように真相を伏せた。

そのスバルの答えに、アルは一瞬だけ沈黙したが、

「ああ、了解。残った腕まで喰《く》われねぇか心配だが、そこはうまく付き合うさ」

ルイに噛《か》まれた手を振り、アルは馬車の最前席にどっかりと座り込んだ。御者台で賑々《にぎにぎ》しくしている三人娘の声を聞きながら、だらしなく足を投げ出す姿勢。

彼らしい態度と引き受け方に、スバルの頬《ほお》がわずかに緩んだ。

色々と、考えることは多い。魔都が近付くほどに、不安も大きくなっていく。

「そう言えば、うまく検問を切り抜けたことへの感謝の言葉がありませんわよ」

「ふん。大儀であった」

「最初に鼻で笑う必要ありませんでしたわよね⁉」

ねぎらいの意が足りないアベルに噛みついて、スバルは深々とため息をついた。それからアベルと距離を開け、最初のアルと交代する形で最後尾の席へ。

様々な思惑を抱えながらも、魔都への道のりは続いていく。スバルは顔を上げ、きゃいきゃいとルイを中心に楽しげにしている御者台の方を眺めて、

「まったく……誰のせいで、こうも苦しんでいると思いますの」

そんな愚痴のような言葉は誰にも届かず、馬車の車輪に呑《の》まれて掻《か》き消《け》されていった。

3

「あたしとあんちゃんがいたとこは、そりゃもうひっどいとこだったんだよ」

夜、野営のための焚火《たきび》を囲みながら、ミディアムがいつもの調子でそう言った。

街道の外れに馬車を止めて、簡易食糧を使った夕食を済ませたところだ。アルとタリッタの二人は周囲の見回りに出ており、スバルたちは留守番の真っ最中。

常に明るく朗らかで、声を潜めるということを知らないのがミディアムだ。それは自身にとっての辛《つら》い記憶、暗い思い出を語るときであっても変わらない。

フロップからも、二人が劣悪な環境で育ったという話は聞かされていた。

兄妹《きょうだい》はみなしごを引き取る施設で、毎日殴られながら育ったのだと。そして、不幸な大人が不幸な子どもを傷付ける世界に憤慨し、復讐《ふくしゅう》を誓ったのだとも。

「あたしはあんちゃんの言うこと、むつかしくて全部はわかんないけどさ。でも、あんちゃんが胸張って大股で歩いてるときは、応援したいんだ」

「それが世界への復讐でも、ですの？」

「そうそう！　まぁ、どうやるのかはよくわかんないんだけどさ」

照れ笑いするようにはにかみ、どっかりと胡坐《あぐら》を掻いているミディアム。彼女は自分の膝にルイを座らせ、その長い金髪を慣れた手つきで梳《す》いていた。

元々、彼女の思い出話になったのは、年少者と接するその手際の良さが理由だった。

わりと何でも大雑把《おおざっぱ》に進める印象のあるミディアム。彼女がルイの面倒を甲斐甲斐《かいがい》しく見てくれているのが意外で、その理由を尋ねたところ、先ほどの話になったのだ。

「施設には、あたしとあんちゃん以外にも子どもがいたからね。あたしより小さい子だっていたし、あんまり楽しくなかったから、髪の毛ぐらい伸び伸びしたいよね」

「それがミディアムさんの面倒見の良さの秘密でしたの。納得ですわ」

「うへへ、そっかな？　だったら、役に立ててよかったよ～」

焚火《たきび》の赤い明かりに照らされ、美しい金髪を煌《きら》めかせているミディアム。彼女の存在は武力的にも精神的にも、この旅とスバルを大きな力で支えてくれている。

フロップと彼女がいなかったら、スバルたちの帝国行脚はもっと困難を極めただろう。

「――ミディアム、貴様と兄の出身はどこだ」

と、不意にそう口を挟んだのは、同じ焚火に当たっていたアベルだ。

夕食後の間隙、しばし馬車に戻らずにいた彼は、ミディアムの思い出話にも居合わせていた。とはいえ、相槌《あいづち》を打つでもなく聞き流しているものと思っていたのだが。

実際、話しかけられたミディアムも、「ほえ？」と目を丸くしているぐらいだ。

「アベルちん、あたしの名前知ってたんだ？」

アルに負けず劣らず、皇帝陛下をダイナミックな呼び方で呼んだミディアム。彼女のその驚きと呼び方に、アベルは小さく吐息し、

「名前ぐらい覚える。くだらぬ感心はよせ。それよりも俺の問いに答えろ。貴様とフロッ

プはどこの出身だ。先の話、施設の代表は？」

「代表って、院長先生のこと？　名前は忘れちゃったなぁ。でも、あたしとあんちゃんがいたのはエイブリークってちっちゃい町だよ」

「エイブリーク……帝国西部の町だな。覚えておく」

「――？　覚えてどうすんの？」

「然《しか》るべき対処だ。俺が直接するかは別として、だがな」

アベルの答えは簡潔だが、その真意はミディアムには通じない。

疑問符を浮かべたミディアムは、より大きな疑問の雲に頭を突っ込んだ顔つきになる。

そして不親切なアベルは、わざわざその謎を紐解《ひもと》こうとはしない。

スバルも、その考えの全部が汲《く》み取《と》れたわけではないが、

「国民の生の声を聞いて、すぐさま国政に活《い》かそうというわけですの？」

「そこまで殊勝ではない。言ったはずだ。――信賞必罰だと」

働きには報い、愚かしさには報いを。

それが為政者としてのアベルの信条であり、動かし難《がた》い在り方であるらしい。

思い返せば、シュドラクの集落での『血命の儀』でも、落命寸前のスバルに彼は必死に望みを言えと訴えかけた。あの必死さの裏には、同じ信条が隠れている。

すなわち――、

「――あなたは、他人が手ぶらでいることが許せない方ですのね」

「多くのものが持たざるものとして生まれ落ちる。その手に何を掴《つか》み、何を抱いて死ぬかがそのものの生だ。その資格を得ながら手放すなど、あってはならぬ」

「持たざるものとして生まれるって、皇帝陛下の口から聞くと嫌味《いやみ》ですわよ」

大抵の人間が持たざるものであり、非才と非力を嘆きながらも足掻《あが》くしかない。それが人生だとわかってはいても、恵まれたものの立場から言われては立つ瀬がない。

だが、それを皮肉に受け取ったスバルに、アベルは視線も合わせずに、

「――俺とて、例外ではない」

「――? なんですの?」

「立場には相応の責務が伴う。負い切れぬ荷を負えば、愚か者は潰れるだけだ。気格や矜持《きょうじ》も、日々自覚して磨くしかない」

聞き返したスバルに応じ、アベルの視線がゆっくりとこちらを向く。

彼は焚火《たきび》に当たるスバル、その黒髪や着衣を検《あらた》めるように眺め、

「偽りの、作られた自認はやがて地金を晒《さら》すことになる。貴様はずいぶんと装うのに手慣れた様子だが、その分、剥《は》がれた際の取り繕いには労を要そう」

「――――」

「成果さえ出せば、俺はそのものの趣味嗜好《しこう》に口出しはせぬ。その言を違《たが》えるつもりはないが、虚像を支柱とするのは見るに堪えぬ。いずれ、土台ごと傾くぞ」

熱を孕《はら》んだ風を浴びながら、アベルの眼差《まなざ》しは冷え切った夜のように透徹していた。

彼の選ぶ言葉は他者への配慮がなく、理解を求めるゆとりがない。故に、その言葉の真意はスバルには半分ほども伝わらなかった。

ただ、ひどく無遠慮に心を凌辱《りょうじょく》されたと、その痛みが残るばかりだ。

「……話しすぎたな。あとは任せる」

そう言い残し、立ち上がったアベルが馬車の中へと消える。

分厚い扉が閉まる音がして、焚火の周りに取り残されたのはスバルとミディアム、そして話題も知らぬ顔で過ごしているルイの三人だけだ。

「……なんですの、あの男」

と、そう口走り、スバルは自分の口を押さえて苦い顔をする。

まるで、悪役令嬢の負け惜しみのようではないか。ナツミ・シュバルツという、スバルの理想とする鋼の心を持った鉄血の女軍師、そんな存在に相応《ふさわ》しくない。

「ナツミちゃん、平気？」

そんな葛藤を抱えるスバルの頭を、ミディアムの手が優しく撫《な》でた。

胡坐《あぐら》のまま尻を浮かせ、器用にスバルの隣に移動してきたミディアム。彼女の思いやりと同じぐらい大きな掌《てのひら》の感触に、スバルは心を包まれた気分になる。

「ええ、平気ですわ。まったく、あの男は意味深に……ミディアムさんは、何が言いたかったのかわかりましたの？」

「んーん、全然！　でも、ナツミちゃんが辛《つら》そうな顔したのはわかったし、あたしのできることってこのぐらいだからさ」

「そんなことは……」

「だいじょぶだいじょぶ、わかってるから！　あたしはこのでっかい体で頑張る担当で、むつかしいことはあんちゃんとかみんなにお任せだよ」

にかっと気持ちよく笑い、スバルの頭を撫《な》で続けるミディアム、その顔に嘘《うそ》はない。

自分の足りない部分を自覚しながらも、それを気に病まない彼女の在り方はとても前向きで、スバルの憧れる人たちに通じるものがある。

「ミディアムさんは大人ですわね」

「そんなの初めて言われた！　いいお姉ちゃんだねとか、たくさん食べて気持ちがいいねとかは言われたことあるけど」

「それも、ミディアムさんの数ある素敵なところの一つですわね」

「うえへへ～」

言葉を尽くしても、感謝と称賛を伝え切れず、スバルはもどかしい。だが、そんなスバルの中身のない褒め言葉を、ミディアムは嬉《うれ》しそうに受け入れてくれる。

彼女の膝の上で丸まりながら、ルイもその陽気に中《あ》てられたように楽しげだ。

今、この瞬間だけはあらゆる苦難とも不安とも切り離されている。

そう錯覚してしまうぐらい、それは穏やかな時間だった。

4

ちらちらと、揺れる焚火《たきび》の火を眺めながら、時間は緩やかに流れていく。

「――――」

パチパチと燃える木片の弾《はじ》ける音が聞こえる中、世界はとても静やかだ。

以前は、こうした手持ち無沙汰な夜が嫌いだった。ぼんやりと過ごしていると、得体の知れない焦燥感に苛《さいな》まれ、追い立てられるような気持ちになることが多かった。

――漫然と、呆《ほう》けたように過ごすことが許されると思っているのかと。

正体不明の黒い影に肩を組まれ、いやらしく笑うそいつにそう粘っこく罵られる。

目をつむり、耳を塞いでも遠ざけられない悪夢という名の罪悪感。そこから逃れるために、ナツキ・スバルはあらゆることに手を出した。

褒められる多趣味や小器用さも、全ては自分という地獄から逃げるための言い訳。その言い訳を積み重ねて出来上がったハリボテこそが、ナツキ・スバルであり――、

「――ただの言い訳で終わらずに済んで、少しだけ安堵《あんど》していますわね」

「そウ、ですカ……」

スバルの話を聞き終えて、俯《うつむ》きながらタリッタが頷《うなず》く。

揺れる炎の向こう、地べたに片膝を立てるタリッタの顔は赤く照らされている。炎のちらちらとした光は、彼女の褐色の肌によく似合って見えた。

似合っていると言えば、シュドラクであることを隠すための彼女の装いもそうだ。

彼女らが体に入れる白い紋様を消して、文明人らしい格好に身を包んだタリッタは、そのすらりとした長身も相まって、男装の麗人を地でいっていた。

もっとも、夜番として見張りに立つ彼女は上着を脱いで袖をまくり、スマートさよりもワイルドさが印象付けられる着こなしであったが。

「――――」

わずかに落ちる沈黙の中、タリッタは思惟《しい》に耽《ふけ》っている。

せがまれて話したスバルの身の上――元の世界のことや、もっと暗くて重たい部分はぼかしたものだったが、それがタリッタにどう作用したのか。

切っ掛けは、爪の手入れをするスバルに、タリッタが「どこで化粧を覚えたのですカ」と聞いたこと。――化粧も女装も、大それた切っ掛けがあったわけではない。

散々な中学校時代を過ごしたスバルが、来たる高校生活で華々しく返り咲くため、ちょっとした余興程度にチャレンジしただけのこと。

「ただ、ちょっと凝り性なところがありましたから……やるなら徹底的に、お出ししても恥ずかしくないものをと」

どんな道でもそうだろうが、技術の研鑽《けんさん》には大勢の先人の努力がある。

それに恥じない成果を求めた結果、スバルの高校生活は終わった。以来、二度と女装などするものかと思っていたが、人生、何が役立つかわからないものだ。

「……ナツミの姿勢ガ、私は羨ましいでス」

「えええええ!?」

「ド、どうしてそんなに驚くんでス……!?」

「ああ、いえ、あまり言われたことがない言葉だったもので……」

偽物の胸の奥、本気で驚いた心臓が飛び跳ねているのを感じる。

正直、客観的に見て、スバルは自分が羨望に値する人間とは思っていない。努力と根性でいくらか成果は出せているが、自分的にはまだまだ力不足を痛感している。

「……私ハ、昔から姉上の後ろに隠れて育ちましタ。姉上は知っての通りの人ですから、いずれ族長になるものと誰も疑っていなかっタ。私もでス」

「タリッタさん……」

訥々《とつとつ》と、タリッタが語り始めるのは彼女自身の身の上話だ。

最初、タリッタがスバルの告白に応えるためにしたくない話を始めたなら、その必要はないと止めるつもりだった。スバルが過去に触れたのは、話の運び方の問題だ。

しかし、俯《うつむ》きがちに話すタリッタの声を聞いて、その考えは引っ込めた。彼女は話したいから話しているのだと、そうスバルには感じられたからだ。

「姉上とハ、歳《とし》が三つ離れていまス。でモ、私が姉上を大きく感じるのハ、たった三つの歳の差が理由ではありませン。だっテ、そうでしょウ？」

「――――」

「姉上が十のときできたことガ、同じ歳《とし》になっても私にはできなイ。それは歳の差ではなク、もっと違う何かの差でス。それが何なのカ、私にはわからなイ」

タリッタの語る言葉は、そのことごとくがスバルの胸にも突き刺さる。

どこかで聞いたことのある話であり、同時に誰にも明かしたことのない話でもある。

優れた姉への劣等感、それはレムが抱いていたものだ。

憧れた背中への劣等感、それはスバルが苛《さいな》まれていたものだ。

『――やっぱり、あの人の子だな』

自分への失望と、大切な誰かから向けられる期待への罪悪感。

それに打ちのめされかけ、しかし、タリッタはこの旅に同行した。族長であったミゼルダが協力を誓い、帝位奪還という目的を掲げるアベルの旅路へ。

それはタリッタにとって、自分を見つめ直し、認めるための旅。それと同時に、彼女が自らに降りかかる期待という重責から逃れるための手段なのかもしれない。

「この旅の間ニ、答えを出さなくてはなりませン。いいエ、覚悟を決めなくてハ」

「覚悟……それは、族長を引き継ぐ覚悟、ですの？」

「――――」

スバルの問いかけに、タリッタが細い顎《あご》を引いて頷《うなず》く。

答えを出すでは不適切で、覚悟を決めるというのが適切な運命――ミゼルダから託された次なる族長という役目を、彼女がどう見ているかがそれでわかる。

タリッタは、族長を引き継ぐことは避けられないと考えている。

自分には、それを拒絶する権利がないのだと。それが偉大な姉に指名され、次代の一族を率いなくてはならない妹の義務なのだと――、

「逃げても……」

「エ？」

「逃げても、いいと思いますわよ。わたくし、それを咎《とが》めませんわ」

思いがけない言葉をかけられたと、目を見張るタリッタの表情が物語る。

話の流れとはいえ、自分の心中を打ち明けてくれたタリッタ。彼女の置かれた状況、抱いている不安、その細い肩に乗せられた責務、それが見える。

責任感が強く、自罰的な彼女がそれを必死で抱え込んでいることも。

あるいはタリッタは、ここでスバルに「しっかりしろ」と、覚悟の後押しを望んでいたのかもしれない。恥ずかしげもなく女装すらこなすスバルなら、自信不足なんて気の持ちようだと助言してくれると思ったのかもしれなかった。

だとしたら、スバルが口にしたのは彼女の期待を裏切る言葉だった。

「負い切れないと、自分よりも向いた誰かがいると思うのであれば、荷物をまとめて馬車を離れても、わたくしたちは咎めません。少なくとも、わたくしは」

「デ、ですガ、私がいなくなれば戦力ガ……」

「もちろん、その不安はありますわね。ですけれど、どうとでもしますわ」

勝手なことを言っていると、スバルは内心で自嘲する。

こんな話、アベルに知られればどんな侮蔑を浴びることか。戦力不足の今、決して欠かすことのできないタリッタ、彼女を手放しても構わないなどと、どの口で。

「私ハ、必要ないト……」

「いいえ、それは大きな間違いです。わたくしも、タリッタさんには人柄的にも戦力的にも一緒にいてほしい。でも、それはわたくしのワガママでしょう？」

「ワガママ……」

「わたくしが生きるために、あなたに心を殺せと言うのですから」

経験者であり、同類であるスバルは、それをタリッタに強いれない。

年上で、この悩みにかけてはスバルより年季が入っているかもしれないタリッタに、先にその暗闇から抜ける機会をもらったスバルは先輩面をして言い放つ。

——自分は、他人にはなれない。

それがどれほど憧れ、妬み、身を焦がすほどに追い求めた相手であっても。

「わたくしたちは、『自分』以外の何物にもなれませんわ」

そして、せめて自分が好きになれる、納得がいく、自信が持てる『自分』になる。

失望と落胆と、ほんの少しの達成感を繰り返して、羽化する蝶《ちょう》のように。

「……鼻につきますわね」

ぼそりと、タリッタに聞こえないぐらい小さな声で呟《つぶや》く。

話していて味わったのは、数時間前に同じ焚火《たきび》を囲みながら聞いたアベルの持論だ。多くの持たざるものが、空の両手に何を掴《つか》んで生きるのかと。

その話の本質が、スバルの言いたかったことと重なっているように思えて。

「────」

スバルの話を聞いて、タリッタの瞳が泳ぎ、迷いが一層強くなる。

その迷いがどちらへ向くのか、それはタリッタが決めなくてはならないことだが、彼女が何を選んでも尊重すべきだとは思う。

スバルは、かけられる期待と、応えられない罪悪感から逃げてしまった。

何なら、自分が異世界へ召喚されたのは、そんな逃げたい気持ちを汲《く》んだ何者かのお節介なのではないかとさえ疑ったこともある。もしそれが理由で両親に、幻ではない本当の両親に別れを告げられなかったのだとしたら辛《つら》すぎるが──、

「逃げられたことは、救いでもあったんですのよ」

少なくとも、自室で期待と罪悪感の板挟みになり続けるままでいたなら、今のナツキ・スバルの心情に辿《たど》り着《つ》けることはなかった。

自分のことで手一杯で、誰かのために何かをしようとか、してあげたいとか、そういったことに心を砕《くだ》く余裕のないスバルのままだっただろう。

戦える準備が整うまで、逃げることは悪いことではない。

あるいは戦わないことだって、選べる世界であるべきなのだ。

「自信や覚悟……」

「え？」

「自信や覚悟モ、足りませン。ですガ、それだけではなク……」

スバルの実体験からの話を聞いて、タリッタが唇を震わせながら呟《つぶや》く。

燃える焚火《たきび》の爆《は》ぜる音に呑《の》まれてしまいそうなぐらいか細いそれは、あるいは非力な自分の身の上話を語ったとき以上に切実な感情を孕《はら》んでいた。

そんな、抱え切れない重みに押し潰されながら、タリッタが弱々しく続ける。

「もしモ、自分が大きな過《あやま》ちを犯していたとしたラ……どうすれバ、それを償うことができるでしょうカ」

「過ちと償い……タリッタさんが、ですの？」

そうスバルに問い返され、タリッタの息が「ア」と漏れる。

見開かれた彼女の瞳を過《よぎ》った後悔、それは先ほど語った過ちと同様に、ここでスバルに話した懺悔《ざんげ》のような言葉への後悔が窺《うかが》えた。

姉への劣等感とは異なる形で、タリッタの未来に暗い影を落とす後悔が。

「おかしなことヲ……忘れテ、くださイ」

最終的に紡がれたのは、語り切れない物語を語り切らないという結論だ。

答えを得られたわけではないと、そう一目でわかるタリッタの表情。しかし、無理にそれ以上を聞き出すことはできない。

いずれ、彼女が吐き出したいと思ったとき、傍《そば》にいられればいいが――、

「――兄弟、そろそろ交代の時間だぜ」

と、そうスバルが結論したところで馬車の方から声がかかった。

太い首をひねりながら、ゆっくりと焚火に歩み寄ってくるのはアルだ。夜番は三時間置きに交代する決まりで、スバルの交代時間がきたらしい。

「アベルとルイがローテーションから外れてるのは不満ですが……」

「やめとけやめとけ。アベルちゃんが皇帝の座に帰り咲いたとき、夜番させてたのが理由で処刑なんてことになったらやべぇだろ？」

「道中の恨みつらみを持ち出したら、わたくしの首が何個並べばいいのか、もう判断がつかない状態だと思いますけれど」

「自覚あんなら抑えてくれよ。一緒にいてハラハラすっから」

スバルのぼやきを聞きつけ、アルがもっともな訴えを口にする。

とはいえ、アベルの態度に物申したい姿勢は今後も崩せない。誰かが言ってこなかったから、アベルはああも傲岸不遜《ごうがんふそん》な暴君ぶりなのだ。

実権を伴わない逃亡者である間に、少しでも性格を矯正しておくのが吉だろう。

「そうでなくては、わたくしたちの貢献で返り咲いても、またすぐに別の反乱を起こされて今度こそギロチンにかけられますわよ」

「あー、それに関しちゃ任すわ。姫さんでおわかりの通り、オレは基本的に事なかれって

か、放任主義ってやつだから」

　ひらひらと手を振り、アルはスバルの考えを変えさせるのを投げ出した。

　そんな頼りないアルの様子に嘆息し、スバルは改めてタリッタと向き直る。焚火《たきび》を眺めながら物思いに耽《ふけ》る彼女に、「タリッタさん」と呼びかけ、

「わたくしは下がりますわ。アルのセクハラやくだらない冗談が聞くに堪えなかった場合、すぐに知らせてくださいましね」

「せくはら……？」

「姫さんにしてるみてぇな真似《まね》はしねぇっての！　ちゃんと距離感とか親密度に合わせてんだよ。ＴＰＯってやつだ」

「わたくしが苦手なやつですわね」

　自慢にならない自己評価を述べたスバルは、それからアルを小さく手招きして、

「もしかしたらタリッタさんから人生相談があるかもしれませんわ。そのときは、経験豊富な先達として導いてあげてくださいな」

「経験豊富な先達って、オレと対極的な形容な気がしねぇ？　他人の人生の責任なんて取れねぇから、そういうことから積極的に逃げてきたのに」

「苦手を克服するチャンスですわよ。ピーマルと同じですわ」

　ピーマルを苦手とするエミリアやベアトリスも、何とか好き嫌いをなくそうと果敢な挑戦心を失わず、色んな形で打ち勝とうと頑張っているのだ。

今のところ二人揃《そろ》って一度も勝利はできていないが、戦い続ける限り、いつかは打ち勝てる日もくるだろうとスバルは信じている。

「だから、アルも頑張ってくださいまし」

「苦手野菜の克服と同じ土俵の話にされて、あんまり響かねぇのオレだけかなぁ」

少なくとも、今の話はスバルを奮い立たせる条件を満たしていたので、それが響かないアルの方に問題があるというのがスバルの結論だった。

「ナツミ、また明日……でス」

「──。ええ、また明日」

焚火の前をアルに譲り、馬車に下がろうとするスバルにタリッタが声をかける。

その弱々しくも確かな明日の約束は、彼女がスバルの言葉を受け止めながら、明日も顔を合わせてくれるという希望をスバルに抱かせた。

逃げることは悪いことではない。逃げた結果、得られる力もある。

だが、逃げずに戦うことを決めて、それで打ち勝てる人だってきっといる。

スバルは、タリッタがそうであればよいなと、そう思った。

「みんなみんな、色々と思い思いのことがある……当然ですわね」

夕食後のミディアムとの語らいや、今しがたのタリッタの人生相談と、スバルは彼女たちの知らなかった人となりに触れ、旅の影響をひしひしと感じる。

それは胸襟を開いたとも、お互いに歩み寄った成果とも言えるだろう。旅の道程を共にする仲間なら、理解を深め合うのに越したことはない。

だから――、

「あなたも、多少はわたくしたちに心を許してはどうですの？」

簡単な幕で寝床を分けた暗い車内、スバルは最前席の人影に向かってそう言った。

一応、寝床は男子が手前で女子が奥の振り分けだ。そして、スバルとアルの二人が寝ていない現状、前の座席で体を休めている容疑者は一人しかいない。

それは暗闇の中、ぼんやりと浮かんだ黒い眼《め》の人物で――、

「せっかく、わたくしたちが夜番をしているんですから、せめてその恩恵ぐらいはしっかりと享受していただきたいものですわね」

「――。片目を開けて眠るのはヴォラキア皇族の習わしだ」

古い映画で、殺し屋が片目を開けたまま眠る習慣があると語ったものがある。それと全く同じ答えを返したのは、宵闇に溶け込んでいるアベルだ。

以前、人間の脳の構造的にそれは難しいと聞いていたが、目の前のアベルが事実として習慣化している以上、どうやら不可能なことではないらしい。

ただ、今はそのことに感心するよりも、呆《あき》れの方が先立った。

「わたくしたちが、あなたの寝首を掻《か》くとでも？」

「――――」

「城郭都市《じょうかくとし》の陥落に与《くみ》して、魔都に九神将の勧誘にいくのも同行する。それでも、わたく

したちがまだ、あなたに危害を加える可能性があると思っていますの？」

ゆっくり、言い聞かせるように言葉を重ねるスバル。だが、アベルの透徹した表情は揺るがず、彼の瞳は習慣通り、右目と左目で交互の瞬《まばた》きを続けている。

その回数さえも最小限で、それは両目をつむって眠れないのと同じ理由なのだろう。

「俺の在り方を歪《ゆが》めようなどと思い上がるな。貴様の領分を弁《わきま》えよ」

「――――」

「魔都は近い。貴様は貴様の役目を果たせ。それ以上は望まぬし、許さん」

そう言って、アベルはあえて片目をつむり、スバルに断絶を突き付けた。その取り付く島もない態度に、スバルは苦みを覚え、首を振った。

「それでしたらわたくしは……俺は、せいぜい高いびきをかかせてもらうぜ」

被《かぶ》ったナツミ・シュバルツのメッキが剥《は》がれ、ナツキ・スバルの地金が晒《さら》される。

そのまま彼の返事を待たず、スバルはできるだけ離れた座席に寝床を定め、ウィッグを外し、着衣を緩めて横になった。

いっそ、アベルへの反発心でスバルも起きていてやろうかと思ったが、それをする意味も正解もわからず、疲れている体はいつしか意識を手放していた。

様々な問題と不安、関係値の変化を孕《はら》んだまま一行の旅は続く。

――魔都カオスフレームへの到着は、もう目前へと迫っていた。

5

「あー！　うー！」

　正面に見える街並みを指差して、御者台のルイが尻を弾ませる。

　疾風馬《はやうま》を操る邪魔をするなと注意したいところだが、手綱を握っているミディアムはルイの肩を抱き寄せ、「わかるわかる！」と楽しげなのでそれも無粋だ。

　付け加えれば、同じものを見るスバルもそれなりに圧倒されていた。

「あれが、魔都カオスフレーム……」

　ごくりと喉を鳴らし、思わずスバルは自分の体で驚きを表明してしまう。

　ルグニカでも、水門都市プリステラの圧倒的な情景に目を奪われ、ヴォラキアでは王国と異なる建築様式の街並みに感心させられることもあった。

　だが、眼前に迫る魔都の光景は、そのいずれとも異なる衝撃をスバルにもたらす。

　スバルの認識では、都市とは多数の人が住まうための集合体であり、そのために統一されたルールや規格が街並みに『個性』として現れるはずだ。

　しかし、カオスフレームにはそうした統一感というものが感じられない。

　まさしく、『混沌《こんとん》』を冠する都市らしい、雑多で適当な主義主張の坩堝《るつぼ》――都市の中央には赤と青のコントラストが激しい城が存在を主張しており、街は城を囲うように円状に形作られている。一見、ルグニカの王都と近い造りに見えるが、あちらは貴族街や平民街を階層ごとに分ける規則性があった。

　だが、カオスフレームにはそれがない。

　煌《きら》びやかな建物の隣に古びた廃墟《はいきょ》が、背の低い建物の並ぶ通りに突如として倍以上も大きな尖塔《せんとう》が、緑の生い茂る公園と隣接して荒廃した砂地が存在している。

　それら街並みの上には勝手に継《つ》ぎ接《は》ぎされた梁《はり》や足場が無数にかけられていて、遠目には都市全体が蜘蛛《くも》の巣で覆われているかのようにも見えた。

　規律や整頓、総じて『まともさ』とは無縁。魔都と、そう呼ばれるだけはある。

　都市が一体となって主張している。ここは紛《まぎ》れもなく、混沌の蔓延《はびこ》る地であると。

「──『巨人の一突き』であっさり崩れそうな街並みに見えるよな」

　と、近付く都市の雑多さに目を細めるスバルに、並んだアルが声をかけてくる。彼は手で作った庇《ひさし》を兜《かぶと》の額に当てながら、魔都の情景にそうこぼす。

　どうでもいいが、兜の上から庇を作って意味があるのだろうか。

「うん？　どうした、兄弟。なんかあったか？」

「いや、大したことは。……そういや、『巨人の一突き』って？」

「あれ？　兄弟の地元じゃ言わなかった？　地震とか、そういうもんのことだけど」

　聞き慣れない表現を尋ねると、アルに首をひねって問い返される。

　アルとは同郷とはいえ、この場合の故郷とは広く『元の世界』のことを意味するので、もちろん本当の意味での地元は異なってくるだろう。

しかし、鬼関係の諺は多くても、巨人関連の諺《ことわざ》はあまり覚えがない。

「もしかして、野球の球団とかかってたりする？　俺、あんまり詳しくないから」

「あー、いや、どうだったかな。オレもわざわざ、どこでその言葉を仕入れたとか覚えてねぇし、野球が特別好きだった覚えはねぇけども」

「そうか。ビール飲みながら野球中継見てるの似合いそうなのに」

「そもそも、オレはそんなもん飲んでなかったっての」

苦笑を交えたアルの言葉に、彼が異世界に召喚された年代を思い出したスバルは「確かにそうか」と内心で納得する。

ともあれ、そうした雑談を交わしている間に、一行を乗せた馬車は魔都の入口、混沌《こんとん》たる都市への出入りを監視する門に差し掛かる。

ここを乗り越えることが、ここまでの道程の最後の関門であり、勝負所だ。

そう考え、スバルも気合いを入れて『ナツミ・シュバルツ』の再構築を――、

「――入れ」

「りょーかい！　ありがとね」

「うー！」

通行料を受け取り、馬車の中を軽く見回して通行の許可を出した大男。それは都市の衛《えい》兵《へい》の役割を負った単眼族《たんがんぞく》――顔の中央に大きな瞳を一つだけ有する人物だった。

パッと見ただけで入場の許可が下り、スバルとしては拍子抜けだ。あるいは、あの特徴的な単眼には何やら特別なものを見る力でも宿っているのだろうか。

「それが理由で、門兵に指名されているのかもしれませんわよね」

「深読みしているようだが、単眼族にそのような力はないぞ。多少、二つ目よりも遠くが見られるとは聞くが、概《おおむ》ね、目の働きに違いはない」

「でしょうね！　だって、こんな怪しい馬車を素通りさせてますもの！」

顎《あご》に手をやり、自分なりの納得を目指そうとしたスバルがそう吠《ほ》える。

そのスバルの訴えに鼻を鳴らすのは、赤い鬼の面で顔を覆っているアベルだ。

魔都へ到着するなり面を被《かぶ》ったアベルに、スバルは面を脱ぐようしきりに訴えたが効果はなかった。腹立たしいのは、アベルの目論見《もくろみ》通り、衛兵がこんなにも怪しい鬼面の男を何事もなかったかのようにスルーしたことだ。

「由々《ゆゆ》しき事態ですわよ。都市の最初の防衛役たる門兵があの調子なんて……いったいどんな法がまかり通っておりますの」

「私モ、ナツミと同意見でス。袖のある服を着ているのニ、何も言われないなんテ」

「んん……その驚き、わたくしの驚きとちょっと質が違うものですわね……」

頰《ほお》を強張《こわば》らせたタリッタが賛同してくれるが、生憎《あいにく》と彼女が受けたカルチャーギャップはスバルのそれと発祥を異とするものだ。

スバルの方は都市の姿勢、彼女の場合は『シュドラクの民』としての自意識か。

「おほん。それはそれとして、問題の魔都に入りましたが……」

大雑把《おおざっぱ》な検問を乗り越えた馬車は、雑多で無秩序そのものの街に呑《の》み込まれる。

御者台からはいちいち感銘を受けるミディアムとルイの甲高い歓声が上がっており、スバルも外観だけではわからない、内側からの魔都の光景に目を見張った。

まず、都市に入って目につくのは、これまでに類を見ないほどの人種の多さだ。

門兵の単眼族《たんがんぞく》のインパクトもなかなかだったが、一度都市に入ってしまえば、彼の存在も特別目を引くほどではなかったと思い知らされる。

メジャーなところで言えば多様な獣人――猫人や犬人に留《とど》まらず、兎人《うさぎびと》や獅子人《ししびと》といった小柄と大柄が明確に分かれる種族が通りを行き交う。

爬虫類《はちゅうるい》めいた姿形を持った蜥蜴《とかげ》人の一団が店を開き、多くの腕を持った多腕族、異様に髪が長い集団はファッションなのか種族的特徴なのか、それもわからない。

かと思えば石塊《いしくれ》そのものが歩いているような種族がいたり、体の一部が別の種族と混交したようなキメラめいた存在も目についた。

「――――」

その無分別な種族の混ざり方に、スバルはかなりのショックを受ける。

無論、ルグニカの王都でも、スバルが異世界へ召喚されたのだとすぐに気付けるぐらいインパクトのある光景はあった。だがその後、この世界で生きていくための知識を身につける中で、亜人を取り巻く複雑な事情も多少なり知った。

ハーフエルフであるがために排斥された経験のあるエミリアを筆頭に、この世界の亜人たちの環境は決して恵まれているとは言えない。外見に強く特徴の現れる種族など、トラブルを避けるために生涯、人里を離れて暮らすこともあるそうだ。

ガーフィールらの故郷である『聖域』も、そうした偏見によって生まれた地だった。

しかし、スバルの目の前にあるカオスフレームはどうだ。

多種多様な種族が肩を並べ、はばかることなく過ごしていることもそうだが、スバルが最も驚かされたのは、そうして過ごす彼らの背筋だ。

ピンと背筋を伸ばし、誰もが堂々と己のルーツを主張している。

獣人が爪や牙を丸めず、蜥蜴人が鱗《うろこ》を磨かず、異形異様とされるものたちが顔や体を布で覆わない。――それが、スバルの目には新鮮に映った。

「如何《いか》なる法がまかり通っているのかと、貴様はそう言ったな」

ふと、そう言い放ったのは一人、座席に座っている鬼の面のアベルだ。

御者台のミディアムたちだけでなく、スバルやアル、タリッタさえも周囲を興味深く見渡している中、顔を隠した皇帝はスバルの意識を自らの言葉に引きつけ、続ける。

「見ての通り、ここにあるものは無法だ。如何なる法がまかり通るかと問えば、無形の法がまかり通る。秩序の本質を嘲笑《あざわら》う、悪徳の都市と言えような」

「悪徳だなんて……人が感動しているのに、水を差しますわね」

「感動？　感銘を受けたか。貴様のように外のものなら、それも当然か」

唇を曲げたスバルの返答に、アベルが細い肩をすくめる。

外の、という言い方がまたしても部外者扱いされている感があり、スバルは数日前の馬車での言い合いを思い出してしまう。もっとも、感情的になったのがスバルだけな以上、あれを言い合いといっても相手には鼻で笑われるだろう。

「けど、無秩序そのものが秩序っぽくなってるってのが、この街の一貫したコンセプトってやつなんじゃねぇの？　そこんとこどうよ、アベルちゃん」

「秩序の本質を問えば、この都市が無秩序か否《いな》かの是非がわかる。——貴様は、そも秩序の本質がどこにあると考える？」

「禅問答みてぇなこと聞かれた……兄弟、パス！」

早々に考えることを投げ出したアルに、スバルは片目をつむる。

とはいえ、プライドのないアルと違い、スバルは簡単に白旗を上げるのには抵抗がある。相手がアベルならなおさらと、頭の中で可能な限り理屈をこねくり回し、

「秩序の本質は、あれじゃありませんの。その、みんな仲良く！　平和！」

「——秩序の本質とは、同じであることだ」

小学校の低学年みたいなスバルの意見に、アベルは反応せずにそう述べた。

その言葉にスバルが眉を顰《ひそ》めると、アベルは続けて補足する。

「多くが同じ価値観を共有すること。教義や信念、目的や欲得でもいい。個ではなく集団において、それら互いに逸脱せぬ同一性こそが秩序と呼ばれる。その秩序という土台の上

に築かれるのが、貴様の語った絵空事だ」

「絵空事……平和が、そんなに馬鹿げていると？」

「闘争は避けられぬ人の本能だ。そのための武器が剣ではなく、言葉や国となっても本質は変わらん。だが、秩序は崩壊から縁遠い環境を形作る絶好の仕組みだ。――見よ」

顎《あご》をしゃくり、アベルが窓の外へとスバルたちの意識を促す。

自身は座席に座ったまま彼が示したのは、わざわざ窓の外を眺めずともそこにあると確信が持てるだけのモノ――この、魔都の象徴たる城。

「道化の語った通り、この都市には無秩序という秩序が敷かれている。そして、多くの種族の坩堝《るつぼ》と化しながら、都市が崩壊に陥らぬ根拠があれだ」

「あの城……いいえ、城の中の……」

「――ヨルナ・ミシグレ」

微《かす》かに身震いするスバルの鼓膜を、アベルの声音が強く打った。

声は硬く、表情は鬼面に隠されて窺《うかが》えない。果たして彼は、『九神将』きっての問題人物であり、自らの帝位奪還のために欠かせない相手をどう考えているのだろうか。

縦にも横にも雑多なものが並び立ち、統一性のない人々が行き交う魔都。

その都市の中心に聳《そび》え立《た》つ城は高く、まるで自らの膝元に乗り込んできた皇帝一行を見下ろし、運命を弄ぶことを愉《たの》しんでいるようにすら思えた。

6

――『九神将』の一人、ヨルナ・ミシグレについて知っていることは少ない。

魔都カオスフレームの支配者であり、『漆《しち》』の地位を与えられた帝国一将。しかし、皇帝の剣の一振りに数えられておきながら、これまで幾度も謀反《むほん》を起こした危険人物。皇帝の温情で除籍も処刑も免れながら、まるで悪びれない災禍の華――。

　ホウレンソウのできない皇帝に代わり、そうスバルに教えてくれたのはズィクルであり、彼がその人間性に言葉を濁したのは彼女とセシルスの二人だけ。

「つまり、帝国で一番頭のおかしい男女、その女性の方ということでは……」

そう口にして、これから先のことを思うスバルの胸が重くなる。

目下、交渉相手は女の方だが、いずれは男の方とも相見《あいまみ》えなくてはならない。しかも、味方に付けなければほぼ負けが決まるとんでも縛りだ。

ただ、セシルスはともかく――、

「街を見て、ヨルナという女性への印象は変わりましたわね」

認識の変化、その理由は魔都と、そこで暮らす人々の姿を見たことにある。

道中、アベルが語った『秩序』の講釈は、単に賢い発言でマウントを取りにきたわけではなく、この都市における秩序の本質に焦点を当てさせるためだったのだろう。

人も物も雑多で無秩序に溢《あふ》れ返るカオスフレーム、その混沌《こんとん》を煮詰《につ》めた鍋を崩壊させない秩序の象徴――それこそが、ヨルナ・ミシグレであるのだと。
彼女の存在こそが、無秩序の集まりである魔都に唯一の秩序をもたらしている。
その能力を評価しているからこそ、アベルは彼女を『九神将』から罷免しない。
もっとも――、

「――絶対、曲者《くせもの》には違いねぇわけで、貧乏くじ引くねえ、兄弟」

そう言って、胡坐《あぐら》を掻《か》いた膝を叩《たた》いてアルが笑う。

板張りの床の上、だらしない姿勢でいるアルを横目に、正座するスバルは小さく嘆息。

彼の平常心には救われることも多いが、それもケースバイケースだ。

「アル、しゃんとしてくださいまし。いつどこで見られているかわかりませんのよ。それと、わたくしを兄弟と呼ぶのもやめてください」

「へいへい……けど、兄弟をなんて呼べばいいんだ？　姉妹って書いて兄弟？」

「それ、漢字が伝わらない方には伝わらないのでは？」

日本語の多彩な表現力と美しさには心震えるものがあるが、現状、スバルとアルの間でしか通じない隠語を増やしても仕方がなかった。

「ミディアムさんやタリッタさん、ついでにアベルをちゃん付けなんですから、わたくしもそうしていただくのが自然ではありませんかしら」

「そしたら、ナツミちゃんか？　うお、サブイボ！」

「堪《こら》えてくださいまし！　まったく、落ち着きのない……」

右腕の肌が粟立《あわだ》つのを見せてくるアルを、スバルは引率役として叱責する。

それもおかしな話だが、今回の人選は年功序列が役立たないのだからしょうがない。役回り的にも、一番重要な立場のスバルが気を張るのが適切だろう。

なにせ——、

「——すでに、『紅瑠璃城《こうるりじょう》』の中に入っているのですから」

口の中だけで呟《つぶや》いて、スバルは自らの気持ちの引き締めにかかる。

そう、すでにスバルたちは魔都の中枢、青と赤の不可思議に輝く城の中に招かれ、都市の統治者であるヨルナ・ミシグレへの接見を求めたあとなのだ。

——魔都に入り込むのに成功すると、その後の動きは早かった。

疾風馬《はやうま》と馬車ごと泊まれる宿を見つけ、部屋を取ったあとはヨルナ攻略のための行動を開始する。道中、やるべきことは話し合ってあったので迷いはなかった。

危険な『九神将』、ヨルナを味方に付ける方策とは——、

7

「これを城主、ヨルナ・ミシグレへと届けよ。奴《やつ》からの反応があるはずだ」

そう言ってアベルがスバルに手渡したのは、彼がしたためた一通の手紙だ。

手紙を入れた封筒は蝋《ろう》で閉じられ、開封不可能な状態にある。封筒を蝋で閉じ、冷えて固まる前に家紋の入った指輪を押すなど、出所の証《あかし》とするのは貴族では一般的だ。

ただし、預かった手紙の封蝋《ふうろう》にそうした証は押されておらず。

「生憎《あいにく》、俺が持ち出した皇帝の証はどちらも砕《くだ》け散った。片方は貴様の手で、もう片方はヴァラルの都市庁舎でだ」

「ああ、『血命の儀』と『アラキアの乱』ですわね。でも、証拠なしで読んでもらえますかしら。仮に読んでもらえても、信じてもらえないのでは？」

「余計な懸念は不要だ。内容を明かすつもりはないが、読めば俺だと奴にはわかる」

「なるほど。……ちなみに、あなたが直接赴くのが確実ではありませんの？」

受け取った手紙を懐に入れながら、スバルは率直にそう尋ねる。

手紙を渡す流れになったのは、アベルが城に同行しないと言い出したからだ。ただ、こちらの事情を明かすなら、彼が現場にいるのが一番手っ取り早く思える。

そもそも、ヨルナと直接会わないなら、彼は何をしについてきたのか。

「それなら検問で慌てることもなくて、もっと道中も平穏だったと思いますけど……」

「貴様の不敬は留《とど》まることを知らんな」

「だってあなた、一人でわたくしたちの輪を乱しますし……」

厳密にはルイも同じ条件に該当するが、この場はアベルに皮肉が言いたい場面なので、スバルの心を掻《か》き乱《みだ》す専門職であるルイのことは棚上げしておく。

「言われずとも、ヨルナ・ミシグレとは直接言葉を交わす。だが、早々に俺が顔を見せるのは都合が悪い。貴様も察せよ」

「察しろって……ああ、言われてみれば」

鬼の面越しに不機嫌さを発するアベル、彼の言葉にスバルは静かに納得した。

考えてみれば、これまでに幾度も反乱を起こしているような相手だ。ヨルナ的には、アベルの統治に不満があるからこその謀反《むほん》であったはず。

当然、アベルとヨルナの関係は水と油。事によっては火種の燻《くすぶ》った火薬庫のような有様なのだろう。――よく、魔都まで足を運ぶ気になったものである。

「貴様は手紙をヨルナ・ミシグレへ渡せ。ただし、それが俺からの……皇帝からの親書であることは伏せておくことだ」

「え、どうして？　それ言わないと門前払いされない？」

「万一のためだ。手紙に目を通させれば悪いようにはされまいが、手紙を渡す前の変心までは俺にも読めん。故に、城に上がる手段は工夫しろ」

「工夫……」

思いがけない難題を投下され、スバルは驚きつつもアベルを見やる。

彼は腕を組み、鬼の面で表情を隠したまま、

「この都市を見れば、奴《やつ》の気性や好悪の秤《はかり》のおおよそは知れよう。貴様の持てる悪知恵を働かせ、あれの興味を引くがいい」

「言い方に悪意がありますわよ！」

「次善の策もあるが、それに頼るのは避けたい。先々が続かなくなる。俺の目的を思えば先は長い。わかるな？」

「本当に、偉そうな男ですわね……」

試すようなアベルの物言いに、スバルは唇を曲げて不平を露《あら》わにする。

今ならヨルナと一緒に、アベルに対して謀反を起こすのも吝《やぶさ》かではない。むしろ、ヨルナと意気投合し、親友になれる気さえしてくるぐらいだ。

「……じゃあ、その方向で進めますわね」

「何やら閃《ひらめ》いたようだが、碌《ろく》なことではなさそうだな」

なんて、碌でもないことの発起人に言われても、何の説得力もないのだった。

8

――と、そんな流れを汲《く》んで、スバルたちは魔都の中枢、ヨルナ・ミシグレの居城である『紅瑠璃城《こうるりじょう》』へと乗り込んでいた。

アベルの要望通り、城に上がった方法は彼の名前を出さない形だ。

少々変則的なやり口ではあったが、門兵同様にさしたる警戒心を見せない城の兵士たちは、あっさりとスバルたちの話を上に通し、待合室に入れてくれた。

そのため、スバルたちは広い待合室で、関係者の声がかかるのを待っている。

城の雰囲気はどこか日本の城を思わせ、待たされる広間に見張りの姿はない。とんとん拍子に進む話に、スバルはしめしめと思うよりもセキュリティ面に不安を覚えていた。

「もちろん、都合はよいのですが……この調子で訪問者を城に入れていたら、いくら一将と言えど暗殺され放題ではありませんの？」

「実際、オレらも武器取り上げられてねぇしな。まさかのノーチェックで入口通されたときはオレの方が慌てちまったぜ」

「そりゃ、あたしたち暴れるつもりとかないもん。アルちんったら変なの！」

寛大というより、ただただ無防備な相手の対応にスバルとアルは呆《あき》れる。が、そんな二人こそ考えすぎだと、大人しく横座りしているミディアムが大声で笑った。

使者として紅瑠璃《こうるり》城に上がったのは、スバルとアル、それとミディアムの三人。残りのアベルとタリッタ、そしてルイは宿での待機組だ。

名目上、護衛として残ったタリッタだが、アベルとルイという手のかかる二人を預けられた点を踏まえると、その実態は子守りといった方が適切だろう。

「せめて、タリッタさんの心労に報いなくては……そのための作戦ですし」

「ナツミちゃん、すごい大胆だよね！　あたしもアルちんも驚いちゃったもん」

「ああ、アルちんビックリしちまったぜ」

いけしゃあしゃあとミディアムに便乗するアル、彼の態度に思うところはありつつも、スバルは「でしょう？」と少しばかり鼻高々だ。

使者としてアベルの手紙を届ける役目を仰せつかりながら、しかしアベルの名前を出してはいけないと言われ、困り果てたスバルは光明を得た。

実際、その思いつきが前向きに働いたからこそ、こうして入城が許されたのだろう。

「攻略のヒントは、『アベルムカつく』ですわ」

「あはは、ナツミちゃん、アベルちんに噛《か》みつくよね～。すごいと思う」

「すごい？　わたくしが？　アベルの性格の悪さが？」

「どっちも！」

「ミディアムちゃんもいい度胸してるぜ」

元気よく手を上げ、ミディアムがスバルとアベルの関係性に言及する。

スバルとアベル、両者の関係は水と油とまではいかないものの、お互いに同じ方向に歩くしかないから、肩をぶつけ合いながら進んでいるというものだ。

近い関係性で言えば、以前のスバルとユリウスのそれと言えるだろう。

ただ、プレアデス監視塔のことも含め、スバルはユリウスには信を置いている。――絶対に本人には言わないし、態度に出すつもりもないが。

「でも、それも簡単な話ではありませんのよ」

端的に言えば、わだかまりが薄れ、打ち解けたと言えるのだろう。

しかし、それも長い道のりを経て、相応の山と谷を乗り越えた結果のことだ。

人間関係の改善とは簡単なものではない。

少なくとも、それを良くしようと互いが思わない限り、荒れた道は平らにならない。

片方が均《なら》そうとしても、片方が踏み荒らす限り、決して。

「――お待たせしました。使者の皆様、こちらへ」

そんな苦い感傷は、待合室に現れた案内役の言葉によって中断された。

その頭に大きな鹿の角を生やした鹿人の少女は、頭部の角以外は概《おおむ》ね人間の特徴を残した半獣人だ。年齢は十代半ばほどで、派手すぎないキモノに袖を通している。

静々と先導する少女の姿は、スバルの知識にある何か似たものを想起させるのだが、それが何なのか具体的に思い出せないまま、三人は城の最上層へ案内されていた。

「まるで天守閣……」

接見の場として通された広間を見て、スバルは感慨深く呟《つぶや》いた。

広く、外へ開かれた階層や部屋の造り、それはやはりスバルの知る古風な日本の城郭と似たテイストがある。天守閣まであるのだ。感動もする。

「こちらにてお待ちを。――ヨルナ様はすぐにいらっしゃいます」

「ええ、ありがとうございます。……あら？」

案内役の少女に礼を言って、我に返ったスバルは首を傾《かし》げた。

その原因は、天守閣の広間にいるスバルたち以外の先客の存在だ。それが城主のヨルナでないことは、部屋の最奥に置かれた座椅子が空いていることからも明らかで。

「あちらの方々は……」

「皆様と同じく、ヨルナ様との接見を求められた方々です。ヨルナ様は気紛《きまぐ》れな方でいらっしゃいますから、一度にお相手すると」

「ええ……」

淡々とした少女の言葉に、スバルは小さく呻《うめ》いてしまう。

傍若無人《ぼうじゃくぶじん》というか、横紙破りもいいところの発想だ。ヨルナはよくても、鉢合わせた側はすごく気まずい。相手方も、聞かれたくない話だってあるだろうに。

「それ言い出すと、オレらもまさにそれだわな、ナツミちゃん」

「……そう呼ばれると、わたくしの方もサブイボですわね」

こちらの内心を察したアルにそう応じて、スバルは懐の手紙を意識する。

親書の詳細は不明だが、間違いなく、玉座を追われたアベルが帝位奪還の協力をヨルナに求める内容のはずだ。手紙を読みさえすれば悪くはされないと聞いているが。

「それで、どうするの？」

案内役の少女が下がり、取り残された三人の中でミディアムが首をひねる。

イレギュラーな事態に置かれても、ミディアムの態度は堂々としたものだ。明るく奔放だが、聞き分けがいい。きっと、フロップとの役割分担が明快だからだ。

そんな彼女の素直な問いを受け、スバルは目元を揉《も》み、広間に足を踏み入れる。

「一応、手紙をお渡しする前に人払いをお願いしてみましょう。断られるかもしれませんが、事が事ですもの。言うだけ損はありませんわ」

「姫さんなら、気に入らんって首刎《は》ねられる可能性もあるぜ？」

「そんな実例、さすがに止めてくださいましよ……」

極端な事例を出されると、同じく極端な相手だろうヨルナへの警戒が上がってしまう。

連れの裏切りに不安を覚えつつ、スバルはわずかに緊張した顔を広間に向けた。

天守閣の大広間は、畳敷きでないことを除けば、時代劇などで城主が家臣たちと評定や軍議を行う座敷に似た印象がある。

使者が下座で待たされ、城主が上座に現れるのを待つのも同じだ。

「なるべく、こっちにいましょうか」

広間を進んだスバルは、先客と少し離れて横並びになる位置に腰を落ち着ける。

相手の前や後ろに控えるのも妙な気がしたのと、時代劇で家臣同士が城主と対面するとき、不思議とこうして並ぶイメージがあったからだ。

これが使者のマナーとして一般的な自信はなかったが。

「――――」

大人しくその場に腰を下ろし、スバルはそれとなく先客の様子を窺《うかが》う。

相手は四人、こちらと同じように装備は身につけた状態だ。一人、他の三人より前に出ているものがいて、それがおそらく彼らの代表だろう。

残りの三人はその人物の護衛、といったところか。

「……何となく、向こうも聞かせたくない話がありそうな」

ますます、客人を一緒くたにするヨルナの考えに賛同しづらい絵面だ。

そのまま不作法とは思いつつも、スバルは護衛に守られる彼らの代表、先頭にいる人物へと注意を向けた。いったい、彼らはヨルナに何の話があるのかと――、

「――っ」

瞬間、スバルは衝撃に喉を詰まらせ、頰《ほお》や首が完全に引きつった。

声にならない声が漏れ、とっさの反応で顔を伏せる。その音を聞きつけ、ちらと件《くだん》の人物の視線がこちらを向く。しかし、顔を伏せ、正面の上座へと体を向けたスバルを見ると、さしたる興味もないのか視線が外れ、その注意も散逸した。

それを感じ取り、スバルは心の臓の爆発的な拍動に静かに息を吐く。

そのスバルの様子を見て、後ろのアルとミディアムは妙に思ったようだが、じきに二人もスバルが味わったものと同じ衝撃を味わうことになるだろう。

何故《なぜ》なら――、

「……冗談じゃ、ありませんわよ」

苦々しくこぼしたスバル、そのほんの五メートルほど横でヨルナ・ミシグレの登場を待ち受けている先客――、

――それは、この場にいるはずのないアベルと同じ顔をした男だった。

第五章『八年越しの褒美』

1

——魔都カオスフレームの中央にそびえる『紅瑠璃城《こうるりじょう》』。

無秩序の上に混沌《こんとん》を塗り固めた、およそ統一感のないウェディングケーキのような街並み——素材も様式も異なる梁《はり》や足場が張り巡らされ、ある種の芸術的センスがなければ理解のできない魔都の中、その赤と青が交互に煌《きら》めく城は異彩を放っている。

そもそも、瑠璃とは本来青色であり、それに紅色を冠するのは矛盾の一言だ。だが、紅瑠璃城の外観を見れば、その名称が的確だと誰もが納得する。

城の土台や骨子にふんだんに使われているのは、文字通りの瑠璃色の石だ。

深みのある青い光沢を放つ宝石、その内側ではゆっくりと水の中に落とした血の雫《しずく》のように赤が渦巻いており、時折、青いはずの瑠璃が血のように赤い色を纏《まと》う。

一定の色合いであろうとしない、移り気な色を纏った混沌の城。

それが魔都の支配者たるヨルナ・ミシグレの居城、紅瑠璃城なのであった。

「――――」


その紅瑠璃城の天守閣で、待ち望んだヨルナとの接見を目前にスバルは硬直する。

背中をいやに冷たい汗が濡《ぬ》らしていくが、その原因は天守閣の先客――スバルたちと同じく、ヨルナの登場を待っている一団の代表の存在だった。

背後に護衛を従え、悠然と構えるのは見知った黒髪の魔貌《まぼう》。しかし、鬼面に隠されたはずの素顔を露《あら》わにした男と、ここで出くわすなんてことはありえない。

すなわち、そこで堂々と佇《たたず》む男は――、

「あれ、アベルちん？　なんでここに……もがっ」

「おっと、大丈夫かよ、ミディアムちゃん。アルちんならここにいるぜ」

衝撃に固まったスバルの後ろで、危うい一幕が慌てて幕を閉じた。

先客に見慣れた顔を発見し、声をかけようとしたミディアムの口をアルが塞いだのだ。

当然、相手の護衛に不審な目で見られたが、スバルは愛想笑いでそれを受け流す。

そして――、

「アル、ナイスフォローでしたわ」

「ああ、オレも神がかり的な反応だったと自分で褒めてぇとこだわ。……しかし、こいつはちょっとサプライズが効きすぎてんじゃねぇの？」

「……ええ。わたくしも、そう思いますわ」

ミディアムを引っ込めたアルの傍《かたわ》ら、スバルも深刻な顔で頷《うなず》く。

思いがけない相手とのバッティング——それも、考え得る限り最悪の衝突だ。

アベルと同じ姿形を取り、彼の影武者を務める人物。事前に聞いていた話が事実なら、そこに佇《たたず》む偽の皇帝も『九神将』の一人のはずだ。

「結果的に、アベルがいなくて正解でしたわね」

「ああ。危うく、いきなり真のヴォラキア皇帝決定戦が始まるとこだった」

「もしかしたら、それも手かもしれませんが……」

ちらと、アベル顔の男に付き従う護衛を見やり、誘惑に駆られるスバル。

魔都にどれだけ兵を潜ませているかは不明だが、少なくとも、この場にいる彼の手勢はたったの三人——帝都では数万の兵に守られる偽物、その仮面を剥《は》ぐ絶好の機会ではと。

「ちょっと一当たりして確かめてみるか？」

「……いえ、早計でしょうね。簡単にコンティニューできるならそれも手ですが、取り返しのつかない展開の方が怖いですもの。早まった真似《まね》はしないように」

「へいへい」

どこまで本気だったのやら、提案を却下されるアルは気にした風もない。

アルの意見は比較的却下される傾向にあるが、それは彼が先んじて、スバルの思いつきそうな早まった意見を出し、冷静に見定める時間を作ってくれるからだ。

おかげで思考の寄り道が減って、真っ当な選択肢の精査に時間を割ける。

少なくとも、現状は偽皇帝一行の不興を買わず、この場をやり過ごす方法を模索すべきだろう。あとは、相手方の来訪の目的も特定したい。

何故《なぜ》、このタイミングでカオスフレームに姿を見せたのか。

それも、実情は異なるとはいえ、皇帝自らが足を運ぶような形で。

「ねえねえ、あのさあのさ」

と、そこでぐいっとミディアムがスバルとアルの間に割って入る。

いきなり口を塞がれ、説明なしにひそひそ話をされていた彼女は、スバルたちに合わせるように声を潜めながら、その丸い瞳で偽皇帝一行を眺め、

「あたしまだよくわかってないんだけど……あのアベルちん、あたしたちの知ってるアベルちんとは別人ってこと？」

「お、そうそう、それで間違いねぇ。なんせ、本物は下町の宿でふんぞり返りながらオレらの帰りを待ってるはずだろ？　だもんで、オレらも大弱りで……」

「だったらマズくない？　だって、ナツミちゃんがさ」

「わたくし？　わたくしが何を……ぁ」

わからないとは言いつつも、問題の本質は理解しているミディアムの指摘。その指摘を受け、眉を顰《ひそ》めたスバルはすぐに彼女の懸念に思い至った。

偽皇帝一行の登場と合わせ、ミディアムに言われる前にスバルやアルが気付いていなくてはならなかった大問題の発生。それが――、

「――ヨルナ・ミシグレ様、いらっしゃいます」

しかし無情にも、話し合う余地なく案内役の鹿人の少女が戻ってくる。

彼女は大きな角の生えた頭を深々と下げて、スバルたちと偽皇帝一行にお辞儀をしてから、大広間の前方にある扉を開き、「どうぞ」と声をかけた。

そうして、ゆっくりと室内に足を踏み入れる人影。その人物の姿を目の当たりにしたスバルは、自分が鹿人の少女に抱いた印象の言語化に成功する。

スバルが鹿人の少女に抱いた印象、それは『禿《かむろ》』に似ているというものだ。

禿とは古い時代、日本の遊郭などで働いていた遊女見習いの少女のことで、華やかな花街で遊女の身の回りを世話しながら、礼儀作法や芸事を学んでいた子らのこと。

意外と洒落《しゃれ》たキモノの着こなしや髪飾りが、スバルにそう思わせたのだろう。

何よりも、明快な理由は当の少女を引き連れた人物――、

「――――」

スバルが『禿』の言語化に成功した理由は、まさしく姿を見せた人物にあった。

呼吸を忘れ、目を見開いて相手に見入るのは、人間が美しいものや圧倒的なもの、そうしたものに心を蝕《むしば》まれ、意識を支配されたが故の本能的な反応だ。

「――今日は、ずいぶんとお客人が多いでありんすなぁ」

言いながら、その切れ長な青い瞳をすっと細めるのは背の高い女性だ。

細身の長身を花柄をあしらった鮮やかなキモノに包み、毛先にゆくにつれて徐々に白から橙色《だいだいいろ》へ色濃く発色する髪を丁寧に美しく結い上げている。

その髪を飾るのは動物の骨や角を加工して作られた簪《かんざし》で、それ以外にも牙や鱗《うろこ》を素材とした髪飾りの数々が、見るものの目を楽しませる役割を果たしていた。

だが、それらはあくまで装飾品であり、人の手で作られた美の形でしかない。

真にその魅力を発揮するには、飾られる人物、その中身の質が重要だ。

そしてその要素において、キモノを纏《まと》った人物の質は問われるまでもないものだった。


「――――」


細い体をしなやかに動かし、ゆったりと歩を進めるのは目を見張る美貌《びぼう》だ。

どこかけだるげな雰囲気を纏いながらも洗練された仕草、見られることを計算し尽くして思える動作の数々は、およそ人目を惹《ひ》くという行為の最適解。

しゃなりしゃなりとした足取りの印象をより際立たせるのが、その細身には大きすぎるように見える狐《きつね》の尾――それも、豊かな毛並みのものが九本。

結い上げた髪と簪、髪飾りの中にピンと持ち上がる獣耳も相まって、それがキモノを纏った美しい狐人の美女であるのだと、情報が酒気のように脳に染み渡った。

「遠路はるばる、わっちの城にようこそおいでになりんした」

そう言って、広間の上座に用意された座椅子に座り、しなやかな長い足を投げ出した美女が肘置きに体重を預ける。そのまま彼女が手を伸ばせば、付き従う禿《かむろ》が白い指に握らせたのは、金に塗られた上等な煙管《きせる》だった。

美女は握った煙管の先に火を落とすと、立ち上る紫煙を肺に入れ、嫣然《えんぜん》と微笑《ほほえ》む。

自らが上座に位置し、下座に迎えた客人――ヴォラキア皇帝を見下ろしながらだ。

「――――」

その堂々と絢爛《けんらん》たる姿と話し言葉、細い肩をあえて露出したキモノの着こなしは、引き連れた禿の存在と合わせ、スバルに『遊女』や『花魁《おいらん》』の単語を想起させた。

無論、スバルも遊郭や遊女の実物など見たことはない。あくまで時代劇などの古い時代を扱った作品で齧《かじ》った知識だが、それ以外に思い浮かばなかった。

――否《いな》、彼女を表する言葉が他にないは言いすぎだ。

この場においては紛《まぎ》れもなく、彼女を表す言葉が他にある。美女なのも遊女風であることも事実だが、それ以前に彼女は『九神将』の『漆《しち》』の座にある――、

「――ヨルナ・ミシグレ」

現れた美女――ヨルナ・ミシグレが名を呼ばれ、自分を呼んだ男を見る。

板張りの床の上、ヨルナの青い瞳を見返すのは偽物の皇帝――アベルと差別化するために、あえてヴィンセントと呼ばせてもらうが、彼だった。

「当たり前ですが、同じ声……」

発されたのは一言だが、それは寸分違《たが》わずアベルと同じ声色だった。

どうやら似せているのは姿形だけではなく、その声色もであるらしい。もっとも、姿を写し取る以上、声も寄せるのは当然のことと、さしたる驚きもない。

それよりも、事態が動き始める予感に、気にすべきはその先だ。

「……いったい、何の目的で」

魔都へきたのか、というのが目下、ヴィンセント一行の読めない点だ。

彼らとの遭遇とヨルナの登場、それらへの反応が優先したが、ヴィンセント来訪の目的――謀反《むほん》を繰り返す『九神将』の下に、何の目的でやってきたのか。

本物の皇帝を演じる必要がある以上、そこには何らかの正当性があるはずだ。そしてヨルナもまた、関係が悪いはずの皇帝を何故《なにゆえ》に城に迎えたのか。

ヨルナの立場で断ることはできないと、そう言ってしまえばそこまでなのだが。

「これはこれは閣下、お久しぶりでござりんす」

考えあぐねるスバルの前、ヨルナが目尻を下げた笑みを浮かべ、煙管《きせる》を口に含んだ。そうして紫煙を吐き出しながら、無礼千万に片目をつむり、

「こうしてご尊顔を拝する栄誉に給《たま》われて光栄でありんす。いくらお誘い差し上げても、魔都へきてくださらのうござりんしたのに」

「誘いだと？」

姿勢と紫煙、二つの不敬には触れず、ヴィンセントが不愉快げに眉を顰《ひそ》める。

彼はその細い腕を組むと、思案するように肘を指で叩《たた》きながら、

「貴様の誘いとは、たびたび余に対して兵を挙げたことか？　だとしたら、余の返答は目に見える形で返したであろう」

「ええ、確かに。でありんすが、わっちの首はこうしてまだ胴と繋《つな》がっておりんす。それ

に今日は、あの厄介な小僧を連れてござりんせんようでありんすから」

「――――」

「よもや、わっちの想《おも》いが届いたのではありんせんかと、胸を躍らせている次第でありんす。どうぞ、許しておくんなんし」

小さく喉を鳴らし、「くふ」と笑ってみせるヨルナ。そんな彼女の蠱惑的《こわくてき》な声色と微笑《ほほえ》みに、しかしヴィンセントは表情を小揺るぎもさせない。

そのヴィンセントの偽皇帝としての完成度には目を見張るが、一方でヨルナの態度――ヴィンセントに向ける眼差《まなざ》しや言葉、それらが孕《はら》んだ熱情が気になった。

ほんの短いやり取りだが、二人のそれはスバルの目には――、

「まさかあの姉ちゃん、アベルちゃんの気が引きたくて謀反しててんじゃねぇよな？」

「……違っていてほしい、ですわね」

スバルと同じ推測に至ったらしいアル、彼の言葉にスバルは奥歯を噛《か》む。

帝国の最高戦力、その一人が私情で軍を動かす人間であってほしくないのと、あの人を人とも思わないアベルに好意を抱いている人間がいると考えにくいこと。

それらがスバルの頬《ほお》を強張《こわば》らせた主な理由だが、もっと切実なものがある。

それがミディアムに指摘されたマズいこと――『アベルムカつく』をスローガンに掲げ、ヨルナの気を引こうとしたスバルたちの訪問理由だった。

スバルたちの嫌な想像が当たった場合、それはヨルナにとっては面白くない話だったは

ずだ。にも拘《かかわ》らず、彼女はスバルたちを城へ上げた。

それも、他ならぬヴィンセント一行と同席させる形でだ。

「ヨルナ一将、その姿勢はいくら何でも不敬ではないか。貴公は何を考えている」

「うん？」

不明瞭な状況を危ぶむスバルたちを余所《よそ》に、偽皇帝組の会話は進んでいる。

無言のヴィンセントに代わり、ヨルナの眉を上げさせたのは、ヴィンセントの護衛と思《おぼ》しき黄緑色の髪をした人物だ。逆立った短い髪の一部を触覚のように長く伸ばした男で、年齢はヴィンセントと同じくらいか、やや上といったところだろうか。

黒い軽鎧《けいがい》の上に砂色のマントを羽織っており、針金のような鋭い印象を面貌《めんぼう》や体格から抱かせる男は、その刺々《とげとげ》しい眼光で糾弾するようにヨルナを睨《にら》みつけていた。

「閣下にお付きの主さんは……」

「カフマ・イルルクスだ。このたび、閣下に随行を命じられた。役割は護衛と弁《わきま》えているつもりだったが……貴公の態度は目に余るぞ」

「わっちの態度、でありんすか？　それはいずこの話でござりんす？」

「全てだ！」

悠長に聞こえるヨルナの言葉、それにカフマと名乗った男が激昂《げきこう》する。

彼はヨルナを睨みつけたまま、事態を静観するスバルたちを手で示して、

「そもそも、何故《なぜ》他のものをこの場に同席させる！　ここは貴公の城ではあるが、同時に

帝国の一領土……そんなことも失念したか！」

「そんなはずがありんせん。ちゃんと、わっちは閣下のものでありんす」

「そんな話はしていない！　そこの、貴公らも貴公らであるぞ！」

「うえ!?　わたくしたち!?」

カフマの怒りの矛先を向けられ、スバルは動揺する。できればこのまま いないものとして扱ってほしかったのだが、それが無理ならばとその顔色を窺《うかが》い、

「あの、わたくしたちはお邪魔ですかしら？　でしたら、日を改めて……」

「それは困りんす。わっちの一日の時間は限られておりんすから、今日を逃せば次がいつになるやらわかりんせん」

「引き止めるな！　彼女たちも気まずい思いを味わっているだろう！」

「ええ、ええ、まさにですわね」

何故かスバルたちを引き止めようとするヨルナに対して、どういうわけかカフマと意見が一致する。偽皇帝に随行している以上、立場的にはカフマとは敵同士なのだが、この場では唯一の味方に思えるほど真っ当な発言だ。

しかし――、

「ヨルナ・ミシグレ、貴様、何を考えている？」

不意に、その空気を割ったのはヴィンセント・ヴォラキア――偽の皇帝その人だ。

彼が言葉を発すれば、気勢を上げていたカフマも即座に引き下がる。聞き慣れた声と見

慣れた顔にも拘《かかわ》らず、スバルも内臓が縮む思いを味わった。

偽物とそうわかっているにも拘らず、その威圧感は本物だ。

「答えよ。貴様は何を考えている？」

そうして従僕と招かれざる同席者を黙らせ、ヴィンセントはヨルナに再び問う。

その問いかけと覇気を受け、ヨルナは微《かす》かに目を細めた。そっと口元に煙管《きせる》を運び、たなびく紫煙を肺に入れ、甘い息を吐きながら答えをもったいぶる。

「もちろん、わっちは常に閣下を……ヴォラキア皇帝閣下を想《おも》っておりんす」

「――――」

「くふ。冷たい目をしなりんす。でも、あちらのお客人方は下げない方が、きっと閣下にもお喜びいただけるでありんすよ？」

確信めいた態度で小さく笑い、ヨルナがスバルたちを顎《あご》でしゃくる。

そこで初めて、ヴィンセントの意識がスバルたちに興味を向けた。先のやり取りに、ヨルナの気紛《きまぐ》れ以外の理由があると判断したのだろう。

そのマズい流れを断ち切るべく、スバルは叱責覚悟で「おほん」と咳払《せきばら》いし、

「申し訳ありませんが、改めましてご提案を。わたくしたちは場違いなようですし、聞くべきでないお話もあるご様子。ここは一度、下がらせていただいて……」

「それはそれは、何とも弱気なことでありんすなぁ」

腰を折り、丁重にこの場を辞そうとするスバルの言葉が遮られる。

一瞬、紫煙に隠されるヨルナの眼差《まなざ》し、それが稚気《ちき》の光を宿すのを見て、スバルは「あ」と己の失策を悟った。

とんぼ返りするなら、先客の顔を見た時点で決断しておくべきだったのだと。

それを見誤ったから、こうして後悔する羽目になる。

何故《なぜ》なら——、

「タンザから聞いたでありんすよ。……主さんら、恐れ多くも皇帝閣下の敵になるために、わっちを誘いにきたんでありんしょう？」

と、こちらの思惑の全てをぶちまけられてしまったのだから。

2

——『アベルムカつく』。

そのスローガンこそが、『極彩色』ヨルナ・ミシグレの攻略法とスバルは考えた。

なにせ、これまでもたびたび謀反《むほん》を繰り返したとされ、あの人格者であるズィクルにまで壊滅的な人間性の持ち主との烙印《らくいん》を押された人物なのだ。

その彼女との接見を求めるにあたり、スバルが推し出した方針が『現ヴォラキア皇帝に反旗を翻すべく、相応の権力者が内々に話をしたがっている』というものだった。

スバルたち三人は、その権力者の親書を携えて紅瑠璃《こうるり》城を訪れたという設定である。

正直なところ、嘘《うそ》は一つもついていない。

『現ヴォラキア皇帝』とは、アベルを追い出し、その名前と立場を掠《かす》め取《と》った相手に他ならない。内々に話をしたがっている『相応の権力者』も、本来ならば玉座に座っている立場の本物の皇帝なのだから、こちらの言に偽りなしだ。

あくまで、スバルたちの目的はアベルからの手紙を受け取らせること。そのために必要ならば、嘘八百でも八千でも並べ立てようというものだ。

『これが、ナツミ・シュバルツの計略というものですわ——!!』

と、その神算鬼謀《しんさんきぼう》ぶりにアルやミディアムの喝采を浴びたものだった。

しかし——、

「——閣下への反乱分子、だと？」

ヨルナに語った方便が暴露され、広間の空気が冷え込んでいく。

冷気と錯覚するほどの敵意をみなぎらせるのは、先ほどからこの場で最も熱くなっていたカフマであり、彼の視線の険しさにスバルは撤退は不可能になったと悟った。

——策士策に溺れると、この言葉をこれほど実感したことはない。

「でも、間の悪さと情報共有不足は、どちらもアベルのせいではありませんの……？」

「その口を閉じていろ。——ヨルナ一将」

不条理な苦境に追い込まれ、アベルを呪うスバルをカフマが黙らせる。そのまま、彼は

険しい視線を前方のヨルナへ突き刺すと、

「貴公はわかっていて、閣下とこのものらを同席させたのか？　答えていただきたい！」

声を張り上げるカフマ、彼の怒りは緊張を強めるスバルたちではなく、このバッティングする状況を作り出したヨルナへと向いている。

それは責任の所在がヨルナにあるから、ではない。

もっと単純な話、スバルたちを脅威とみなしていないことの表れだろう。

実際、勇んで立ち上がったカフマの纏《まと》う空気は、彼が皇帝の随行を命じられる実力者であることを疑わせない、確かな強者としての凄《すご》みがあった。

「当事者なのに蚊帳の外、ってか？　いいんだか悪《わり》ぃんだか……」

アルが小さくぼやく通り、スバルたちを余所《よそ》に緊迫のやり取りは続く。カフマに問い詰められるヨルナは煙管《きせる》に口を付け、「はて」と紫煙を吐き出した。

「わかっていて、とはどういう意味でござりんす？」

「白々しいことを……！　閣下に幾度も進言した通り、やはり貴公は危険だ」

「わかり切ったことを言いなんすなぁ。わっちの重ねた狼藉《ろうぜき》の数々……まさか、主さんはご存《ぞん》知《じ》のうござりんしたか？」

「――ッ」

挑発としか思えないヨルナの態度に、カフマの額に青筋が浮かんだ。

妙な話だが、やり取りを見る限り、スバルの心情もカフマ寄りだ。前評判からある程度の覚悟はしていたつもりだったが、ヨルナの性格は予想を上回る悪質さだった。

ただ、単に反乱分子であるスバルたちを、たまたま足を運んでいたヴィンセントたちに差し出そうという目論見《もくろみ》でもないらしい。

皇帝に反逆者を献上するという場面にしては、空気が張り詰めすぎている。

何より――、

「――相変わらず、反吐《へど》の出る悪趣味よな」

と、ヨルナの趣向を切って捨てる、ヴィンセントの一声が放たれたのだ。

そのヴィンセントの冷たい言葉に、ヨルナは形のいい眉をわずかに上げて、

「あや、閣下のお気には召さのうござりんしたか？」

「たわけ。一方的に過ぎれば、それは兎《うさぎ》を犬に狩らせるのと同じこと。ただの残虐を遊興とするほど、余も帝国に飽いてはいない」

淡々と、しかし確かな威圧の込められたヴィンセントの発言。

それを涼やかに受け止めながら、ヨルナは結った髪の隙間で狐《きつね》の耳を震わせる。それが如何《いか》なる感情の発露なのか、スバルには窺《うかが》い知《し》れない。

だが、窺い知れないのはヴィンセントの心中も同じことだ。

面と向かい、反乱分子と突き合わされるヴィンセント――眼前の相手が偽物の皇帝とわかっているだけに、その心中は本物の考えを想像する以上に難しい。

追い落としたからには、偽物もアベルを悪《あ》しく思っているのだろうが――、

「――貴様」

「――っ！」

不躾《ぶしつけ》に胸中を探られたヴィンセント、その黒瞳がスバルを真《ま》っ直《す》ぐに射抜く。

途端、目を逸《そ》らすことも禁じられ、スバルは準備不足のままに大敵と見つめ合った。

どう誂《あつら》えたのか、本物と瓜二《うりふた》つの作り物の顔。

真贋《しんがん》どちらも共通して、その鋭い黒瞳がこちらの全てを見透かそうとしてくる。

それがどうにも、スバルの胸中をむず痒《がゆ》くして――、

「何か、余に言いたいことがあるなら言ってみるがいい」

「……腹の立つ目ですわね」

「な……!?」

「あ！　いえ、違います！　違いますわよ！　今のは思わず勢いで！」

最高にタイミング悪く、偽皇帝の問いかけと憤懣《ふんまん》の漏洩《ろうえい》が重なった。

真正面からの皇帝への罵倒に、完全に予想外の顔でカフマが絶句する。その様子に慌ててスバルが手を振ると、当のヴィンセントは片目をつむって押し黙った。

驚いてはいるが、同時にスバルを値踏みするような眼差《まなざ》しだ。

バドハイム密林や、シュドラクの集落、それにグァラルの都市庁舎でも、本物のアベルがスバルに向けた視線――それと、同質のもので。

「ええと、とにかく、わたくしたちは……」

背後、アルとミディアムも固唾《の》を呑んで状況を見ている。

スバルの衝撃的な暴言に、二人も相当のプレッシャーを味わっているはずだ。広間の空気は冷え切り張り詰め、追加の失言一個で粉々に砕《くだ》け散るだろう。

そうなる前に、この場はヨルナに上げた意見は撤回、反乱分子などとんでもないと頭を下げ、場を白けさせる道化となってでも退散するのが得策ではないか。

そう割り切り、スバルは愛想笑いを浮かべようと口角を緩めて――、

――じっと、スバルを眺めているヨルナの視線に気付いた。

「――――」

煙管《きせる》に口を付けながら、ヨルナは無言でスバルの動向を見ている。

それは無関心とも、そうでないともつかない非常に曖昧な眼差《まなざ》しだ。立ち上る紫煙のように不確かなそれは、掴《つか》み取らんとしても消えゆく幻のようなもの。

その幻を確かにするにはここしかないと、スバルは分水嶺《ぶんすいれい》を直感した。

あの、スバルたちから興味を失う寸前の眼差しは、一度手放したものを再び取ろうと考えるほど酔狂ではない。ここで捨てた意見は二度と掬《すく》えない。

つまり、ヨルナ・ミシグレの協力は二度と得られなくなるということで。

それは、頼りない勝利への道を闇に閉ざすことと同義だった。

故に――、

「――心して答えよ。余に、何を告げるのかを」

「それは――」

ヴィンセントの問いかけに、一拍というには長すぎる時間をかけ、顔を上げる。

偽皇帝の目が細められ、その傍《かたわ》らのカフマも注意をスバルに向けた。背後ではアルとミディアムの緊張が膨らみ、ヨルナが口に含んだ紫煙を肺に留《とど》める。

それらの変化を視界の端に、スバルはヴィンセントを見据え、言った。

「ヨルナ様の仰《おつしや》る通りです。わたくしたちは、あなたへ宣戦布告いたしますわ」

そう、引いてはならない局面、譲ってはならない駒に縋《すが》り付《つ》くように。

グァラルで帰りを待ってくれているレムが、この場にいないアベルが、後ろで身構えるアルとミディアムが、スバルに判断を委ねてくれた。

その意味と重さを、ナツキ・スバルが勘違いし、投げ出さないために――。

「――」

真っ向から敵対を告げられ、ヴィンセントの黒瞳がわずかに揺れる。

それを見ながら、スバルは急速に舌が渇いていく感覚を味わった。当然だろう。目の前にいるのは、実権を失ったアベルと違い、この帝国を矛として使える皇帝なのだ。

現に、ヴィンセントが小さく手を上げて制止していなければ、先の暴言を聞いたカフマの激発によって、スバルの命は四散していたことだろう。

だが、そうはならなかった。ヴィンセントが、そうさせなかった。

「くふ……」

そのスバルとヴィンセントを上座から見下ろし、ヨルナが微《かす》かに喉を鳴らす。命懸けのスバ
含み笑いに口の端から煙が漏れて、肩を震わせる彼女は実に愉快そうだ。

ルの宣告に、少なくとも退屈しのぎの効果はあったらしい。

「何を笑う、ヨルナ・ミシグレ」

「まずは、お客人がその口先を引っ込めなかったことでござりんしょう。加えてこのお三方、もしかしたら閣下の身を危うくするやもと……どうなさりんす？」

「喰《く》えぬ女よ。余に従わぬことを信条とする貴様も、余の意はわかっていよう」

挑発的なヨルナの流し目に、ヴィンセントは表情を変えずに応じる。

そのまま、彼は改めてその黒瞳に敵意を告げたスバルを映して、

「ここは剣狼《けんろう》の国だ。この首を狙う気概があってこそ、真に帝国民と言えよう」

「……ずいぶんと、お優しいことですわね」

「ふん」と鼻を鳴らし、スバルの皮肉をヴィンセントは一笑に付した。

その対応も含めて、ヴィンセントの振る舞いは本物の完全なトレースだ。仮にこの場にアベルがいても、寸分違《たが》わず同じ対応をしただろうとそう思えるほどに。

「だが、貴様らに易々《やすやす》とくれてやれるほど、余の首の価値は安くない」

「――。では、わたくしたちをどうされるおつもりですの？」

「それが問題だな」

激発寸前のカフマを制し、皇帝に真っ向から叛意《はんい》を示したスバルたちを認める発言。し

かし続く言葉を引き取れば、敵対者に向ける冷たい眼差《まなざ》しに変化はない。

気概を買われても、危害を加えんとする輩《やから》に手心を加える理由はないだろう。

じりじりと、スバルとヴィンセントの黒瞳が交錯し、部屋の空気が焼け焦げる。

「あぁ、わっちも罪な女でありんす。こうして、男たちがわっちの身代欲しさに奪い合う姿を見せられると、何とも滾《たぎ》ってきなしんす」

「他人事《ひとごと》のように……第一、あちらは女性の方が多い。男たちとは的外れだ」

スバルとヴィンセントの睨《にら》み合《あ》いに、ひどく場違いな感想を漏らしたヨルナ。彼女は苛《いら》立《だ》ったカフマの指摘に、「くふ」と嘲るように喉を鳴らす。

その反応に、カフマはますます怒りを募らせた顔になり、

「閣下！　自分にお命じください！　あのものたちを……」

「──カフマよぉ、お前さん、あれじゃぜ。さっきからちょいちょいうるさすぎんじゃろ」

膠着《こうちゃく》状態に痺《しび》れを切らし、カフマはヴィンセントへの直訴を試みる。だが、その言葉を遮ったのはヴィンセントでもヨルナでもなく、別の人物だ。

それは、ヴィンセントが護衛として連れた三者の一人──、

「閣下が考えりゃ、大抵のことはワシらが考えるよりうまくまとまるんじゃぜ？　じゃってのに、ワシらがぴぃぴぃ言っとったらガチで邪魔じゃろ、ホントの話」

そう言ったのは、白く染まった髪と眉を長く伸ばした、皺《しわ》だらけの老人だった。

口調にも内容にも、面倒臭がる雰囲気を丹念に練り込んだ矮躯《わいく》の老人。見ればずいぶん

とインパクトのある風体で、何故《なぜ》今まで視界に入らなかったのかがわからない。

──否《いな》、視界には入っていた。ただ、意識に入っていなかっただけだ。

おそらくは、本当の意味で気配を消していたと、そういうことなのだろう。

「しかし、閣下の煩いを取り除くのも忠臣の務めでしょう、オルバルト翁《おう》！」

「自分で忠臣とか言い出すと、勝手な真似《まね》して粛清される奴《やつ》の前段階っぽく聞こえてこんか？　ワシ、嫌じゃぜ、前途ある若者の首とかえいって抉《えぐ》んの」

ゆるゆると首を横に振り、老人──オルバルトと呼ばれた人物が耳の穴をほじる。その仕草に如何《いか》なるプレッシャーを感じたのか、カフマが頬《ほお》を強張《こわば》らせた。

しかし、その反応は彼だけではない。スバルも、その名前に頬を強張らせていた。

「オルバルト、翁……」

「お？　ワシじゃけど、知っとる？　そこそこ有名人じゃし」

「……ええ、有名人のご自覚があるのでしたら、きっと」

唇が震え、紡いだ名前に当のオルバルトが反応する。

スバルの驚いた様子を見て、なおもその反応なら間違いない。オルバルトの名前を聞いたのはグァラルの都市庁舎、次いで魔都へ向かう旅の途中だ。

ここから先、スバルたちが帝国を攻略する上で、どうしても避けては通れない『九神将』、その一人がヨルナであり、そして──、

「『悪辣翁《あくらつおう》』オルバルト・ダンクルケン……！」

「それ、ワシあんまし好きじゃねえのよな。ほぼ悪口じゃろ。そんな性悪ジジイに見えっかよ。まぁ、直接聞かれたら見えるなんて言えんか。言えんわな、かかかっか！」

口を大きく開けて、歳《とし》の割には綺麗《きれい》に生《は》え揃《そろ》った白い歯を見せて老人が笑う。

だが、とてもスバルは笑う気になれない。——ヨルナと交渉するために魔都を訪れたのに、偽皇帝であるヴィンセントと遭遇した挙句、彼はオルバルトを連れていた。

これはつまり、すでにオルバルトも偽皇帝に与《くみ》しているということではないのか。

「アラキアとチシャ、それにオルバルト……」

序列の高いとされるものから狙い撃ちにする敵の戦略に、スバルは頭を抱えたくなる。

その上、先々の問題だけではなく、目の前の状況も加速度的に悪くなる。

カフマだけでも手に負えないところに、『九神将』のオルバルトまで加わるなど、ここまでの悪条件、揃えようと思っても揃えられるものでは——、

「——そこの爺《じい》さん、オレのこと覚えてたりする？」

「あんじゃって？」

緊迫感のみなぎる大広間で、その声は不意打ち気味にオルバルトの鼓膜を打った。

それをしたのは、身を乗り出してくるアルだ。その行動にスバルは目を剥《む》いて、

「急に何を……今、一挙手一投足が問われる状況ですわよ!?」

「その状況でまだナツミちゃん続けてる根性もすげぇが、オレだって考えなしってわけじゃねぇ。いや、考えてたわけじゃねぇが……なぁ、爺さん！　オレだよ、オレオレ！」

「そんなオレオレ詐欺みたいな……」

相手が老人だからといって、詐欺紛《まが》いの話術が通用すると考えるのは軽率だろう。

実際、そのアルの呼びかけに、オルバルトは「ん～？」と体を傾けて唸《うな》った。

「いやぁ、知らねえ変人じゃぜ、お前さん。ワシもジジイたぁいえ、そんな見た目の奴《やつ》がいたらなかなか忘れっちまわねえじゃろ。ワシとお前さん、本気で知り合い？」

「知り合いってほどじゃねぇかもしれねぇし、前会ったときは被《かぶ》り物《もの》はしてなかった。けど、腕はなかったし、ちょっと話もしたぜ」

「ワシと話した腕なしの……？」

「ああ、そうそう。――アラキア嬢ちゃんも、一緒だった」

わずかに声を低くして、アルが口にしたのはオルバルトと同じ『九神将』にして、スバルたちを散々掻《か》き回《まわ》してくれた恐るべき少女、アラキアの名前だった。

スバルには全く思い当たる余地もないアルの言葉、しかし、それを聞いた途端にオルバルトが眉をピンとさせ、「おおっ！」と声を弾ませた。

「お前、あれかよ！　アラキと一緒に島取り返した奴か！　言われてみりゃ、風体も似てるっちゃ似てるわな。かかかっか、まだ生きとったとはなぁ！」

「おお、生きてた生きてた。何とか星が巡ってくれてよ」

「で、何の因果か、閣下の敵に回るかよ。こりゃ、あんときにもっと閣下の評判よくなるように話し込んどくべきじゃったかもじゃぜ。ワシ、失敗失敗」

高笑いするオルバルトと、気安い調子で言葉を交わしているアル。

二人の共有する過去がわからず、スバルは目を白黒させるしかない。今、事態が好転しているのかいないのか、それさえも判断のつかない状況だ。

「――。オルバルト、貴様の知った顔か」

そんな疑問に終止符を打つように、ヴィンセントがオルバルトに問いかける。腕を組んだ偽皇帝の問いかけに、オルバルトは「おお、そうじゃぜ」と答え、

「二、三年前の、閣下が即位したばっかの頃、あちこちでいっぺんに反乱が起こったことがあったじゃろ？」

「オルバルト翁《おう》、閣下が即位されたのはもう八年前ですが……」

「あれ？　三年ぐらいじゃなかったっけか。やべえやべえ、ここ十年くらいのこと、ワシにとっちゃ最近って印象じゃから、ついやっちまったんじゃぜ」

「いいから続けよ。八年前、どうした」

いちいち話が横道に逸《そ》れるオルバルトを、ヴィンセントが軌道修正する。その修正に従い、オルバルトは「じゃからよ」とアルを指差した。

「そんとき、ギヌンハイブで起こった反乱……それを止めっちまったのが、そこの兜《かぶと》の奴《やつ》とアラキってわけじゃな」

「ほう」

オルバルトの話を聞いて、ヴィンセントの興味が初めてアルに向いた。

それが好悪、どちらに針が振れたのかはわかりづらいが、即座に無礼討ちには繋《つな》がらないような仕事ぶりではあったらしい。

その上で、アルは一歩、スバルと並ぶように前に出ると、

「恐れ多くも皇帝閣下、そこのオルバルトの爺《じい》さんはご存知《ぞんじ》だろうが……実は八年前、オレは閣下のお役に立ったはずで、まだその褒美をもらってねぇ」

「いらんって言ったの、あいつじゃったけどな」

「オルバルト、黙っていろ。――続けるがいい、道化」

「――その褒美を、今日もらいてぇなと」

静かに、広間の空気が凍り付くような音をスバルは錯覚した。

大胆不敵に、自分自身の功績の褒美を八年越しに要求するアル。そのふてぶてしさと運命的な巡り合わせは、確かに賭けるに値する。

スバルの宣戦布告を聞いて、即座の処断を命じなかった偽皇帝――ヴィンセントには、ヴォラキア皇帝として振る舞う理由と、その覚悟がある。

そして、アベルの言葉が事実なら、彼の信条には『信賞必罰』が含まれている。

ならば――、

「貴様、何を求める。余の首か？」

「くれって言ってもらえるんなら、まさしくオレが大金星って話だが、さすがにそいつは欲しいっていうのも勇気がいるぜ。だもんで……」

言いながら、アルがちらと首だけ振り向いてスバルの方を見た。その視線の意図を察して、スバルは懐から親書――この、紅瑠璃城《こうるりじょう》を訪れた理由を取り出す。

「こちらの親書をヨルナ様へお渡しするのがわたくしたちの目的。わたくしの連れの功に報いていただけるなら、どうぞそれをお許しください」

「親書か」

「わたくしたちの……主《あるじ》から、ヨルナ様への恋文です」

主と呼ぶのを躊躇《ためら》いながら、あとに続く言葉には内心で舌を出す。

恋文と聞いて、上座のヨルナが「くふ」と笑った。彼女の興味は引けたらしい。

そして、黒瞳を細めるヴィンセントも、ほんの数秒だけ思案して、

「八年越しではあるが、剣奴《けんど》孤島の一件、大儀であった」

「お……」

「欲するならば褒美はやろう。その親書とやら、ヨルナ・ミシグレに渡すがいい」

顎《あご》をしゃくり、ヴィンセントがヨルナを示す。

一瞬、ヴィンセントの発した言葉の意図を呑《の》み込むのに時間がかかった。だが、それがアルの賭けの勝利を意味すると気付くと、スバルたちは顔を見合わせる。

伸《の》るか反《そ》るかの大勝負、打って出たアルの判断は正しかったと――、

「――ただし」

「う？」

声を上げて喜び合う寸前、ヴィンセントが厳《おごそ》かな一声を発する。

振り向いたスバルたちに、偽皇帝はその黒瞳を色濃い闇に閉ざしながら、

「余が許すのは親書を渡すことのみだ。意味はわかるな?」

と、そう噛《か》み含めるように言った。

それを受け、スバルは目を見張ると、すぐに奥歯を噛んで振り返る。スバルの視線が向かうのは、にやにやと状況を眺めているヨルナだ。

彼女に親書を渡し、その返事をもらうのがスバルたちの目標だが。

「仮に親書をお渡しした場合、ヨルナ様のお返事はいついただけますでしょう?」

「そうでござりんすなぁ……」

スバルに問われ、ヨルナはしばし視線を虚空に迷わせる。

それから彼女は煙管《きせる》を逆さにし、傍付《そばづ》きの禿《かむろ》が用意した壺《つぼ》に灰を落として、

「わっちも女……恋文をもらってすぐ、逸《はや》るように封を開ける姿なんて見られたくのうござりんす。でありんすから……お客人方がわっちの城を出られてから、ゆっくりと目を通して、返事をしたためとうござりんす」

「——。城を出たら、読んでいただけるんですのね?」

「わっちもこの魔都の主、侍従もいる前で嘘《うそ》偽りは言わぬでありんす」

青い瞳に宿った光、それが誠意なのか稚気《ちき》なのか、彼女を知らないスバルにはおよそ判断のつくことではない。しかし、選べる手立てはもはやない。

例えば、仮にアルの褒美の内容を変更し、この城から無事に離れたいと言えば、おそらくはヴィンセントはそれも通してくれただろう。

しかし、その案は先と同じ、ヨルナと手を結ぶ可能性を絶つこととなる。

つまり――、

「アル、ミディアムさん」


覚悟を決め切る前に、スバルは同行する二人の名前を呼んだ。

これから起こることや為《な》すべきことには、二人の協力が必要不可欠。ならば行動を起こす前に、二人の了承を得るのが筋だ。

振り返ったスバル、その視線を向けられ、アルとミディアムはそれぞれ頷《うなず》くと、

「ま、兄弟に力貸すって言っちまったしな」

「あんちゃんからも頼まれてるからね！　ナツミちゃんをよろしくって！」


首をひねったアルと、力強い言葉をくれるミディアム。

二人の答えに勇気をもらい、スバルも二人に頷き返した。

それから、スバルはゆっくりと歩を進め、広間の前方――上座で肘置きに寄りかかり、煙管《きせる》をふかしているヨルナへと向かった。

その魔性の美貌《びぼう》を間近に、甘い香りの漂う中でスバルは親書を差し出す。


「どうぞ、わたくしたちの主《あるじ》からの親書です」

「ご苦労様でありんした。もっとも、ここからの方が大変でありんすよ」

「ええ、承知しておりますわ」

たおやかな指が親書を受け取り、笑みを含んだ言葉がスバルたちの今後を呪う。

しかし、スバルはその言葉に凛《りん》として応じ、振り向いた。

そして——、

「——皇帝陛下、恐れ多くもあなたの玉座、わたくしたちがいただきます」

と、そう真っ向から、先ほど以上に明快な宣戦布告を告げたのだった。

3

瞬間、起こった出来事は劇的だった。

「よくぞ吠《ほ》えたぞ、不届きものめらが——っ!!」

真《ま》っ直《す》ぐ、宣戦布告をした直後、カフマの瞳が見開かれる。

無礼千万、不敬の極みたるスバルの宣言を受け、カフマ・イルルクスは皇帝への忠誠を自らの力を以《もっ》て証明せんとした。

——結果、両腕を伸ばしたカフマの上着が爆《は》ぜ、無数の茨《いばら》がスバルへ殺到する。

深緑の色をした茨、それはのたくる蛇のようにスバルへと押し寄せ、圧倒的な質量がその視界を覆い尽くした。

逃げ場のない面制圧、一本一本がスバルの腕に匹敵する太さの針を備えた茨の蔓《つる》、それは獲物を絞り上げ、命を最後の一滴まで絞り尽くす致命の技だ。

まるでスバルの反応を許さない一撃、それは蛇が鼠《ねずみ》を丸呑《まるの》みするようにあっさりとその体を茨《いばら》の中へと取り込み——、

「——よく言ったぜ、兄弟」

茨に全身を貫《つらぬ》かれ、壮絶な痛みがくるのを覚悟した。

だが、身を硬くしたスバルを襲ったのは痛みではなく、後ろに引き倒されてついた尻餅の衝撃と、スバルの前に出て、茨を青龍刀《せいりゅうとう》で受けたアルの言葉だった。

スバルを背後に庇《かば》いながら、抜き放った身幅の厚い刃《やいば》で敵の攻撃を受け流したアル。全てを防ぎ切れたわけではなく、その肩や脇腹にはじくじくと血が滲《にじ》んでいる。

それでも、この圧倒的な質量からアルはスバルを守り抜いた。

「って、ミディアムさんは!?」

「うーあー！　危なかったーっ！　アルちんの言う通りにしなかったら死んでた！」

慌てて振り向いたスバルの真横、双剣を抜いたミディアムが大声で答える。

見れば、彼女は二振りの双剣を上下に構え、四方から迫ってきた茨の一部を斬り飛ばし、あるいは受け止め、踏み付け、防ぎ切っていた。

その確かな技量と、彼女が無事だった事実にスバルは安堵《あんど》の息をつく。が、安堵するのはまだ早い。なにせ、これはまだ第一波に過ぎず——、

「何とも、大げさな手品でござりんす」

「──っ」

身構えるスバルたちの背後、同じように茨の射程に含まれていただろうヨルナ。彼女は親書を受け取った姿勢のまま、その腕の中に禿《かむろ》を引き寄せ、紫煙を吐く。

彼女の周囲にも茨が迫った形跡があるが、それは狙いすましたように彼女を避け、茨はヨルナの周囲にだけ丸い壁があるかのように不自然にねじれていた。

それがカフマが意図的に曲げたのか、ヨルナが何かしたのかは推定不能だが──、

「お騒がせして失礼いたしました。わたくしたちは、お暇《いとま》させていただきますわ」

「気を付けてお帰りなんし。お三方が城を出損のうござりんしたら……」

「親書は読まれない。心得ています、わ」

重ねて噛《か》み砕《くだ》かれれば、いくら察しが悪かろうとヨルナの意図もわかる。ヴィンセントが、あえてはっきりとさせた此度《こたび》の勝負──、

「わたくしたちが城を出るまでの勝負。──アル、ミディアムさん！」

「おうさ！」「あいあい！」

「右へ──!!」

力強い返事があった直後、スバルが大声でそう吠《ほ》える。

それを聞いて即座に、同行者二人はスバルの判断を理解、三本の刃が振るわれる。

隻腕の青龍刀としなやかな双剣、それが猛然と茨を切り開いて、視界と進路の両方を塞いだ質量を吹き飛ばし、三人の姿が緑の外へと飛び出した。

「逃がすと思うか!!」

だが、踏み出して一歩、スバルの鼻先を掠《かす》めるのは親指ほどの太さの針だ。それはスバル
茨《いばら》とは異なるそれは、視界を掠めた一瞬では白い骨片のようにも見えた。それはスバル
を牽制《けんせい》したわけではなく、こめかみあたりを貫通するはずだった一撃だ。

とっさに、射出された針の進路にアルが刃《やいば》を差し入れなければ死んでいた。

「茨に針と、手品師ですの!?」

「ありゃ『虫籠族』だ！　体の中に入れた虫で攻撃してくんだよ！」

「本当、ビックリ人間の見本市ですわね！」

言っても仕方のない言い合いをしながら、スバルは姿勢を低く、アルとミディアムの援護を受けながら前進する。向かうのは広間の出口——ではない。

行儀よく順路に従っていては、カフマの猛攻で蜂の巣にされるのがオチだ。すなわち、スバルたちには大幅なショートカットが必要となる。

故に——、

「ミディアムさん！」

「おいさ！」

「頑張って!!」

「——頑張る!!」

声援を受けた瞬間、誇張抜きにミディアムの全身が弾み、勢いが増した。

彼女は長い髪をなびかせながら、両手に握った双剣を振り回し、複雑怪奇な軌道で押し寄せる茨を猛然と打ち払った。

無論、それにはミディアム自身の技量もある。だがそれに加えて、

「右膝！　うなじ！　エロい腰ぃ!!」

「う！　た！　どりゃあ！」

血を吐くようなアルの絶叫が、ミディアムに迫る危機の狙いを教える。ミディアムは瞬時にそれに対応し、当たる寸前で茨の棘《とげ》を防御、捌《さば》くのに成功する。

どこまで見えているのか、アラキア相手にも発揮されたアルの生存力の高さ。それは自分だけでなく、自分以外の相手にも発揮されるらしい。

その恩恵に与《あずか》り、ミディアムが広間の端へと到達。木製の柵を一振りで破壊し、跳ね上がる長い足が壁を吹き飛ばした。

眼下、地上までゆうに三十メートル以上はある天守の広間が開放され、視界一杯に広がる魔都の青空と、風がスバルたちを乱暴に出迎える。

一《いち》か八《ばち》か、どころの話ではないが――、

「――城の外へ出れば！」

ヨルナが親書に手を付ける。

この条件を呑《の》んだ以上、ヴィンセントたちもそこで手出しを止めるはず。おそらく、たぶん、そういう約束を明文化したわけではなかったかもしれない。

だが、他に信じられるものがない以上、それでいくのが唯一の目——、

「——ナツミちゃん！」

壁をぶち破ったミディアムに呼ばれ、スバルはなりふり構わず全力疾走。

うっかりスカートでこなくて大正解。危うく、死因が女装になりかねなかった。土壇場で顔を作ることも忘れ、スバルは床を踏み抜かんばかりに強く蹴った。

そしてミディアムに追いつき、彼女と一緒に壁から外へ——、

「悪《わり》ぃんじゃが、一応、ワシも仕事はせんといけねえわけじゃぜ」

「かふ……っ」

瞬間、スバルとミディアムの正面に降って湧く老人、彼の貫手《ぬきて》が二人の胸を突いた。

衝撃に打たれ、息が詰まる。『九神将』の一撃をまともに喰《く》らったと、スバルの意識がひび割れ、そのまま全部が砕《くだ》け散りそうになる。

しかし——、

「ナツミちゃん！　何ともないよ！」

「え!?」

すぐ横で大きな声に呼ばれ、スバルは手放しかけた意識を取り戻す。慌てて自分の胸を見下ろせば、オルバルトの貫手に打たれた被害は見られない。

血も出ていなければ、出血なしで心臓を抜き取られた形跡もなかった。

「いくよー、ナツミちゃん！　舌嚙《か》まないで、ね!!」

混乱に目を回すスバルの襟首を掴《つか》み、ミディアムは破った壁を大股で跨《また》ぐ。そのまま彼女は躊躇《ちゅうちょ》なく紅瑠璃《こうるり》城の外へ飛び出し――落下が始まった。

「う、きゃあああ――！」

甲高い悲鳴を上げながら、スバルはミディアムを抱き寄せ、自分の腰をまさぐった。そこから手に馴染《なじ》んだ感触を引き抜き、中空にありながら鞭《むち》を構える。

勝ち目を多く用意できたわけではなかったが、ヨルナの挑発やヴィンセントへの宣戦布告、加えてカフマとオルバルトとの攻防と、賭け事は連続した。

かろうじてその全部を拾ったのだから、最後の最後も拾えると信じるのみ――。

「とど、いてぇぇぇ!!」

ミディアムの細い腰を抱きながら、スバルは腕を振るって鞭を放った。その先端が伸びていくのは虚空ではなく、魔都の各所に伸びている足場の一本――都市のあちこちに蜘蛛《くも》の巣のように張り巡らされたそれが、紅瑠璃城の外壁にも届いている。

そこに鞭を引っかけ、そのまま城の敷地の外へ出る足掛かりとする。それが、広間の混乱の中で思いつけたスバルのなけなしの最善手だ。

「――っ！」

腕に引っかかる感触があり、スバルは渾身《こんしん》の力で鞭を手首に巻き付ける。これで握力が足らずとも、最悪、手首の骨が砕ける被害で体を支えられると。

あとは――、

「アルは……ぎゃんっ!?」

「悪《わり》ぃ！」

鞭《むち》がピンと張った瞬間、スバルの背中に猛烈に激突してくるアル。どうやら彼も、スバルたちと同じように城の外へ飛び出せたらしい。

空中で熱烈な合流を果たして、そのままスバルたち三人はしがみつき合ったまま、二百キロ以上の重量をスバルの腕一本に託してぶら下がった。

「ぐがあああああ――っ！」

腕と手首、肘と肩、右腕全体の悲鳴を本物の絶叫で肩代わりしながら、スバルたちの体が紅瑠璃《こうるり》城の外、梁《はり》の一本を支点に弧を描く。

そのまま、反動が収まるのを待って、一人ずつ鞭をよじ登って足場に上がるのがベスト。そこまでかかる時間と、右腕の壊死《えし》を比較しながらスバルは奥歯を噛《か》み――、

「「――あ」」

と、渾身《こんしん》の力を振り絞る瞬間、アルとミディアムの声が重なった。

それが何なのか確かめるより早く、スバルの右腕にかかる負担が消失する。――否《いな》、正確には負担が消えたのではなく、鞭をかけた足場がへし折られたのだ。

天守閣の破られた壁から伸びる茨《いばら》、その猛烈な質量によって。

「う、あああああ――っ!?」

悲鳴が尾を引きながら、もつれ合うスバルたち三人は宙を舞う。足場に鞭をかけた反動

そのままに、スバルたちの体は放物線を描いて飛んだ。

天守閣から飛び降りるのに比べればマシでも、それでも二十メートル以上もの高さから叩《たた》き落《お》とされれば、肉体的には常人のスバルとアルは助からない。

甲高い悲鳴を上げながら、どうにか打開策を探し求めるスバル。その脳裏にエミリアとベアトリス、レムの顔が次々と浮かんで――、

「――――」

――猛烈な音を立てながら屋根を突き破り、三人は城下の厩《うまや》、その干し草の上へともつれ合いながら飛び込んだのだった。

4

広間の壁に開いた大穴から外を眺め、憎々しげにカフマが唇を歪《ゆが》める。

眼下、風の吹き荒《すさ》ぶ中に粉塵《ふんじん》をまき散らし、まんまと広間から脱出した三人の姿が消えた建物へと目を凝らす。――逃亡者の姿は見えない。

「――――」

ひび割れた足場が音を立てて崩れるが、その破片が無礼な輩《やから》を潰してくれると期待するには、いささか距離がありすぎた。

だが――、

「逃がしてなるものか。何としても、閣下への不敬の報いを……」

「おいおい、そりゃねえじゃろ。連中、手持ちの札全部使って乗り切ってんじゃぜ？　それをこっちで蔑《ないがし》ろにしちゃ、筋が通らねえって話になるわな」

「オルバルト翁《おう》！」

逃亡者を追おうとした足を止められ、カフマが歯を軋《きし》らせながら振り返る。その視線を受け、矮躯《わいく》の老人は「おお、こわっ」と肩を竦《すく》ませた。

「そもそも、何故《なぜ》彼女らを見逃されたか！　翁であれば、彼女らを取り押さえることなど瞬く間にできたはず！」

「それ、お前さんの方にも跳ね返る意見じゃぜ？　あとワシもやたらと手を抜いたわけじゃねえわい。あの兜《かぶと》の若造、妙な手品を使いやがってよ」

「……若造、というほど若くはない印象でしたが」

「そこは置いとくんじゃぜ。大体、ワシから見たら大抵の奴《やつ》はよちよち歩きのガキんちょに見えんのよ、実際。お前が生まれたときからジジイじゃぜ、ワシ」

自分を指差し、皺《しわ》だらけの顔を笑みに歪めるオルバルト。その軽々とした態度にカフマは重ねて言及しようとしたが、それより早く「それと」とオルバルトが続け、

「お前さんは忘れとるかもじゃけど、ワシはほれ、そこの狐《きつね》娘の警戒もせんとじゃろ？いつ閣下に牙向けるかわかったもんじゃねえんじゃし」

「ヨルナ一将……確かに、自分が軽率でした」

「かかかっか！　わかりゃええわい」

　指摘され、カフマは頭に血が上った己を恥じるように項垂《うなだ》れる。そんな青年と老人のやり取りに、名指しで危険人物扱いされたヨルナが目元に手をやり、

「何とも世知辛い話でござりんす。わっちの如《ごと》きか弱い女を、まるで危ういケダモノのように仰《おっしゃ》るなんて……こんな辱め、わっちは受けたことがのうござりんす」

「どの口で……！」

泣き真似《なまね》をされておちょくられ、カフマの怒りがヨルナに向けられる。が、ヨルナはその視線に「くふ」と喉を鳴らすと、目元に触れる手をそっと下ろした。

そのまま彼女は煙管《きせる》を口元に運び、紫煙をたっぷりと肺に入れると、「ふー」と大きく煙を吐いた。――その煙が、ゆらゆらと揺れながら壁の大穴へ向かう。

そうしてたなびく紫煙が大穴へ届くと、そこに驚くべき変化を生んだ。

それは、まるで幻のように、壊された壁がゆっくりと修復していく光景だ。

崩壊した紅瑠璃《こうるり》城の壁、その大穴の開いた部位に使われた木材が蠢《うごめ》いて、生き物の傷が癒えるように直っていく。それは建物の修繕でありながら、無機質なものよりも生き物的な印象を与える、奇妙で得体の知れないものだった。

「これにてすっかり元通り……主さんも、機嫌を直してくださりなんせ」

「……これが、ヨルナ一将の」

「迂闊《うかつ》に魔都に手出しできぬ理由……もっとも、この女の危うさはそれに限った話ではな

いがな」

外壁の修繕を終えて、しなを作って微笑《ほほえ》むヨルナにカフマが息を呑《の》む。

彼の戦慄を補足したのは、先ほどの騒ぎの間も身じろぎもしなかったヴィンセントだ。

帝国の頂点たる男はちらと壁を一瞥《いちべつ》し、それからヨルナに焦点を合わせると、

「あれらは城の外に出た。余と、貴様の提示した条件を満たしたわけだ」

「で、ありんすな。そうとなれば、わっちらがその頑張りを反故《ほご》にするのはいささか外聞が悪うござりんす。閣下なら、わかっておくんなしんすね」

「――――」

「もちろん、わっちも閣下のお考えを尊重しとうござりんす。ですが、お忘れなく」

そう言って、黙したヴィンセントを見据えながら、最初から最後まで皇帝相手に崩した姿勢を正そうともしない魔都の主《あるじ》、ヨルナ・ミシグレが笑い、

「ここは魔都、わっちの都。――あの青い小僧の刀も、わっちには届かのうござりんす」

その宣言は、魔都の主としては適切でも、皇帝を相手に告げるのは不適切。

帝国の支配を遍《あまね》く敢行するヴォラキア皇帝に対して、たった一つの都市であろうと、自らの支配権の方が上であるかのような振る舞いは不敬どころの話ではない。

しかし、そのヨルナ・ミシグレの言葉は否定されない。

それは彼女の言の正負はともかく、事実であることを誰もが承知しているからだ。

この魔都カオスフレームで、ヨルナ・ミシグレは絶対の力を持っているのだと。

故に——、

「一晩、時間をやろう」

それをヴォラキア皇帝の敗北とみなすのであれば、そのものは彼《か》の皇帝の深謀遠慮を知らなすぎる。かといって、皇帝がその黒瞳の奥底に巡らせる謀《はかりごと》の数々は、たとえ皇帝の身近に侍《はべ》るものであろうと容易《ようい》に察せるものではない。

ただ、ヴィンセントの言に道理を違《たが》えた誤りはないと、そう信ずるのみだ。

「ありがたく。でしたらわっちも、手紙の返事を吟味する時間がいただけんす」

言葉面だけは甲斐甲斐《かいがい》しく、態度と表情にはしおらしさなど微塵《みじん》も見せずに、ヨルナがヴィンセントの許しを得てそう答える。

ヴィンセントが認めた以上、この話題を蒸し返すことは許されない。

「だが、貴公の態度は目に余る。自分は何度でも言わせていただく」

「くふ。そう怖い目をされてはわっちも身震いが止まりんせん。オルバルト翁《おう》、何とかしてくりゃれ？」

「ワシに飛び火すんのかよ。老い先短《みじけ》ぇジジイなんじゃぜ、優しくすんのが若ぇ奴《やつ》らの義務ってもんじゃろ。あれ、これもしかしてワシ、大抵の奴《わけ》から善意むしれる最強の理屈ってやつ見つけとらね？　くるか、ワシの時代」

「オルバルト翁！」

オルバルトの茶化《ちゃか》した物言いに、カフマが怒りも露《あら》わに声を上げる。

煙管《きせる》からたなびく煙を揺らし、それを笑いながら眺めているヨルナ。そんな『将』たちの様子に目を細め、ヴィンセントは小さく鼻を鳴らす。

それから、皇帝は振り返り、自分に同行する最後の一人――カフマやオルバルトと違い、ヴィンセント以上に動きを見せなかったものを見た。

「ずいぶんと口数が少なかったものよな。貴様らしくもない」

「……ですね。ただまぁ、顔を合わせるとややこしい方がいらしたもので」

そう応じたのは、苦笑を交えた若い男の声だ。

男は頭からすっぽりと青いローブを被《かぶ》り、その顔を周りに見せないようにしている。それ自体は普段からのことだが、普段以上にローブの首元を締めるのは、どうやら居合わせた客と関係があったらしい。それも、再会が望ましくない類の。

「ぼかぁ、この魔都では貝になっているとします。――星も、それをお望みのようで」

「星が望むか。くだらぬな」

「くだらないとはご無体な」

首をすくめた男は、ヴィンセントの切って捨てるような言葉に苦笑した。

苦笑したまま、続ける。

「もしも本気で、閣下が星の望みを軽んじていらっしゃるなら、こんなところまでわざわざ足を運んでらっしゃらないと思いますよ、ぼかぁね」

「痴《し》れ者《もの》が、余の胸の内をわかったように語るのか？」

「滅相もございません」

腕を組み、声の調子を一つ下げたヴィンセントに男が肩を小さくする。

そうして、ヴィンセントは男――『星詠み』から視線を外すと、すでに塞がった壁の向こう、三人の反逆者が消えた空に瞳を細める。

そして――、

「――星の望みなどと、くだらぬ」

そう、誰にも聞こえぬ呟《つぶや》きが、口の中だけで囁《ささや》かれて、消えた。

5

「げほっ！　がほっ！　おえほっ！」

濛々《もうもう》と立ち込める砂埃《すなぼこり》の中、スバルは咳《せ》き込《こ》みながら必死で肺に仕事をさせる。

背中や足を強烈に打ったようだが、奇跡的に大きな傷は負っていない。崩れた足場や建物の破片が散らばる惨状を見れば、血の気が引くような幸運だった。

「なんて、言ってられる場合じゃありませんわ……ミディアムさん！　アル！」

「あ、あたしはここ……痛い痛いよ～」

頭を振って、とっさに一緒にいたはずの二人の名前を呼ぶ。と、すぐ傍《そば》の瓦礫《がれき》の下から返事があり、スバルは慌ててそれを押しのけ、探し人を引っ張り出した。

埋まっていたミディアムが「けほ」と咳き込み、目をぱちくりさせる。

「うあ～、死んじゃうかと思った！　ナツミちゃんは無事？」

「わたくしは何とか。ミディアムさんやアルが守ってくれたおかげで……ミディアムさんのお怪我《けが》は？　どこか痛いところはありませんの？」

「うひゃひゃひゃ、くすぐったい～！　だいじょぶだいじょぶ！　元気だってば！」

ミディアムの肩や背中を確かめると、身をよじる彼女がスバルの胸を押し返す。

強がりや嘘《うそ》ではなく、彼女も目立った傷はないらしい。二人揃《そろ》って、とんでもない強運に恵まれたものだと思えるが――、

「アルは――」

返事のなかったアルを探し、スバルは周囲に視界を一巡りさせる。

ようやく粉塵《ふんじん》の落ち着いてくる視界、スバルたちが飛び込んだのは空の厩《うまや》だ。紅瑠璃《こうるり》城の裏手にあったその建物は、どうやら疾風馬《はやうま》用の干し草を積んだ倉庫だったらしい。

その干し草がクッションになったおかげで、無残な転落死を免れることができたのだ。

「いた！　アルちん！」

と、薄暗い屋内を見回すスバルの横で、ミディアムがそう声を上げた。

彼女が指差したのは、落下の衝撃でひっくり返った荷車だ。厩の床に干し草が散乱していて、その下で蠢《うごめ》いているものを二人がかりで救出する。

やがて、草の下から伸びてきた太い腕、それを一気に引き上げ――、

「痛《いて》ぇッ！　右腕も取れる！」

「笑えませんわよ！」

「でも、アルちんも生きてた！　すごいじゃん！」

笑えない冗談を言うアルを叱り飛ばし、しかし、ミディアムの言葉に安堵《あんど》する。

干し草の山から引き出されたアル、彼の姿はひどい有様だった。奇跡的に打ち身や擦り傷程度で済んだスバルたちと違い、アルの全身には裂傷や青黒い痣《あざ》が多数ある。

カフマの茨《いばら》と、一時的でもオルバルトを押さえたのだ。最後、スバルたちに飛びついたとき、位置的に敵の追撃を受けやすい立場でもあった。

——彼の受けた傷の一つ一つが、本来、スバルたちが受けるはずだった傷だ。

「おいおい、辛気臭い顔してどうしたよ、兄弟」

「それは……」

「そんな顔されたとあっちゃ、オレの背中の傷が浮かばれねぇ。剣士の恥だぜ？」

億劫《おっくう》そうに肩を回しながら、アルはスバルを励ますように減らず口を叩《たた》く。

その態度にスバルは息を詰まらせ、それからすぐに「そうですわね」と頷《うなず》いた。

飄々《ひょうひょう》と、何事も他人事《ひとごと》のような態度で振る舞ってみせるアルだが、ここまでの攻防で見せた彼の奮戦は、何もかもスバルへの誠意が原因だ。

スバルの目的に共感し、力を貸すと約束した。

そのために、命懸けの戦いにすら付き合ってくれたのが、アルという男だ。

「……あなたを誤解していました」

「あん？」

「いつも飄々と適当で、何に対しても不真面目な頼《たよ》り甲斐《がい》のない性格だとばかり」

「おいおい」

「ですが、あなたはわたくしのために命を懸けた。――それを、忘れはしません」

偽物の胸に手を当てて、本物の決意をアルに告げる。

彼がいなければ、この瞬間のナツキ・スバルは生存できなかった。だから、これから先のナツキ・スバルは、アルから受けた恩義を忘れずに戦う。

たとえ、次の瞬間に命が果てることがあったとしても――、

「ナツミちゃん、アルちん、あんまりまごまごしてると……」

「ええ、わかっていますわ。せっかくのアルの犠牲を無駄にはできませんもの」

「犠牲にはなってねぇよ!?」

ミディアムに促され、袖で顔を拭ったスバルが力強く応じる。

転落死を免れても、安堵するのはまだ早い。ヨルナとヴィンセントから提示された条件は満たしたと言えるが、カフマやオルバルトが手を引く確信はないのだ。

「すぐに出ましょう。身を隠して、あちらの答えを……」

「――その心配はございません」

「――っ!?」

アルに肩を貸し、外へ出ようとしたところに声がかかる。

そのことに驚いて手を離してしまい、肩を貸していたアルがひっくり返って「ぐお！」と悲鳴を上げる。が、彼に構う余裕がない。

厩《うまや》の入口に立ち、スバルたちを見据える人影と対峙《たいじ》しなくては。

「あなたは……」

「ご挨拶が遅れました。ヨルナ・ミシグレ様の従者、タンザと申します」

そう言って、折り目正しく頭を下げたのはキモノに鹿の角が特徴的な人物――ヨルナの傍《そば》にいた鹿人の少女だ。

タンザと名乗った少女はゆっくりと顔を上げると、スバルたちを庇《かば》うように前に立ったミディアムと対峙、その首をふるふると横に振った。

「警戒なさらず結構です。私は、皆様に危害を加えることはありません」

「ホントに？　でも、あたしたち、ここと お城の壁、ぶっ壊しちゃったよ？」

「城も厩も、ヨルナ様が直してくださいます。――ヨルナ様は皆様を使者としてお認めになられました。もう、誰にも手出しはされません」

ミディアムの不安を解消し、そう付け加えるタンザ。彼女の言葉にミディアムの眉尻が安堵《あんど》で下がるが、スバルの印象はその真逆だ。

ヨルナが壁や厩を直す、という点はさておいても、その先が問題だった。

「誰にも手出しされないとは、大きく出ましたわね。あの場にいたのが皇帝陛下だと、わたくしたちは知っていましてよ？」

　ミディアムの背に庇われながらでは格好がつかず、彼女の隣にスバルは並ぶ。そうして前に出てきたスバルを、タンザの灰色の瞳がじっと見つめた。

　可愛《かわい》らしい顔立ちのわりに、感情が表に出てこない少女だ。禿《かむろ》的には愛嬌《あいきょう》も必須のはずだが、その立ち振る舞いには人形めいたものを覚える。

「少なからず、わたくしたちは皇帝陛下に害為《な》すもの……それを、お付きの方々が見逃してくれると？　ヨルナ様が認めさせたと仰《おっしゃ》いますの？」

「はい。誰も、この魔都でヨルナ様には逆らえません。ヴィンセント様も、それをご承知のことと思います。ですから……」

　淡々と、しかし絶対の確信を持ったタンザの答え。その確信に続けるはずだった言葉を封じられ、呆気《あっけ》に取られるスバルに彼女は天井を指差した。

　壊れた厩の天井から、紅瑠璃《こうるり》城の威容が見える。だが、彼女の意図は城ではない。

「あの護衛の方々がこない……その強制力、信じてもいいみたいですわね」

「ヴィンセント様もお帰りになります。手紙の返事は明日、改めて為《な》さると」

「……承知しましたわ」

「では、お気を付けてお帰りください」

　嘆息するスバルの返事を受け、タンザは一礼し、そのまま三人に背を向ける。

　必要最低限の仕事をきっちりこなし、ヨルナの下へ戻るのだろう。ふと、立ち去るその背中を、スバルは「タンザさん」と呼び止める。

足を止め、振り返るタンザ。その人形のように動かない表情を見つめながら、

「あなたにとって、ヨルナ様はどんな方ですの？」

問いかけた理由は、スバルの中でヨルナの心証を持て余しているためだ。

偽物と知らない以上、彼女のヴィンセントへの接し方は、皇帝であったアベルに対する接し方と同じのはず。不敬や無礼を通り越したあの素振り、実力者だからというだけで見過ごしていては示しがつかないとも思うが、そうした態度を取る理由が不明だ。

ヨルナがアベルに抱いているのは、親愛と敵愾心《てきがいしん》のどちらであるのか。

彼女を味方にと望むなら、知る必要がある。故に――、

「傍《そば》にいる方の話が聞きたいんですの。ヨルナ・ミシグレ様の、印象を」

「愛情深い方です。味方を愛し、敵を憎む。――魔都を生きる、全てのものの恋人」

澱《よど》みなく答えるタンザ、その瞳に初めてうっすらと感情が過《よぎ》った。

瞬く間に消えてしまうそれは、スバルの目にはほのかな熱を湛《たた》えたものに見えて、それ以上の言葉を継げない。

「――――」

継げないまま、去ってゆく少女の背を見送るしかできなかった。

得たい答えを得られたかと言えば、それは得られなかった。

ただ、ヨルナという人物への不可解な印象が深まっただけだ。タンザの言葉に嘘《うそ》は感じ

られなかった。だが、ヨルナが愛情深いと言われても簡単には信じられない。

結局、魔都にきてからというもの、スバルたちは翻弄されっ放しだった。

「やれやれ、いっちまったか。……オレたちはどうするよ？」

「……どうするも何も、戻るしかありませんわ。今は、タンザさんの言伝《ことづて》を信じて、明日の返事を待つ他にありませんもの」

タンザのいなくなった厩《うまや》で、尻餅をついているアルに改めて肩を貸す。

その体重を踏ん張って支えながら、スバルは今一度、紅瑠璃《こうるり》城を見上げた。

「目を奪われる派手な城……これも『極彩色』の一環ですの？」

そう呟《つぶや》きながら、スバルは先のタンザの言葉が真実だったことを解する。

青の中に赤を湛えた複雑怪奇に色めく城、その天守閣にあったはずの大穴は、いつの間にかどれだけ目を凝らしても見つからず、影も形もなくなっていたのだった。

6

「そうか、あれがきていたか」

「それ以外に言うことありませんの？　すいませんとか、ごめんなさいとか」

這《ほ》う這《ほ》うの体《てい》で宿に戻り、手紙の受け渡しに関する顛末《てんまつ》の報告を受けたアベル。彼の第一声に盛大に顔を顰《しか》め、スバルは憎々しげにそう詰め寄った。

が、鬼の面を被《かぶ》ったアベルは詰め寄るスバルの額を掌《てのひら》で煩わしげに押して、

「何故《なぜ》、俺が謝罪しなければならん。貴様らはうまくやった。大儀であったと、そう褒めてやろうとしたところだ」

「褒めてやろう！　褒めてやろうと！　その言い方が上から目線ですわよ！　褒めてもらわなくたって結構、必要なことをしただけですもの。でしょう、アル！」

「こっちに飛び火すんのかよ。勘弁してくれ」

不服そうにするアベルに猛然と抗議し、スバルはアルに援護を求める。しかし、タリッタの手当てを受け、包帯男と化していくアルはひらひらと手を振るだけ。

黒い兜《かぶと》に包帯だらけと、その格好のシュールさは留《とど》まるところを知らない。

「ですガ、ナツミやミディアムが無事でよかっタ。私もついていくべきだったト、とても心配していましたからラ」

「ほら、聞きまして？　これが正しい反応ですわよ。あなたも皇帝として、族長を引き継ぐタリッタさんを見習ってはどうですの？」

「やめてくださイ、死んでしまいまス……」

上に立つものとしての心構えを説くスバルに、お手本として指名されたタリッタが顔を真っ青にしながら首を振る。

恐れ多いという彼女の態度だが、スバル的には非常に口惜しい。誰か、アベルを懲らしめるのに適材な人員はいないものか。

こういうとき、他人の褌《ふんどし》を巻いて戦うしかない我が身が情けない。

「うー！　あうー！」

「あ！　ルイちゃん、ダメだってば！　ナツミちゃんたち大事なお話中なんだから！」

と、そんなスバルの思考を掻《か》き乱《みだ》すのは、隣室から届く甲高い叫び声だ。

見れば、隣室と通じた扉のところで、ルイとミディアムの二人が格闘している。無論、ルイがミディアムに抗《あらが》えるはずもなく、大人と子どもの相撲の有様だ。

すぐにルイが担がれ、再びその姿が向こうの部屋に消える。

「あーうー！」

「まったく、なんですの。戻ってきてからずっと、わたくしの周りをちょろちょろと」

「なんだかんだ、一番懐いてるのが兄弟ってこったろうよ。オレなんか見向きもされねぇ。別に懐いてほしいわけじゃねぇけども」

嘆息するスバルに、出来の悪いハロウィンの仮装と化したアルがぼやく。隣でタリッタが満足げに額を拭っているが、彼女の美的センスもなかなかだ。きっと、エミリアやベアトリスと仲良く、そして熾烈《しれつ》に競い合えるだろう。

そうして二人を思うと、またしても恋しさに胸が潰れそうだ。――否《いな》、恋しいのは二人だけではなく、国境を隔てた地にいるみんなだった。

スバルがヴォラキアに飛ばされて、そろそろ二十日ほどになる。

ベアトリスとラムがいるから、こちらの安否だけは伝わっているはず。しかし、それ以上の情報はないのだから、彼女たちも心配しているだろう。

一刻も早く、エミリアたちと合流するための道を付けたい。

「それなのに、この被《かぶ》り物男《もの》は大事なことも言いませんし……」

「ふん、俺を指して被り物とは言ってくれる。俺が被り物なら、貴様らはなんだ？　痴《し》れ者《もの》と道化といったところか？」

「出来の悪いハロウィンみてぇになってるしな、オレら」

先ほどのスバルの内心をぴたりと言い当てるアル。彼の言葉とアベルの指摘に、スバルは「ぐぬぬ」と悔しげに歯噛《はが》みした。

スバルの女装はあくまで実益のためなのだから、一緒にしないでもらいたい。

「ともかく！　城でヨルナさんとは会えましたが、代わりに皇帝一行とも……あれは、あなたの影武者ということでよろしいんですのね？」

手を叩《たた》いて、スバルは無理やりに話の軌道修正をする。

その強引な話題転換を受け、アベルは「ああ」と鬼面のまま頷《うなず》いた。

「姿形を似せたものだけならいくらでもいようが、俺を体現できるものがいるとすれば、それは一人しかおらぬ。――チシャ・ゴールドだ」

「チシャ・ゴールド……九神将ですわね。確か、『白蜘蛛《しらぐも》』？」

「そうだ。知恵が回り、大軍の指揮を得意とする。そして」

「アベルちゃんを最初に裏切った奴《やつ》と」

アルの最後の補足を、ベッドに座るアベルが無言で肯定する。

裏切りの『九神将』、その最初の一人であり、アベルの信頼も厚かっただろう人物。それがアベルの身代わり――否《いな》、成り代わりとして、皇帝の座にいる。

「チシャ……偽物の皇帝は、何の目的でこの魔都へきたと思いますの？」

「奴も、俺との戦いの勝利条件は理解していよう」

「では、やはり彼らもヨルナ・ミシグレを味方にするために？」

「それは考えにくい。ヨルナ・ミシグレ……あれが説得や交渉に耳を貸すなどと、そう考えるほど奴は無謀ではあるまい」

「――？　だったら、何をしに？」

「決まっている。――俺が魔都へくると、そう踏んでのことだ」

そのアベルの答えを聞いて、スバルは意味がわからずに疑問符を頭に浮かべる。

同じように困惑したアルが「アベルちゃん」と挙手して、

「あっちの偽皇帝が、アベルちゃんがカオスフレームにくるの読んでるって、それマジで言ってんの？　マジだったらヤバいじゃねぇか」

「あれはかなりの精度で俺の思考を辿《たど》ってくる。そも、玉座から飛べた先と城郭都市《じょうかくとし》の攻略の流れ、九神将の配置……魔都を要地と絞るのも容易《ようい》だ」

「それがわかってて……いえ、まさか！」

淡々としたアベルの言葉を処理しながら、スバルはハッと目を見開いた。

「あなた、わたくしたちと偽皇帝が鉢合わせるのを読んでいたのでは？　直接、出くわすのを避けるために自分だけ宿に残って……」

「たわけ。そのようなことをして何の意味がある。むざむざと手駒を減らしては、勝てるシャトランジでも勝ち筋を損なおう」

「……それは、そうだと思いますけれど」

筋が通らない点と言えば、アベルが自分から不利になる手を打つという点のみ。

それが最大にして唯一の問題点で、そこを論破できない限り、スバルが抱いた性悪アベルの陰謀説は、文字通り陰謀論として片付ける他にない。

ともあれ——、

「だったら！　話は戻って、どういうことですの？　偽皇帝はヨルナさんを味方にできないとわかっていた。それでも、あなたがくるからと魔都に現れて……」

「先手を打って、ヴィンセント・ヴォラキアとヨルナ・ミシグレの和睦を破談とする。後々に現れた俺が、紅瑠璃《こうるり》城の天守に易々《やすやす》と上がれると思うか？」

「あー、そういう……なんつーか、悪知恵が働く奴《やつ》だな、オイ」

合点がいったと頷《うなず》くアルに、スバルも閉口して同意する。

ようやく、スバルにもアベルの意図するところが伝わった。つまり、ヴィンセントはヨルナを敵でも味方でもない、無効票として浮いた状態にするのが目的だったのだ。

そのために自ら城に足を運び、皇帝との交渉の決定的な決裂を計画したと。

「……じゃあ、わたくしたちの到着が一日遅れていたら」

「あれの策が成っていた。故に言わんとしたのだ。大儀であったと」

「――――」

凝然と目を見張り、スバルはまじまじとアベルを見る。

それはつまり、先のやり取りは彼なりの本気のねぎらいだったということか。だとしたら、部下を褒めるのが下手な上司にも限度がある。

「よく頑張りましたわよ、わたくし……アルとミディアムさんも！」

「お？　おお、そうだな。頑張ったわ、オレら」

「だねー。ナツミちゃんの啖呵《たんか》、めちゃめちゃカッコよかったもん！」

共に死線を乗り越え、結束力が高まった三人が互いを称賛する。仲間外れにされたタリッタがやや寂しげなのが、アベルと違ってスバルには不憫《ふびん》に感じられた。

「でも、事前に伝えておいてほしかったことが多いですわよ。例えば、ヨルナさんがあなたのことを憎からず思っていることだとか」

「あ、それ、オレも言わなきゃって思ってた。頼むぜ、アベルちゃん。色男なのは生まれつきだから仕方ねぇけど、それならそれでイケメン税払ってくれよ」

「貴様が何を言っているのかまるでわからんぞ、道化。それから、貴様も心得違いだ」

「心得違いって、実際のやり取りを見てますのよ？」

実際の、と言ってもヨルナとヴィンセントのやり取りではあるが、彼女がアベルに挑発や誘惑の眼差《まなざ》しを向けていたことは事実。

しかし、そのスバルとアルの追及にアベルは深々と嘆息すると、

「ヨルナ・ミシグレが想《おも》いを傾けるのは俺ではない。ヴォラキア皇帝だ」

「……だから、それがあなたなのでは？　まさか今さら、本当はあなたの方が偽物で、あっちの皇帝が本物の皇帝だなんて言い出しませんわよね？」

「たわけ。額面通りに受け取るな。確かに俺はヴォラキア皇帝だが、ヴォラキア皇帝とは俺のことのみを意味しない。過去にも未来にも、ヴォラキア皇帝はいる」

嚙《か》み砕《くだ》いたアベルの説明を受け、スバルは目を丸くした。隣ではアルも「ほえー」と間抜けな声を漏らして、

「つまり、ヨルナちゃんの狙いはアベルちゃんの金とか地位ってこと？」

「詳細はあれも語らぬが、おおよそそう捉えて間違いない。あれが欲しているのは帝国の頂……ヴォラキア皇帝の寵姫《ちょうき》の座だ。俺である必要はない」

「……なんか、可哀想《かわいそう》ですわね」

「貴様の中で進めた話で、勝手に俺を憐《あわ》れむな」

ある意味、割り切った恋愛条件とでもいうのだろうか。

皇帝の寵姫——すなわち、皇帝夫人となるのがヨルナの目的であるらしい。確かに、その立場なら皇帝にならずとも、権力的にも財力的にも帝国を支配できる。

魔都カオスフレームの統治だけでは、あの美貌《びぼう》の狐人《きつねびと》の強欲は埋まらないのだと。

「今のお話ですト、手紙にはなんと書いたのですカ？」

「まぁ、こっちについたら嫁にしてやるとか、そういうことじゃねぇの？　それが一番、手っ取り早い方法だと思うし、美人だし」

「美人なのが補い切れる範囲の扱い辛《づら》さでしたかしら……」

　多少の問題は許容できたとしても、それにも限度はある。プリシラやヨルナは間違いなく美人だが、スバルなら嫁に迎えるのは御免だ。命がいくつあっても足りやしない。

「親書の内容を明かすつもりはない。だが、貴様たちの期待を裏切る返答にはならぬ。そのことだけは保証してやる」

「保証も、信頼があって初めて成り立つ……ああいえ、やめましょう。言っても仕方のないことですし、やめやめ！」

　パンパンと両手を叩《たた》いて、スバルは無理やりに話題をそこで一区切り。

　納得のいかない決着を見たアベルは不服そうな目をしたが、スバルは「ところで」と新しい話題ついでにアルの方を見やり、

「あの場にいた九神将、オルバルトと言いましたわね。『悪辣翁《あくらつおう》』の」

「ああ。オレも色んなやべぇの見てきたが、その中でもとびきりやべぇ部類だ」

「そのやべぇご老人、すでに相手に取り込まれていると思います？　だとしたら、すでにアラキアとチシャ、加えて三人目が取られているのですけど」

『九神将』の内、押さえなくてはならないのが過半数の五人。

なのに、スバルたちがまだ一人目でまごついている間に、すでにあちらには三人の『九神将』が雁首《がんくび》を揃《そろ》えていることになってしまう。

ちなみにオルバルトが『参《さん》』でチシャが『肆《し》』らしく、見事に上位ナンバー独占だ。

「当然の憂慮だが、それには及ばん。おそらくだが、オルバルトは向こうの陣に加わってはいない。現状は九神将として、皇帝の命に従っているだけだ」

「……その根拠は」

「オルバルト・ダンクルケンも読み切れぬ男だからだ。アラキアは言葉を弄せばどうとでも動かせようが、オルバルトを篭絡《ろうらく》するのは容易《たやす》いことではない」

「結局、九神将を全然御し切れてないという話なのでは……？」

つまり、自分が手綱を握れていなかった相手だから、自分に成り代わった影武者にも手綱は握れていないと、そういう話になってくる。

喜んでいいとはとても思えないし、先行きも不安になってくる話だ。

「でハ、そのオルバルトなる老人は味方にできる余地があるト」

「無論、交渉の席につけるには相応の材料がいる。あれも喰《く》えぬ老獪《ろうかい》だ。状況が見えてくれば、どちらへつくか秤《はかり》にかけよう」

「……そう言えば、アルはお知り合いでしたのよね？　どういう仲なんですの？」

オルバルトに交渉の余地を求めるなら、最有力なのはアルだとスバルは考える。

天守閣でのアルとオルバルトの会話には、その可能性が見出《みいだ》せた。

「剣奴《けんど》孤島、でしたか。そこで起きた事件の解決に一役買ったとか……」

「おお、そうそう。っつっても、特に付け足すことなんてねぇぜ？　八年前、まだヴォラキアの剣奴だったオレが、島で起こった反乱に巻き込まれたって話。島の剣奴が死合いの観戦してた上級伯を人質にしてよ、解放しろって要求したんだ」

「ずいぶんと大事に聞こえますけれど……それをアルが？」

「厳密にはオレと、まだロリだった頃のアラキア嬢ちゃんだ。それと、人質になってたはずの上級伯だが……そこの詳細はいずれな」

話の後半を濁して、アルが自分の首筋を気まずげに掻《か》いた。話しづらいことらしいが、隠された細部を抜きにしても大体のことは知れたろう。

剣奴孤島の反乱と、八年越しの褒美。それを使い、アルは目的を果たさせてくれた。

自分自身の命を懸けて、スバルに協力するという一念のために。

「まさか、こんな壮大な伏線になるたぁな。当時の無気力なオレに感謝だぜ」

けらけらと機嫌よく笑うアルは、それ以上、スバルに気負わせる気はないらしい。

その気遣いにスバルが感謝の念を抱くのと、アベルが「そういうことか」と納得の頷《うなず》きを見せるのは同時だった。

アベルは鬼面の顎《あご》を摘《つ》まみ、そっとめくって素顔をアルに晒《さら》しながら、

「即位直後の騒動の際、剣奴孤島で働いた剣奴がいたとは聞いていた。褒美を求めなかったとも聞いたが……それが貴様か、道化」

「だったみたいよ。つか、皇帝のお耳に届いてたことと、それをちゃんと覚えられてたことの方がビビるわ。旅の間の軽口も全部覚えられてそう」

「大儀であった。──貴様の功には報いよう。たとえ何があろうとも」

「お……」

素顔を見せたアベルの言葉は重く、動かし難《がた》い真摯さで飾られている。

信賞必罰、アベルの信条であるそれが、またしても彼に皇帝の顔をさせる。功績を挙げながら褒美を求めないものに、アベルの帝王学は容赦がない。

アルも、今度は褒美をもらわずに逃げられないだろう。

「どうあれ、親書が渡った以上、明日の返事を待つ他にないな」

「それは、そうですわね。こちらからできることは、もう何も。……一応、ヨルナさんのお付きの子から、偽皇帝一行にも手出しはさせないと」

「それがヨルナ・ミシグレの言なら疑いようはあるまいよ」

タンザから伝えられた安全の保障、それをアベルも躊躇《ちゅうちょ》なく受け入れた。そこには、まだアベルの語っていない、スバルたちの知らない事情が隠れていそうだ。

「それを語って聞かせろと、わたくしが言ったとしても……」

「与える情報の取捨選択は俺がする。貴様が知り得る情報は、貴様が知り得ていて支障のないものだ。──少なくとも、今しばらくは」

「今しばらく……ね」

一瞬、スバルの口調が素に戻り、胸の内に生じた不和を自ら諌《いさ》める。

アベルのこれを、非協力的と切って捨てるのは簡単だ。だが、アベルも自ら敗北を望まない。スバルが最善を尽くすよう、アベルも最善を尽くしている。

その方法が、言葉を尽くしたがるスバルと足並みが揃《そろ》わないだけで。

「そしたら、今日のとこはこんなとこか？　幸い、命を拾って明日に繋《つな》げた。おまけに相手の狙いも挫《くじ》けたと、成果としちゃ上々ってことで」

スバルとアベルの間の微妙な空気、それを打ち壊すように大きな声でアルが言う。

その配慮を引き取って、スバルは「ですわね」と頷《うなず》いた。

イレギュラーな事態に見舞われたものの、ヨルナ・ミシグレ攻略の第一歩は、アルやミディアムのおかげで最善手が打てた。あとは明日の結果を待つのみだ。

「……さすがに、ドッと疲れましたわね」

今日できることはないと、そう結論付けた途端に体が重くなった。

緊張状態が解けて、体が疲労を意識したのだろう。長旅が終わってすぐの登城、そして偽皇帝一行との遭遇にヨルナとの接見、最後の大一番だ。

「眠い……とはいえ、鞭《むち》のメンテはしないと……」

ふらつく頭を押さえて、スバルはボーッとなる意識でそう呟《つぶや》く。

そんなスバルの様子を見て、タリッタが「ナツミ」と肩を支えてくれた。

「大事な役目のあとでス。武具の手入れは私がしておきますのデ、今日は早めに休んでくだサイ。夜襲の警戒も私がしまス」

「街の中で夜襲の警戒なんて、とんでも世紀末……」

タリッタの心配ぶりに小さく笑い、スバルは彼女の言葉に甘えることとする。

深く息を吐くと、割り当てられた自分の部屋へ。ただ、その際に――、

「うー！」

「またあなたですの……」

隣室に隔離されたはずのルイが、待ってましたとばかりにスバルに飛びつく。腕を掴《つか》んでくるルイの行動に、スバルはうんざりと頭を抱えた。

構ってほしいと、そう子どもながらに訴える様子はルイ以外なら嫌いではない。が、相手がルイとなると警戒を解けないし、疲れているならなおさらだ。

スバルは無言でルイの額に指を近付け、白い額を弾《はじ》いて「あうっ」と下がらせる。

「あなたに構う余裕はありませんの。さ、どいてくださいまし」

「あー、うあー！」

「あー、またベッドから出てる！　ごめんね、ナツミちゃん。ほーら、ルイちゃんはこっち！　あたしと一緒～！」

額を押さえたルイの体が、後ろから伸びるミディアムの腕に担がれる。その後もルイは足をばたつかせ、必死にもがいてスバルに飛びつこうとしていた。

その姿が再び扉の向こうへ消えて、今度こそルイの悪行もここまでだ。

「まったく、なんなんですの……」

「また一段と兄弟にご執心だったな。あれじゃやね？　話についてこれてなくても、兄弟が死にかけたってのは感じてるとか」

アルの指摘が事実なら、ルイの態度はスバルを案じてということになる。

それを認めるのは、スバルの心情的には厳しいことだ。あの、無邪気な子どもとして振る舞っているルイ、その奥底には邪悪で許し難《がた》い悪意が眠っている。

そう頑《かたく》なに信じ続けることが、スバルとルイとの関係の大前提なのだから。

「アベル、わたくしは部屋で休ませてもらいますわ。あなたは……」

「構うな。貴様がいても、有事にはさして役に立たん」

「あなたはタリッタさんにばかり任せず、夜通し夜襲を警戒なさいな」

案じ甲斐《がい》のない返事があったので、スバルも憎まれ口を叩《たた》き返しておく。

間に立たされるタリッタがあたふたとするのは申し訳ないが、ひとまずのところ、休む前の溜飲《りゅういん》下げはこれで一段落だ。

「化粧を落として、服を緩めて……泥のように眠りますわ」

宛《あて》がわれた部屋へ戻ると、スバルは頭を前後させながら女装を解いていく。

シュドラクの集落を離れた今、ウィッグも簡単には補修できない。大事に大事に手入れして使う必要があるので、そのあたりの処理は慎重だ。

目の細かい網に入れてウィッグを押し洗いし、脱いだ服と靴も丁寧に洗っておく。

最低限の処置を済ませて、それからスバルはベッドに倒れ込んだ。

目をつむり、ゆっくりと意識が遠ざかっていく。

「明日に、なれば……」

また、状況が動く。

状況が動けば、見えるものが変わる。見えるものが変われば、道が開かれる。道が開かれれば、目的に近付ける。そこに、離れ離れのみんながいる。

「レム、ベア子……エミリア、たん……」

胸に疼痛《とうつう》を過《よぎ》らせながら、スバルは異邦の地で愛《いと》しいものの名前を呼んだ。

愛しいものの名前と、再会を夢見ながら、意識は薄れ――、

7

ゆっくりと、意識の覚醒が訪れ、スバルは寝台の上で瞼《まぶた》を開けた。

普段、寝つきはあまりいい方ではないが、昨日はやはり疲れていたのかぐっすりと眠ることができた。夢も、見た覚えがないほどの深い眠りだ。

それで、かなり体の疲れは取れたと思うが――、

「なんだ？」

ただ、スバルの覚醒を促したのは十分な睡眠ではなく、騒がしい気配だ。

スバルの眠る寝室、その扉の向こうから何やら賑々《にぎにぎ》しい声と気配が届いてくる。それが目覚まし代わりとなり、スバルを睡眠から引っ張り上げたのだ。

——目覚めと同時の騒がしい雰囲気、決していい予感はしない。

窓の外、締め切られたカーテンからは朝日が漏れ出していて、早朝というにはいささか時間が過ぎているとわかる。

すでに騒がしい魔都の空気を感じながら、スバルは陰干ししていたウィッグを見やり、どうするか判断に迷った。

これまでのことを思えば、ナツミ・シュバルツらしく女装すべきだ。

しかし、扉の向こうが切羽詰まっているなら女装の時間はない。しばし黙考し、どうあれ、まずは事態の確認が優先だと判断する。

そもそも、早とちりの可能性だってある。一大事なら、アルなりミディアムなりタリッタなり、とにかくアベル以外の誰かがスバルを起こしたはずだ。

だから——、

「あたっ⁉」

そう考えながら、ベッドを降りようとしたスバルは肩から床にすっ転んだ。

衝撃に目の前を火花が散って、スバルは自分に起こった出来事に仰天する。別に、具合が悪いわけでも、脱ぎ捨てた服を踏んづけたわけでもない。

ただ、目測を誤ったみたいに、足が床を空振りしたのだ。

——ベッドから床までの距離を、スバルの足が届かなかった。

「んな馬鹿な……」

スバルも、自分が短足気味という悩みを抱えてはいるが、いくら何でも日常生活に支障をきたすほどのものではない。足の短い体でも、十八年付き合った肉体だ。

そうそうしくじるはずもないと、体を起こして気付く。

——昨夜と比べて妙に、室内のあらゆるものが大きく見えることに。

「おい、おいおい、何の冗談だ、これって……」

頬《ほお》を強張《こわば》らせ、声を震わせながらスバルは自分の顔をペタペタと触る。そして、やけにうるさい心臓の音に息を荒くし、ぶかぶかな服に手足を取られながら這《は》いずった。

そのまま、スバルが手に取ったのは鞄《かばん》に入れてあった鏡だ。化粧直しにも身支度のためにも必須の鏡、そこに自分の姿を映して、何が起こったかを——。

「なんだ、こりゃ……」

その鏡に映ったものを見て、スバルは呆気《あっけ》に取られて呟《つぶや》いた。

手の中で震える鏡、そこに映っていたのはナツキ・スバルに他ならない。

ただし——、

——ただし、そこにいたのは十歳近く若返った、幼いナツキ・スバル少年だったのだ。

《了》

あとがき

はい、皆様、お疲れ様です！　長月達平です。鼠色猫でもあります。

リゼロ28巻、お付き合いありがとうございます。サクッと28巻と言いましたが、これもなかなかとんでもない数字です。28巻ともなれば、往年の名作漫画の数々が完結していくだろう巻数、それが小説で続いているというのは本当に大変なことです。

これも、日頃の読者の皆様の応援あってのこと、今後とも、まだまだ先の長い本作ではありますが、最後までご愛好いただければと切に願ってやみません。

まぁ、28巻では見慣れた主人公の姿が一冊分丸々登場しないという暴挙。下手をすると29巻でも危ないのではないかと思っているのですが、そんな本作の第七章、皆様お楽しみいただけていると嬉しいです！

心労の絶えない主人公と、のっぴきならない切迫した状況、信用ならない味方に何をしでかすかわからない敵、そして為す術なく訪れる『死』と、それが本作のテイストであると、もはや28巻お付き合いいただいた皆様にはおわかりの通り。

今後とも、そうした認識にそぐわぬ展開と内容を続けて魅せられるよう、作者も鋭意、主人公に努力させ続ける所存です！　はい、ここで合掌！

では、もはや見慣れた紙幅に伴い、恒例の謝辞へと移らせていただきます。

担当のI様、今回も年末を見据えたギリギリ進行の中、色々と助けていただきました。画集の発売も絡めて修羅場続きだったかと思いますが、引き続きよろしくお願いします！

イラストの大塚先生、28巻では複数の新キャラや新ステージの魔都における『紅瑠璃城』の設定など、随所で今回も大いにお力お借りしました！　のみならず、主人公の七変化にもお付き合いいただき、本当に、本当にいつもありがとうございます！

デザインの草野先生、これまでのカバーイラストとちょっと趣の違う一枚、しかしシリーズの一本としての仕上がり、お見事です。いつもお世話になっております！

コミカライズ関係では、月刊コミックアライブでの花鶏先生＆相川先生の四章コミカライズ、お世話になっております！　最新刊の発売も、この28巻と直近のはずなので、売り場見渡してもらえれば幸いです。いつも、眼福で楽しませていただいております！

それに加え、MF文庫J編集部の皆様、校閲様や各書店の担当者様、営業様とたくさんの方々のご協力いただいております。本当に、いつも皆様ありがとうございます！

そして改めて、いつも応援してくれている読者の皆様に最大限の感謝を！

新たなステージと新たな苦難、今後も飽きのこない物語を紡いでいきますので、どうぞ根気強く、末永くお付き合いください！

では！　また次の巻にてお会いできますよう！

２０２１年12月《毎年、一年の早さに驚きつつ、来年を想って》

名所ヴォラキア百景
紅瑠璃城
大塚真一郎

「と！　いうわけで！　僕たちがこの大役を仰せつかったというわけさ、妹よ！」

「すげえや、あんちゃん！　何したらいいのか全然わかんないけど、おめでと～！」

「はっはっは！　元気と勢いがあってさすがだ、ミディアム！　それでこそ、旦那くんや村長くんから仕事を任された甲斐があるとも！」

「ナツミちゃんたちから？　じゃあ、頑張んなきゃって感じだね！　何すんの？」

「ここで僕たちが求められる役割……それはこの作品に関連した宣伝や報告さ！　つまり、行商人である僕たちにぴったりの仕事というわけだね」

「ははぁん、なるほど～！　でも、行商人なのはあんちゃんだけで、あたしの仕事ってあんちゃんの護衛だけど、役立つ？」

「もちろん！　一番傍で僕を応援してくれたまえ、妹よ！」

「わかった！　頑張れ、あんちゃん！　負けるな、あんちゃん！」

「負けないとも！　さあ、最初のお知らせは旦那くんを襲ったとんでもない事態の続報、それが描かれる次なる29巻の発売だ！　これは22年の三月を予定しているよ！」

「あ～、ナツミちゃんがあんなっちゃってめちゃめちゃビックリだよね！　でも、あたしが一緒だし、力になれるようにハチャメチャ頑張るよ～！」

「それでこそだ、妹よ。ハチャメチャに暴れてやるといい！」

「で、で、他には他には？」

「うむ！　この28巻と同時に、大塚真一郎先生が描いたイラスト

の数々を収録しているリゼロの画集、その第二弾が発売しているはずさ！」

「ナツミちゃんたちが、あたしたちと会うまでの思い出とかだね！」

「画集にはイラストへの大塚先生のコメントやインタビュー、それにこれまで描かれた店舗特典を収録した特典小説も同梱しているし、楽しみ目白押しだとも！」

「あたし、あんちゃんみたいにいいものとか悪いものとかよく見分けらんないけど、綺麗なイラストはいいと思う！　あんちゃんも、あんなの描けんの⁉」

「はっはっは！　簡単に言ってくれるな、妹よ。ああしたものは努力と研鑽の賜物だ。ただ素直に称賛を送ろう。それと……おや？」

「なになに？　あ！　レムちゃんだ！　それと、そっくりさん？」

「ふむ、これが旦那くんの話していた、奥さんのお姉さんだろう。どうやら、この二人の誕生日イベントが今年も開催される運びのようだね！」

「ひゃ～、誕生日！　いいね！　あたしもお祝いしたい！　あんちゃんは？」

「もちろん、僕も祝い事は大好きだとも！　何の憂いもなく、みんなで楽しくお祝いを満喫できるよう、僕たちも頑張らなくてはならないな！」

「うんうん！　じゃあ、ちょっと頑張ってくるぜい、あんちゃん！」

「ああ！　どんと元気に明るく朗らかに、ぶちかましてくるといい、妹よ！」

MF文庫J

Re:ゼロから始める異世界生活28

2021年12月25日　初版発行

著者　長月達平
発行者　青柳昌行
発行　株式会社 KADOKAWA
〒102-8177 東京都千代田区富士見2-13-3
0570-002-301（ナビダイヤル）

印刷　株式会社広済堂ネクスト
製本　株式会社広済堂ネクスト

Printed in Japan　ISBN 978-4-04-680998-8 C0193

◇◇◇

【ファンレター、作品のご感想をお待ちしています】
〒102-0071 東京都千代田区富士見2-13-12
株式会社KADOKAWA　MF文庫J編集部気付「長月達平先生」係　「大塚真一郎先生」係